Jan Beinßen, Jahrgang 1965, lebt in der Nähe von Nürnberg und hat zahlreiche Kriminalromane veröffentlicht. Bei ars vivendi erschienen bisher *Dürers Mätresse* (2005), *Sieben Zentimeter* (2006), *Hausers Bruder* (2007), *Die Meisterdiebe von Nürnberg* (2008), *Herz aus Stahl* (2009), *Das Phantom im Opernhaus* (2010), *Lebkuchen mit Bittermandel* (2011), *Die Paten vom Knoblauchsland* (2012), *Und wenn das vierte Lichtlein brennt …* (2012), *Lokalderby* (2013), *Die Tote im Volksbad* (2013), *Görings Plan* (2014), *Sechs auf Kraut* (2015) und *Tod im Tiergarten* (2016) sowie der Kurzkrimiband *Die toten Augen von Nürnberg* (2014).

Jan Beinßen

Die Schäufele-Verschwörung

Paul Flemmings neunter Fall

Kriminalroman

ars vivendi

Originalausgabe

Siebte Auflage Dezember 2024
Sechste Auflage Juni 2023
Fünfte Auflage Januar 2019
Vierte Auflage Juli 2016
Dritte Auflage Juli 2015
Zweite Auflage November 2014
Erste Auflage Oktober 2014

© 2014 by ars vivendi verlag
GmbH & Co. KG, Bauhof 1, 90556 Cadolzburg
info@arsvivendiverlag.de

Alle Rechte vorbehalten

www.arsvivendi.com

Lektorat: Dr. Hanna Stegbauer
Umschlaggestaltung: FYFF, Nürnberg
Motivauswahl: ars vivendi
Umschlagfotos: © Stephan Bär
Druck: Bookpress.eu

Printed in Europe

ISBN 978-3-86913-757-5

Die Schäufele-Verschwörung

»Angsthasen erleben keine Abenteuer.«
Anonymus

1

Das Telefon klingelte. Paul, schon mit einem Fuß im Flur, überlegte, ob er drangehen oder den Anruf ignorieren sollte. Denn er war sowieso spät dran. Katinka wartete zu Hause auf ihn. Sie wollten heute Abend ausgehen. Er hätte sein Atelier längst verlassen haben müssen.

Darauf nahm das Telefon keine Rücksicht. Es drängte sich ihm mit penetrantem Ton weiter auf, sodass er nicht anders konnte, als doch noch abzunehmen.

»Ja?«, fragte er kurz angebunden.

Eine Frau meldete sich mit heller Stimme: »Hallo? Spreche ich mit Paul Flemming?«

Wen erwartete sie denn sonst, wenn sie seine Nummer wählte? Paul war versucht, ihr genau diese Frage zu stellen, blieb aber höflich: »Ja, am Apparat. Wer ist dran?«

»Die Vivi.«

Er konnte den Namen nicht gleich unterbringen. »Vivi ... – und wie weiter?« Er schielte auf seine Armbanduhr.

»Wir haben uns *Auf AEG* kennengelernt. Bei der Vernissage vom Ralf.«

Auf AEG? Paul war öfter zu Gast bei Veranstaltungen in den vorwiegend von freischaffenden Künstlern genutzten ehemaligen Werkhallen an der Fürther Straße, hatte aber noch immer keinen blassen Schimmer, mit wem er sprach. Er dachte an die Karten, die an der Kinokasse des *Admiral* auf Katinka und ihn warteten, und drückte aufs Tempo: »Sorry, Vivi, aber im Moment stehe ich auf dem Schlauch. Was denn für eine Vernissage und von welchem Ralf?«

»Ästhetischer Akt in Schwarz-Weiß. Weißt du nicht mehr? Na ja, ist auch egal. Wir haben eine gemeinsame Freundin: Heike Bach.«

Diesmal klickte es bei Paul. Heike Bach war ihm ein Begriff. Ihre Wege hatten sich immer wieder gekreuzt. Anfangs hatte er sie nicht besonders gemocht und für extrovertiert, aufdringlich und geltungssüchtig gehalten. Bald stellte er aber fest, dass vieles davon nur aufgesetzt war, um ihren weichen Kern und die ihr eigene Wankelmütigkeit zu verbergen. Als er ihr das auf den Kopf zusagte, war das Eis gebrochen und der Weg für eine lose Freundschaft geebnet. Seit seiner Heirat mit Katinka hatte er Heike allerdings aus den Augen verloren.

»Ich bin heute zu Heike gefahren«, redete Vivi weiter. »Also, spontan. Zum Prosecco-Trinken und Ratschen.«

Paul fragte sich, warum er sich das anhören musste und damit den Verfall seiner Kinoreservierung riskierte. »Schön, schön. Ich hoffe, ihr hattet euren Spaß.«

»Eben nicht!«, kam es nervös zurück.

»Warum denn nicht?«

»Weil Heike nicht daheim war, als ich ankam.«

»Wie jetzt?« Paul wusste nicht, worauf dieses wirre Telefonat hinauslaufen sollte.

»Ich stehe gerade in ihrer Wohnung. Weil, die Tür war nur angelehnt. Und da dachte ich, ich schau einfach mal rein. Ich habe überall nachgesehen, aber Heike nicht gefunden.«

Paul beschloss, diese fruchtlose Konversation abzubrechen. »'tschuldigung, aber ich habe es echt eilig. Können wir wann anders weiterreden?«

»Ja, schon. Aber ich stecke hier echt in der Klemme.« Sie klang jetzt ein wenig panisch. »Ich dachte, ich bin bei dir richtig. Weil, du hast *Auf AEG* ja gesagt, dass du nicht nur fotografierst, sondern auch als Detektiv arbeitest.«

»Arbeiten wäre zu viel behauptet. Das ist mehr ein Hobby, wenn man es so nennen will.«

»Jedenfalls könnte das hier etwas für einen Detektiv sein. Denn Heike ist nicht hier. Keine Spur von ihr. Da ist nur dieser Typ.«

»Was für ein Typ?«, fragte Paul zunehmend genervt.

»Ich kenne ihn nicht. Der Kleidung nach ein Bayer. Also Ober- oder Niederbayer. Jedenfalls kein Franke.«

»Woran machst du das fest?«

»Er hat solche Sachen an: Lederhosen und Trachtenjanker«, sagte sie verstört.

»Auch einen Seppelhut mit Gamsbart?« Paul seufzte. »Du brauchst keinen Detektiv. Frag ihn einfach, wo Heike steckt. Er sollte es ja wissen, wenn er in ihrer Wohnung hockt. War's das? Ich muss jetzt nämlich wirklich los!«

»Ich soll ihn fragen?« Auch Vivi seufzte. »Das geht nicht.«

»Weshalb nicht?«

»Weil der nicht mehr reden kann.«

Paul zögerte einen Moment. Dann stellte er die naheliegende Frage: »Warum?«

»Mmm«, druckste Vivi herum. »Ich glaube, der Typ ist tot.«

»Was?« Machte sie etwa einen schlechten Scherz? Ihre Stimme hörte sich nicht so an.

Paul war alarmiert. Die Kinoverabredung war in ihrer Relevanz soeben ein ganzes Stück nach hinten gerutscht.

»Wie kommst du da drauf?«, erkundigte er sich behutsam.

»Er liegt so komisch auf dem Sessel. Irgendwie verdreht. Und er atmet nicht mehr. Ich habe ihm gerade auf die Stirn gelangt: ganz kalt.«

»Vivi!«, rief Paul durch den Hörer und redete beschwörend auf sie ein: »Lass seine Stirn in Ruhe und fass auch sonst nichts an!« Er holte tief Luft und befahl: »Leg auf und wähl sofort den Notruf!«

»Für einen Arzt ist es wohl zu spät.«

»Das kannst du nicht beurteilen. Wähl den Notruf und alarmier auch die Polizei!«

Am anderen Ende der Leitung blieb es seltsam still.

»Hast du mich verstanden?«, hakte Paul energisch nach.

»Ja, schon. Aber das mit der Polizei finde ich nicht gut. Ich möchte keinen Ärger. Habe mit der Sache ja nichts zu tun. Deshalb habe ich dich angerufen statt der Bullen. Kannst du nicht mal schnell vorbeischauen? Du weißt doch, wo Heike wohnt.«

»Weiß ich, ja, aber ich halte das für keine gute Idee. Entweder du rufst jetzt beim Notdienst an oder ich übernehme das.«

Vivi schien nicht überzeugt. »Ich glaube, Heike steckt in Schwierigkeiten«, gab sie endlich den Grund für ihr Zaudern preis und appellierte an Paul: »Tu es ihr zuliebe. Schau dir den Toten wenigstens mal an, bevor du die Polizei holst. Du brauchst doch nicht lang bis hierher.«

Paul wog das Für und Wider ab. Wenn der Mann tatsächlich tot war – und Vivis Beschreibung sprach dafür –, kam es auf ein paar Minuten mehr oder weniger nicht an. Er rang sich eine Zusage ab: »Meinetwegen. Aber denk dran, bloß nichts mehr anrühren, sonst kommst du in Teufels Küche!«

Als er das Haus verließ, blies ihm ein kalter Wind entgegen. Typisch April, dachte er. Heute Morgen hatte noch die Sonne geschienen, und jetzt sah es so aus, als würde der Winter zurückkehren. Er zog die Enden seines Kragens zusammen und sprang in seinen Renault. Dabei fiel ihm ein, dass er nicht einmal Vivis Nachnamen kannte, geschweige denn sonst etwas über sie wusste, außer dass sie gelegentlich Vernissagen besuchte.

2

Keine Viertelstunde später traf Paul in der Parkstraße ein. Der Straßenzug selbst hatte nichts Ungewöhnliches an sich: Die Fronten der drei- bis viergeschossigen Mehrfamilienhäuser waren in freundlichen Tönen gestrichen oder trugen den pastellroten Ton fränkischer Sandsteinfassaden. Die grünen Inseln um die Straßenbäume machten im Licht der Straßenbeleuchtung einen sorgsam gepflegten Eindruck. Mülltonnen standen gerade und brav am Gehsteigrand Spalier. Alles wirkte aufgeräumt und wohlgeordnet. Selbst die kopierten Zettel mit dem Aufruf »Beagle entlaufen! Hört auf den Namen Fritzi. Hinweise bitte an Familie Leinenweber!« waren penibel gerade an die Laternenmasten geklebt. Eine Mustersiedlung, dachte Paul.

Heike Bach besaß eine Eigentumswohnung in einer Mehrparteienanlage, die Paul wegen ihrer schlichten Siebzigerjahrearchitektur in Erinnerung geblieben war. Inmitten des alten Baubestandes fiel sie etwas aus dem Rahmen. Zwar hatte es ihn bisher nur einmal hierher verschlagen, weil Heike eines seiner Bilder gekauft und er den großformatigen Abzug bei ihr abgegeben hatte, doch er fand den Wohnblock auf Anhieb wieder.

Zu seiner Verwunderung standen mehrere Einsatzwagen kreuz und quer vor dem Haus und parkten den Gehweg zu. Sie sagten ihm, dass Vivi es sich anders überlegt und die Polizei doch noch verständigt hatte. Kurz dachte er daran, einfach wieder umzukehren und die Sache auf sich beruhen zu lassen. Doch dafür war seine Neugierde mittlerweile zu groß.

Er betrat den Hausflur, ging gleich bis hinauf ins Obergeschoss und näherte sich der weit offen stehenden Tür von Heike Bachs Wohnung. Im Inneren wuselten Uniformierte und einige Männer in Zivil durcheinander. Aber wo war Vivi?

Er trat näher, lehnte sich an den Rahmen und spähte in die Wohnung. Auch aus dieser Perspektive blieb seine Suche nach Vivi erfolglos. Dafür aber entdeckte er jemanden, dem er lieber nicht begegnen wollte. Eilig zog er seinen Kopf zurück. Doch zu spät: Er war bereits entdeckt worden.

»Moment! Wen haben wir denn da?«, knarrte eine markante Stimme.

Kripochef Winfried Schnelleisen erschien in der Tür. Groß, knochig, mit pockennarbigem Gesicht. Schnelleisen fletschte seine gelben Zähne. Für ihn war das offenbar ein Lächeln.

»Habe mich in der Adresse geirrt«, beeilte sich Paul zu erklären und wollte türmen.

»Nicht so husch-husch, Flemming!«, bremste Schnelleisen ihn aus. »Dies ist ein Tatort. Was haben Sie hier verloren?«

»Ein Tatort?« Paul mimte den Ahnungslosen. »Was ist denn passiert? Doch nicht etwa ein Mord?«

Schnelleisen kniff die Augen zusammen. »Ihre Ehe mit der werten Frau Oberstaatsanwältin Blohm macht Sie nicht unantastbar. Wie ich Sie kenne, ist es keineswegs ein Zufall, dass Sie hier aufkreuzen.«

Paul lehnte sich an den Rauputz der eierschalenfarben gestrichenen Treppenhauswand. »Ich sagte doch, dass ich mich in der Adresse ...«

»Gschmarri!«, fuhr der Kriboss ihm ins Wort und stampfte mit dem rechten Fuß auf, um seine Autorität zu unterstreichen. Dabei fiel Paul auf, dass er weiße Socken zu seinen grauen Hochwasserhosen trug.

»Also gut«, lenkte Paul ein. »Ich habe einen Anruf erhalten. Angeblich soll in dieser Wohnung ein Toter liegen.«

»Aha!« Schnelleisen baute sich vor ihm auf. »Frau Bach, die Eigentümerin, hat Sie also verständigt. Warum gerade Sie? Und wo ist sie geblieben? Sie ist nämlich nicht mehr hier.«

»Nein, nein.« Paul winkte ab. »Der Anruf kam von jemand anderem, einer Bekannten von Heike Bach und mir.« Er berichtete, was vorgefallen war.

»Die Anruferin nannte sich Vivi, aber Sie kennen ihren Nachnamen nicht?«, fasste Schnelleisen zweifelnd zusammen.

»Genau genommen kenne ich nicht einmal ihren richtigen Vornamen. Denn Vivi ist ja eher ein Spitzname, vielleicht eine Abkürzung für Vivian«, so redete Paul seine eigene Rolle in dieser Angelegenheit klein. »Wer hat Sie denn alarmiert?«

»Ein anonymer Hinweis. Möglicherweise von derselben Frau, die Sie angerufen hat«, antwortete Schnelleisen knapp.

»Na dann ...« Paul wandte sich zum Gehen. Je eher das Gespräch mit dem unangenehmen Kommissar beendet war, desto besser für ihn.

»So leicht lasse ich Sie nicht aus, Flemming«, machte dieser seine Hoffnungen zunichte. »Diese Vivi – oder wie auch immer ihr echter Name lautet – hat Sie gewiss nicht zufällig ausgewählt. Es muss einen triftigen Grund dafür geben, warum sie zuerst Sie angerufen hat und nicht gleich die Polizei. Einen Grund, der ganz bestimmt nicht in Ihren bescheidenen detektivischen Qualitäten zu suchen ist.« Er zog die Stirn in Falten, was wohl bedeutete, dass er scharf nachdachte. »Sie kennen Frau Bach, Sie kennen die ominöse Vivi – kannten Sie etwa auch den Toten?«, wollte der Chefermittler dann wissen.

»Keine Ahnung.«

»Wieso nicht? Sie müssen doch wissen, wen Sie kennen!«

»Ich habe ihn bisher ja nicht zu Gesicht bekommen«, gab Paul zu bedenken.

Schnelleisen nickte kurz und heftig. »Guter Einwand.« Er machte den Eingang frei. »Folgen Sie mir. Das Opfer liegt im Wohnzimmer.«

Schnelleisen ging straffen Schrittes voran und führte Paul in den großzügig geschnittenen Wohnbereich der Mansardenwohnung, der von freiliegenden, weiß lackierten Dachbalken dominiert wurde.

Vivi hatte nicht übertrieben: Bei dem Toten handelte es sich um einen Bayern wie aus dem Bilderbuch. Ein gestandenes Mannsbild von vielleicht sechzig Jahren, dessen stramme Waden aus ledernen Kniebundhosen lugten. Auf dem zottigen schwarzen Haar hatte vermutlich der moosgrüne Filzhut gesessen, der nun auf dem Boden neben der Leiche lag. Der Mann, der unnatürlich verrenkt über der Lehne eines Sessels hing, besaß eine kräftige Statur und scharf gezeichnete Züge in einem ins Südländische tendierenden Gesicht. Die Haut war faltig und wettergegerbt.

Seinen Hinterkopf zierte eine blutige Wunde.

»Was sagen Sie? Kennen Sie den Mann?« Schnelleisen ließ Paul kaum Zeit zum Nachdenken.

»Ich glaube nicht«, meinte Paul und ging in die Knie, um das Gesicht des Toten besser sehen zu können.

»Glauben heißt nicht wissen«, beharrte Schnelleisen, dem wohl an einer verbindlichen Aussage gelegen war. »Gehört dieser Mann auch zu dem dubiosen Bekanntenkreis von Heike Bach, Vivi und Ihnen?«

»Nein«, stellte Paul nach genauerem Hinsehen klar, wobei er mit der linken Hand an einen harten, kalten Gegenstand stieß, der auf dem Boden lag.

»Sind Sie sicher?«, vergewisserte sich Schnelleisen.

Paul sah nach, was er gefunden hatte: einen kleinen Schlüssel, der verborgen halb unter dem Sessel gelegen hatte. Ohne lange nachzudenken, schloss er seine Finger um den Schlüssel und hob ihn auf.

»Also?«, drängte Schnelleisen. »Ist Ihnen dieser Mann in irgendeiner Weise bekannt?«

»Nein«, wiederholte Paul und richtete sich auf. »Aber ich habe da eben ...« Er machte Anstalten, dem Kommissar seinen Fund zu zeigen.

»Wenn Sie das Opfer nicht identifizieren können, sind Sie hier überflüssig«, unterbrach Schnelleisen barsch. »Bitte verlassen Sie den Tatort!«

»Aber ich ...«, setzte Paul erneut an, seine Entdeckung zu melden.

Doch Schnelleisen schaltete auf stur und drängte Paul aus der Wohnung. »Sie sollen verschwinden. Habe ich mich nicht klar genug ausgedrückt?«

Paul startete einen letzten halbherzigen Versuch, den ignoranten Ermittler auf den Schlüssel in seiner Hand hinzuweisen, ließ ihn nach der nächsten unflätigen Bemerkung des Kommissars jedoch beleidigt in seiner Hosentasche verschwinden. Ohne weitere Widerworte folgte er Schnelleisens Anweisung und kehrte dem Tatort den Rücken.

Nachdem der Kripochef ihn vor die Tür gesetzt hatte, ging Paul nachdenklich die Treppe hinunter und blieb im ersten Stock stehen. Er tastete nach dem Schlüssel in seiner Tasche und holte ihn heraus. Er musterte ihn im kalten Licht der Korridorlampe.

Ein kleiner Schlüssel mit kurzem Bart, gummiumschlossenem Schaft und eingeprägter Zahl. Offensichtlich gehörte er zu einem Schließfach. Paul überlegte, wo in der Nähe es solche Fächer geben könnte. Dabei fiel ihm auf die Schnelle nur der Hauptbahnhof ein.

Er nahm sich vor, seinen Fund gleich morgen bei Jasmin Stahl zu melden, die zwar ebenfalls zu Schnelleisens Team gehörte, ihrem Boss aber intellektuell und auch sonst weit überlegen war. Vor allem hegte sie nicht den gleichen Groll gegen ihn wie der Hauptkommissar, den Paul mit seinem wiederholten Einmischen in Polizeiangelegenheiten gegen sich aufgebracht hatte.

Paul steckte den Schlüssel zurück in seine Hosentasche und war gerade im Begriff weiterzugehen, als er auf einen Beobachter aufmerksam wurde: Am gegenüberliegenden Ende des Flurs stand eine Tür halb offen, aus der ihn ein Mann im Halbschatten taxierte.

Paul nickte ihm zu und rief: »Ein ganz schöner Trubel, was?«

Mit diesem lockeren Spruch lockte er den Beobachter aus seiner Deckung. Zum Vorschein kam ein mittelalter Herr von unauffälliger Erscheinung: nicht besonders groß, von etwas gedrungener Statur, Allerweltsgesicht, eintönig gekleidet in Beige- und Brauntönen.

»Was ist denn da los?«, erkundigte sich der Mann neugierig und gleichzeitig besorgt.

»In der Wohnung Ihrer Nachbarin hat es einen Unfall gegeben«, antwortete Paul, wobei er verheimlichte, dass es sich allem Anschein nach um eine Gewalttat gehandelt hatte.

»Unfall?« Der Mann wagte sich noch ein Stück weiter aus seiner Wohnung. »Was ist passiert? Muss Frau Bach etwa ins Krankenhaus?«

»Es gab einen Toten«, ließ Paul sich entlocken und schielte auf das Klingelschild neben der Wohnungstür. »Herr Prechtl?«

»Ja, Bernhard Prechtl«, stellte der Nachbar sich vor und blinzelte nervös. »Ein Toter, sagen Sie? Aber das ist ja schrecklich. Ganz schrecklich! Wer ist es denn?«

»Das weiß man bislang nicht. Er trug keine Papiere bei sich. Vielleicht ein Freund von Frau Bach. Möglich, dass Sie ihn identifizieren können«, meinte Paul.

»Ich?« Prechtl ging sofort wieder einen Schritt zurück und suchte Schutz hinter dem Türrahmen. »Das glaube ich kaum. Frau Bach hatte häufig Besuch. Da habe ich nicht mehr weiter drauf geachtet.«

»Was denn für Besuch? Männer? Frauen? Beides?«

»Meistens Herrenbesuch«, sagte Prechtl. Dann legte sich ein seltsamer Zug über sein Gesicht, und er erkundigte sich mit aufkeimendem Misstrauen: »Weshalb wollen Sie das wissen? Gehören Sie auch zur Polizei?«

»Nein, nein.« Paul winkte ab. »Es interessiert mich nur, weil Heike Bach eine Bekannte von mir ist. Sie wissen nicht zufällig, wo sie sich gerade aufhält?«

Prechtl schien sich zu beruhigen. »Nein«, antwortete er merklich gelassener. »Ich weiß nicht einmal, was sie beruflich macht.«

Ich auch nicht, musste sich Paul eingestehen und erfuhr:

»Eine Weile hat sie als Maklerin gearbeitet. Es kann sein, dass sie das noch immer tut. Auf jeden Fall hat sie sehr unregelmäßige Arbeitszeiten.«

»Sie haben wohl nicht sonderlich viel Kontakt zu ihr, Herr Prechtl?«

»Nicht mehr und nicht weniger als zu jedem anderen hier im Haus. Wenn Sie mehr wissen wollen, können Sie ja drüben bei Frau Mayer klingeln, obwohl sie die Türglocke meistens nicht hört, denn sie ist fast taub. Versuchen Sie es besser gleich unten bei den Schramms.«

»Schon recht, Herr Prechtl. Aber ich möchte die Leute hier nicht mit meiner Neugier belästigen. Schon gar nicht am Abend. Danke für Ihre Auskünfte.«

»Gern.« Prechtl schob langsam die Tür zu. »Auf Wiedersehen.«

»Wiedersehen«, sagte Paul und war sich sicher, dass Prechtl und gewiss auch die anderen Nachbarn viel mehr über Heike Bachs Lebensweise und vielleicht auch über den toten Gast wussten, als er soeben gehört hatte. Fragte sich nur, ob die Polizei sie zum Reden bringen würde.

Kaum zurück im Wagen, nahm er sein Handy zur Hand, um Katinka anzurufen. Dabei fiel sein Blick in den Rückspiegel, den er beim Einsteigen versehentlich nach unten gedreht hatte. Im gnadenlosen Kunstlicht der Autoleuchte fielen ihm die unzähligen Fältchen um seine Augen auf, die daheim vom leicht getönten Badezimmerspiegel schmeichelhafterweise unterschlagen wurden. Auch meinte er, dass die grauen Haare stark im Vormarsch waren. Das Alter forderte seinen Tribut. Trost fand Paul in dem Gedanken, dass

Hollywood-Frauenschwarm George Clooney, mit dem er noch immer oft verglichen wurde, auch nicht mehr so aussah wie vor zwanzig Jahren.

»OLG Nürnberg, Büro des Oberstaatsanwalts, Sie sprechen mit Frau Luksch«, meldete sich Katinkas Assistentin, die mal wieder Überstunden machte.

»Flemming. Könnte ich bitte meine Frau sprechen?«

»Das ist gut, dass Sie anrufen. Frau Blohm bat mich, Ihnen auszurichten, dass sie ihre Verabredung nicht einhalten kann und es nicht pünktlich ins Kino schafft.«

Umso besser, dachte Paul. Dann brauchte er kein schlechtes Gewissen zu haben.

»Kann ich sie trotzdem kurz sprechen?«, bat er.

»Frau Blohm ist gerade sehr beschäftigt. Sie hat mich angewiesen, keine Gespräche durchzustellen. Darf ich etwas ausrichten?«

Paul wusste, dass Katinka von der Zuverlässigkeit ihrer rechten Hand schwärmte. Aber in Pauls Augen übertrieb es Frau Luksch, weshalb er mit ihr latent auf Kriegsfuß stand. »Stellen Sie mich bitte trotzdem kurz zu ihr durch. Wird nicht lange dauern«, forderte er sie höflich auf.

»Ich sagte doch: Frau Blohm möchte nicht gestört werden.«

Nun ist aber gut!, ärgerte sich Paul. »Hören Sie, Frau Luksch: Ich muss meine Frau sprechen. Und wenn Sie mich nicht sofort verbinden, rufe ich auf ihrem iPhone an.«

»Das wird Ihnen nicht weiterhelfen«, sagte die Assistentin ohne jede Aufregung.

»Warum?«

»Weil das iPhone neben mir liegt. Sie würden also wieder bei mir landen.«

»Zum Kuckuck, geben Sie mir endlich meine Frau!«, schnauzte Paul ins Telefon.

»Ich werde ihr ausrichten, dass Sie angerufen haben, Herr Flemming. Auf Wiederhören und einen angenehmen Abend«, sagte Frau Luksch und legte auf.

Paul sah seine geröteten Wangen im Rückspiegel und erkannte, dass seine Wut die Zahl der Falten abermals hatte anwachsen lassen. Er verpasste dem Spiegel einen Klaps.

Was sollte er tun? Nach kurzer Überlegung beschloss er, es nun doch direkt bei Jasmin Stahl zu versuchen. Bei der Kommissarin könnte er das bisschen, was er über Heike Bach wusste, abladen und den Schlüssel gleich mit dazu. Er probierte es unter ihrer Dienstnummer und hatte trotz der fortgeschrittenen Stunde Glück:

»Ja, Paul, wo brennt's?«, erklang ihre frische, energiegeladene Stimme.

»Noch nirgends. Aber das könnte sich bald ändern«, deutete Paul an. »Ich bin da nämlich in etwas hineingeraten.«

»Mach's kurz, ich bin auf dem Sprung zum Volleyballtraining«, bat ihn Jasmin. »Und bitte sag mir nicht, dass du wieder in einem Mordfall mitmischst.«

»Doch. Und dein Boss hat es auch schon mitbekommen.« Paul redete gar nicht erst um den heißen Brei herum. »Es lief nämlich so, dass ich einen Anruf bekommen habe und daraufhin zu der Wohnung von Heike Bach, einer Bekannten, gefahren bin und –«

Weiter kam er nicht, denn Jasmin fiel ihm ins Wort: »Stopp! Ich will kein weiteres Wort darüber hören. Schnelleisen ist vor Ort und hat ein Team dabei, das sich der Sache annimmt. Wenn du sachdienliche Hinweise geben willst, gib sie ihm.«

»Das habe ich schon, aber ...«

»Kein Aber, Paul. Ich habe es satt, ständig für dich die Kohlen aus dem Feuer zu holen. Gib deine Aussage bei Schnelleisen zu Protokoll und fertig. Halt mich diesmal bitte raus.«

Mit einer solchen Abfuhr hatte Paul nicht gerechnet. »Ich habe ja versucht, ein vernünftiges Gespräch mit Schnelleisen zu führen«, erklärte er, »doch das war nicht möglich. Du kennst ihn und weißt, dass er mich nicht ausstehen kann.«

»Dann überleg mal, woran das liegen könnte.«

»Sei nicht gemein!«

»Das hat nichts mit Gemeinheit zu tun, sondern mit Selbstschutz. Wenn ich mich einmische, hält mein Chef mir das noch wochenlang vor und lässt es mich büßen.« Sie klang nun sehr reserviert. »Nein, Paul, diesmal nicht«, sagte sie entschieden und unterbrach die Verbindung.

Paul donnerte sein Handy auf den Beifahrersitz, von dem es abprallte und in den Fußraum fiel. Als er sich danach bückte, piekte ihn etwas im Gesäß. Er zog den Schließfachschlüssel aus der Hosentasche und betrachtete ihn argwöhnisch.

So was Dummes, dachte er, als ihm klar wurde, dass er sich wieder einmal selbst in die Bredouille gebracht hatte. Was sollte er nun tun, wenn er weder bei Katinka noch bei Jasmin Gehör fand? Etwa zurück ins Haus gehen und den Schlüssel doch noch bei Schnelleisen abgeben? Wie sollte er dann erklären, dass er ihn überhaupt eingesteckt hatte? Daraus würde ihm der Hauptkommissar in null Komma nichts einen Strick drehen und anschließend fest zuziehen. Nein, danke, darauf konnte Paul gut verzichten.

Wie also sonst vorgehen?

Den Schlüssel noch immer zwischen Daumen und Zeigefinger in Augenhöhe haltend, regte sich in Paul allmählich die Neugierde. Es wäre doch sehr interessant zu erfahren, was sich in dem Schließfach befand, ging es ihm durch den Kopf. Er nahm an, dass es etwas mit dem toten Mann in Heikes Wohnung zu tun hatte. Wenn das stimmte, könnte Paul womöglich dazu beitragen, den Fall schnell zu lösen, indem er der Polizei den Inhalt des Fachs quasi auf dem Silbertablett präsentierte. Mit etwas Glück würde er auf diese Weise auch gar nicht erst in Erklärungsnöte geraten.

Sollte er es also tun und selbst handeln oder lieber nicht? Die Vernunft sprach laut und deutlich dagegen, doch wäre Paul nicht Paul gewesen, hätte er auf die Stimme der Ratio gehört. Es juckte ihn in den Fingern, den Schlüssel in das passende Schloss zu stecken. Da konnte er einfach nicht widerstehen. Ja, er würde es machen! Er war gewillt, der Polizei ein wenig Arbeit abzunehmen und für sie den Türöffner zu spielen.

Paul ließ den Motor an und fuhr zum Hauptbahnhof.

3

Obwohl es inzwischen schon auf einundzwanzig Uhr zuging, herrschte reger Betrieb: Die letzten Berufspendler, Nachtschwärmer und Fahrgäste der Spätzüge drängten sich in der Haupthalle des Bahnhofs, dessen hoch aufragende Kuppel die ohnehin beachtliche Geräuschkulisse um ein hallendes Echo ergänzte und zurückwarf. Einige ältere Herrschaften, die mit ihren Gehhilfen nur langsam vorankamen, bildeten Inseln im schnell fließenden Menschenstrom, ebenso wie eine Mutter mit ihren beiden kleinen Kindern, die sich mit viel zu schweren Koffern abmühten. Arme Schlucker durchwühlten die Abfalleimer nach Pfandflaschen, von grimmig schauenden Wachleuten streng beobachtet. Und mittendrin stand Paul auf der Suche nach den Schließfächern.

Das dauerte seine Zeit, denn der Architekt schien den Ehrgeiz gehabt zu haben, die Staufächer möglichst gut in dem weitläufigen Gebäudekomplex zu verstecken. Ein Blick auf eine Tafel mit Richtungspfeilen und Piktogrammen half schließlich weiter, sodass Paul endlich in einem Raum voller Schrankwände mit mattgrauen Türen stand. Hinter einer dieser Türen vermutete er das Geheimnis, zu dem ihn der Schlüssel führen sollte. Er las noch einmal die aufgeprägte Nummer und verglich sie mit den Zahlen auf den Fächern vor ihm. Zwei Reihen weiter wurde er fündig.

Das Schließfach war verriegelt, was durch ein rotes Lämpchen signalisiert wurde. Sachte ließ Paul den Schlüssel in den Schlitz gleiten. Er passte. Paul drehte ihn um und – bingo! Das Licht sprang auf grün um, die Bolzen des Schließmechanismus schnappten zurück. Mit einem metallischen Klack sprang die Tür auf.

Wie gebannt starrte Paul ins dunkle Innere des Fachs. Zwar hatte er mit nichts Bestimmten gerechnet, war nun aber doch etwas enttäuscht. Zum Vorschein kam nur ein schmaler, mit schwarzem Kunstleder bespannter Aktenkoffer. Die Ecken waren abgestoßen, der silberne Griff abgenutzt und matt. Paul nahm den Koffer heraus und unterzog ihn einer ersten oberflächlichen Untersuchung. Dann winkelte er ein Bein an, legte seinen Fund darauf ab und wollte ihn öffnen. Doch daraus wurde nichts, denn die Schnappverschlüsse waren mit dreistelligen Zahlencodes gesichert.

Pauls Neugierde wuchs, denn nun fragte er sich natürlich, was der unscheinbare Koffer enthalten könnte. Er hob ihn an, um das Gewicht zu schätzen: mittelschwer. Dann hielt er ihn auf Ohrhöhe und schüttelte ihn. Nichts Auffälliges war zu hören, weder das Klappern loser Gegenstände noch das Rascheln von Papier.

Aufs Geratewohl probierte Paul einige Nummernkombinationen aus, um die Verriegelung doch noch zu überwinden. Vergebens. Er überlegte, was er sonst noch versuchen könnte. Doch ihm fiel nichts ein. Am besten war es wohl, wenn er den Koffer erst einmal mit nach Hause nahm.

Gerade als er sich zum Gehen wandte, bemerkte er einen Mann am anderen Ende der Schließfachanlage. Dieser sah ihn an, drehte sich aber nach dem kurzen Blickkontakt sofort um. Der Fremde, der ein ausgefallenes, großkariertes Sakko trug und in dessen tiefschwarzem Haar eine Sonnenbrille steckte, machte sich an einem der Fächer zu schaffen und beachtete Paul nicht weiter. Dieser hielt die Begegnung nicht für wichtig, zuckte die Achseln und ging.

In der Haupthalle umströmte ihn wieder die pulsierende Menge der Reisenden. Es war kaum möglich, den vielen Leuten aus dem Weg zu gehen, der eine oder andere rempelte Paul an. Unwillkürlich verstärkte er seinen Griff und hielt den Koffer dicht am Körper.

Kurz vor dem Übergang von der Osthalle ins ICE-Parkhaus drehte er sich noch einmal um, er wusste selbst nicht, weshalb. Er folgte nur einem Impuls – und entdeckte den Mann im karierten Sakko, der ihm mit wenigen Metern Abstand folgte.

Zufall? Vielleicht.

Paul wollte keine voreiligen Schlüsse ziehen und ging zielstrebig, aber ohne übertriebene Eile zum Parkautomaten. Er zahlte die Gebühr und suchte seinen Wagen, den er auf der dritten Ebene abgestellt hatte.

Er ließ seinen Renault im Schritttempo durch das Parkhaus rollen, kam bis zur Schranke und blickte in den Rückspiegel. Hinter ihm fuhr ein goldbrauner VW Tiguan. Hinterm Steuer saß der Mann mit der seltsam unmodischen Jacke.

Ganz sicher kein Zufall!

Paul bekam ein mulmiges Gefühl. Er steckte die Ausfahrtkarte in den Schlitz und drückte aufs Gaspedal, sobald der Balken nach oben schwenkte. Beherzt fädelte er sich in den noch immer dichten Verkehr auf dem Bahnhofsplatz ein und fuhr bei Gelb über die Kreuzung. Weitere Blicke in den Spiegel ließen ihn aufatmen, denn von dem Tiguan war nichts zu sehen. Dennoch behielt Paul das flotte Tempo bei und legte auf dem Weg nach Hause einige Umwege ein.

Erst als er sich ganz sicher war, den Sakko-Mann abgeschüttelt zu haben, steuerte er seinen Renault in die nächtlich dunkle Wohnstraße an der Kleinweidenmühle. Er parkte den Wagen, nahm den Koffer vom Rücksitz und sah sich abermals um, bevor er die Haustür öffnete.

Erleichtert entledigte er sich seiner Jacke und Schuhe, ging in den ganz im Katinka-Chic eingerichteten Wohn- und Essbereich und deponierte die Aktentasche auf einer Kommode. Von Katinka selbst war nichts zu sehen, nur zu hören: Sie hatte eine Nachricht auf dem Anrufbeantworter hinterlassen, entschuldigte sich »tausendfach« für den vermasselten Kinoabend und schickte weitere Entschuldigungen dafür hinterher, dass sie zu einem spontan angesetzten Geschäftsessen eingeladen worden sei, welches sie unmöglich ablehnen konnte.

Paul zuckte die Schultern. So etwas war er mittlerweile gewohnt. Noch einmal versuchte er sich daran, den Zahlencode zu erraten, und gab diverse Kombinationen ein. Dann fiel sein Blick auf einen Brieföffner mit Edelstahlklinge. Die Kofferschlösser wirkten nicht besonders stabil. Es dürfte ein Leichtes sein, sie aufzuhebeln. Er wog das kühle Metall in der Hand, konnte sich jedoch nicht dazu durchringen, die Schnappverschlüsse mit roher Gewalt zu knacken. Immerhin war die Aktentasche fremdes Eigentum. Er würde sich strafbar machen, wenn er sie beschädigte. Wenn er auf Nummer sicher gehen wollte, müsste er wohl oder übel warten, bis auch Katinka zu Hause war. Doch das konnte dauern.

Paul knabberte nachdenklich auf seiner Unterlippe, nahm schließlich das Telefon zur Hand und wählte die Handynummer seiner Frau.

Diesmal kam er durch. »Hallo, Kati! Wann kommst du denn heim? Und wo steckst du eigentlich? Wieder bei eurem Italiener um die Ecke oder im *Lederer*?«

»Richtig getippt: *Lederer*. Hörst du's nicht am Geklimper und Getuschel im Hintergrund? Es ist wieder mords was los.« Sie seufzte. »Ach Paul, es tut mir echt leid. Wir haben hier noch einiges zu bereden. Du brauchst nicht zu warten.«

»Ich müsste dich aber möglichst bald sprechen«, drängte er und erzählte ihr von dem Koffer. Daraufhin herrschte zunächst Schweigen in der Leitung.

»Bist du noch dran?«, fragte Paul.

»Sag mal, hast du sie nicht mehr alle?« Katinkas Stimme war ruhig, dennoch merkte Paul, dass sie kurz vor der Explosion stand. Es raschelte in der Leitung, wohl weil sie sich schnellen Schrittes vom Tisch der Kollegen entfernte. Dann zischte sie: »Du hast Beweismaterial an einem Tatort unterschlagen?«

»Schnelleisen wollte den Schlüssel ja nicht haben«, verteidigte sich Paul.

»Das ist noch lange kein Grund, ihn einzustecken. Und schon gar nicht hättest du dieses Schließfach öffnen dürfen!«

»Ich hatte vorher ja versucht, dich zu erreichen.«

»Das ist keine Begründung, sondern eine fadenscheinige Ausrede! Wie bist du bloß auf die blödsinnige Idee gekommen, den Koffer eines wildfremden Menschen an dich zu nehmen? Noch dazu, wenn der Inhalt möglicherweise in Zusammenhang mit einem Kapitalverbrechen steht?«

Oje, dachte Paul, jetzt hatte er es wieder einmal geschafft, seine Frau auf die Palme zu bringen.

»Was schlägst du also vor?«, fragte er so sachlich wie möglich, um die gereizte Stimmung nicht noch mehr anzuheizen. »Was soll ich tun?«

»Um Himmels willen gar nichts mehr!«, befahl Katinka. »Lass deine Finger von dem Koffer! Du wartest, bis ich zu Hause bin, dann sehen wir weiter. Ich lasse hier alles stehen und liegen und spring ins Auto. In zehn Minuten bin ich da, okay?«

»Klar. Ich rühr das Ding nicht mehr an. Versprochen«, sicherte Paul ihr zu und legte auf.

Ein wenig ärgerte er sich über Katinkas schroffe Art, mit der sie ihn regelmäßig wie einen dummen Schuljungen dastehen ließ. Doch musste er sich eingestehen, dass sein Verhalten alles andere als überlegt gewesen war. Er mochte sich gar nicht ausmalen, gegen wie viele Paragrafen er in den letzten Stunden verstoßen hatte. Einmal mehr hatte er es an Verantwortungsgefühl sträflich mangeln lassen, erkannte er reumütig.

Von diesem Anflug von Selbstkritik geplagt, schlurfte er zur Küchentheke, um sich ein Glas Wasser einzugießen. In diesem Moment hörte er hinter seinem Rücken ein kurzes, schnappendes Geräusch. Als er sich umsah, wollte er seinen Augen nicht trauen: Ohne jede Vorwarnung war der Mann im karierten Sakko aufgetaucht. Wie aus dem Nichts gekommen, stand er mitten im Raum. Der Mann starrte ihn ausdruckslos an. Seine Beine hatte er leicht abgewinkelt und federte, zum Sprung bereit, in den Knien. Die Arme hielt er weit ausgebreitet – und in der rechten Hand blitzte die Schneide eines Klappmessers.

»Was zum Teufel ...?« Pauls Herz schien auszusetzen, während ihm das Glas aus der Hand glitt. Gleich danach jagte ihm das Adrenalin durch den Körper. »Wer sind

Sie?«, schrie er den Unbekannten an. »Was wollen Sie von mir?«

Der andere antwortete nicht. Stattdessen ging er auf Paul zu. Dabei ließ er ihn nicht aus den Augen.

Wie ferngesteuert taumelte Paul zurück, um dem Messer auszuweichen, das der Eindringling drohend in seiner Hand schwang. Dabei kam er in der Pfütze, die sich um sein zerbrochenes Glas gebildet hatte, ins Rutschen. Er versuchte sich zu fangen, blieb mit dem Fuß an einem Stuhlbein hängen, verlor endgültig das Gleichgewicht, stürzte. Schon im Fallen erkannte er, dass er mit dem Kopf genau auf die Kante des Telefontischchens zusteuerte.

Etwas Feuchtes, Kaltes berührte seine Stirn. Als Paul die Augen blinzelnd öffnete, blickte er in Katinkas besorgtes Gesicht. Er lag ausgestreckt auf dem Fußboden des Wohnzimmers, und sein Kopf ruhte im Schoß seiner knienden Frau. Mit einem Waschlappen tupfte sie ihm über eine Beule, die sich so anfühlte, als hätte sie mindestens die Größe eines Taubeneies.

»Gott sei Dank, du wachst auf«, sagte sie voller Erleichterung. »Eine Minute länger, und ich hätte den Notarzt gerufen.«

»Was ist denn passiert?«, fragte Paul und spürte, dass jedes seiner Worte heftige Kopfschmerzattacken verursachte.

»Sag du es mir«, entgegnete Katinka und strich ihre langen blonden Haare zurück. »Einer der Stühle ist umgekippt. Bist du darüber gestolpert?«

Paul schloss wieder die Augen und versuchte, sich die letzten Momente vor seiner Bewusstlosigkeit zu vergegenwärtigen.

»Ein Einbrecher war im Haus«, resümierte er.

»Ein Einbrecher?« Sie hob ungläubig die Brauen. »Aber wie ist er hereingekommen? Die Haustür war jedenfalls nicht beschädigt.«

»Er hat mich mit einem Messer bedroht.«

»Hat er dich verletzt?« Katinkas Besorgnis kehrte augenblicklich zurück. Paul spürte, wie sie seinen Körper abtastete.

»Nein, nein. Ich bin okay. Aber der Schreck! Er stand urplötzlich im Raum, ist aufgetaucht wie eine Erscheinung. In der Hand ein Schnappmesser. Da habe ich es mit der Angst gekriegt, bin offenbar gestürzt ...«

» ... und hast dir den Schädel angehauen«, vollendete Katinka die Bestandsaufnahme. Dann durchfuhr sie ein Ruck. »Auf was war dieser Einbrecher aus?«, fragte sie und sah sich um. »Hat er Geld gesucht oder Schmuck? Aber nein, keine der Schubladen steht offen, nichts ist durchwühlt worden.«

»Ich glaube, es ging ihm nicht um irgendwelche Wertgegenstände«, meinte Paul. »Er war hinter mir her. Ich bin ihm schon am Bahnhof begegnet. Kam mir gleich verdächtig vor, dieser Typ.«

Katinka legte Pauls Kopf behutsam auf dem Teppichboden ab und richtete sich auf. »Paul«, sagte sie unheilschwanger. »Wo hast du eigentlich den Aktenkoffer hingelegt?«

»Den ... – Koffer?«

»Ja, den Aktenkoffer aus dem Schließfach, von dem du am Telefon erzählt hast«, präzisierte Katinka.

»Wo ich den hingelegt habe? Äh, auf die Kommode«, sagte Paul und ahnte bereits, dass ihn Katinka dort nicht mehr vorfinden würde.

4

Liebe ging bei Katinka – ebenso wie bei Paul – durch den Magen, und so befand er es für eine glänzende Idee, seine Liebste zum Mitternachtsschmaus in den *Goldenen Ritter* auszuführen. An Schlaf war nach diesem Erlebnis ja ohnehin nicht zu denken. Und nachdem Katinka den Einbruch und Kofferdiebstahl samt Personenbeschreibung des Sakko-Trägers bei der Polizei gemeldet hatte, brauchten die beiden einen Tapetenwechsel, um Abstand zu den Geschehnissen zu gewinnen.

Damit war zwar nicht vergeben und vergessen, was Paul durch sein eigenmächtiges Verhalten ausgelöst oder vielmehr verschuldet hatte, doch Jan-Patricks dekorativ angerichteter Gaumenschmaus könnte besser versöhnen als jedes Wort der Entschuldigung, das sich Paul hätte abringen müssen.

»Da habt ihr Glück!«, begrüßte sie der abgekämpft wirkende Wirt. »Wenn ich heute nicht diese Gruppe Messegäste zu bewirten hätte, wäre meine Küche schon geschlossen.«

Beide folgten ihm in die gemütliche Erkernische des urig rustikalen Burgberglokals.

»Knusprige Hähnchenherzen an grünem Salat und Portweinschalotten«, kündigte Jan-Patrick an.

»Lieber nicht«, lehnte Katinka dankend ab. »Zu dieser späten Stunde lieber etwas Fleischloses, das nicht so schwer im Magen liegt.«

Jan-Patrick kräuselte die Stirn: »Fleischlos? Seltsames Ansinnen in einem Land wie Bayern, wo Vegetarier verhungern, wenn sie es ernst meinen.« Bei diesen Worten legte sich ein Schatten über das sonst meist strahlende Gesicht des kleinen Mannes. »Apropos Bayern. Habt ihr von der geplanten Eröffnung des *Münchner Stadl* gehört?« Verächtlich schüttelte er den Kopf. »Ein Abklatsch des *Hofbräuhauses*, und das ausgerechnet hier am Weinmarkt, im Herzen der Frankenmetropole. Dass die Stadtverwaltung so etwas erlaubt – unglaublich!«

»Fürchtest du wohl die Konkurrenz?«, wollte Paul, dankbar für die Ablenkung, wissen.

Doch sein Lieblingswirt gab sich selbstbewusst: »Meine Küche braucht keine Konkurrenz zu fürchten. Ich habe meine Stammkundschaft, die sich bestimmt nicht von einem Paar bleicher Weißwürste und pappigen Brezen abwerben lässt.« Schnell überwand er den Ärger und unterbreitete Katinka einen alternativen Vorschlag: »Was hältst du von Pastinaken mit schwarzen Bohnen, daneben gerösteter Blumenkohl an Gurkenwürfeln?«

»Schon besser«, zeigte sich Katinka zufrieden.

»Und dir, Paul, könnte ich anstelle des Hähnchens das geschmorte Reh an Knollenselleriepüree anbieten.«

»Kann ich auch beides haben?«, fragte Paul lachend.

»Solange in deinem Magen Platz für das Dessert bleibt, sehr gern. Mein Prosecco-Sorbet dürft ihr nämlich keinesfalls auslassen.«

Katinka und Paul bestellten eine Flasche stilles Wasser und einen Silvaner im Bocksbeutel dazu und erwarteten, dass sich Jan-Patrick sogleich auf den Weg in die Küche machen würde, denn nach der Auflistung der köstlich klingenden Speisen knurrte beiden der Magen. Doch der Gastronom mit dem südländischen Teint blieb wie angewachsen an ihrem Tisch stehen.

»Zugegeben«, sagte er unvermittelt. »Ganz kalt lassen mich die neuen Mitbewerber nicht. Wenn die mit Kampfpreisen an den Start gehen, kann mir der *Stadl* zumindest im Touristengeschäft einiges wegnehmen. Denn die Amis und Japaner machen keinen Unterschied zwischen fränkischem Schäufele und bayerischem Schweinsbraten. Manche werden wohl auch der Maß Bier den Vorzug gegenüber unserem Seidla geben. Da darf man sich keine Illusionen machen.«

»Dann musst du halt offensiv dagegensetzen«, schlug Paul vor.

»Wie denn? Indem ich meine Getränke auch literweise ausschenke? Nie im Leben!«, verwehrte sich Jan-Patrick gegen diese Zumutung.

»Ich denke, dass du auf die Dauer mit Qualität statt Quantität besser fährst«, brachte sich Katinka ein.

»Das will ich meinen!«, bekräftigte der Küchenchef, kündigte aber auch weitergehende Schritte an: »Ich werde mich an Helwig Scharrer wenden. Der bricht seit Jahren eine Lanze für alles Fränkische. Warum also nicht auch für die fränkische Esskultur?«

Paul verzog den Mund. »Muss es ausgerechnet Scharrer sein? Steht der nicht dem Bund Freies Franken vor, diesem Laden voller Spinner?«

»Der BFF ist absolut kein Spinnerverein, sondern eine ernstzunehmende politische Gruppierung«, hielt Jan-Patrick im Brustton der Überzeugung dagegen.

»Ja, aber eine mit fanatischen Ansätzen«, sprang Katinka Paul bei.

»Was ist an der Forderung, Franken aus dem Klammergriff der Bayern zu befreien und ein eigenständiges Bundesland auszurufen, denn so fanatisch?«, erhitzte sich Jan-Patrick. »Ich bewerte das als legitime Forderung eines seit zweihundert Jahren unterdrückten Volkes. Wenn wir ein Referendum abhalten würden, wären wir in null Komma nichts unabhängig, da bin ich sicher.«

»Jaja, immer die Brobleme mit der frängischen Idendidäd«, machte sich Paul lustig.

Doch hier verstand sein Freund keinen Spaß. »Wenn's ums Geschäft geht, werde ich zum Patrioten! Von den Pfeifen im Rathaus ist ja keine Hilfe zu erwarten. Deshalb spanne ich Scharrer dafür ein, der Weißwurstinvasion in der Welthauptstadt der Rostbratwurst den Kampf anzusagen.« Mit hochrotem Kopf wirbelte er herum und verschwand endlich in Richtung Küche.

»Wohl übergeschnappt, was?«, fragte Katinka.

»Dodal!«, pflichtete Paul ihr bei.

Sie sah ihn nachdenklich an. »Sich einem übereifrigen Patrioten wie Scharrer an den Hals zu werfen ist sicher ein Fehler. Aber mit der Passivität unserer Rathauspolitiker hat Jan-Patrick nicht ganz unrecht. Die lassen sich von den Münchnern viel zu oft die Butter vom Brot nehmen.«

»Er könnte sich ja auch an Martin Rode wenden, der vertritt Franken immerhin im Landtag«, brachte Paul eine andere Möglichkeit ins Spiel.

Katinka winkte ab. »Seit Rode auf Ministerpostenjagd ist, biedert er sich auch bei den Ober- und Niederbayern an. Der wird sich hüten, öffentlich Partei für Jan-Patricks Interessen zu ergreifen und Front gegen einen Münchner Gastronomiebetrieb zu machen. Rodes wilde Zeiten sind vorbei. Im Zweifelsfrei bleibt der neutral und smart.«

»Stimmt!«, bestätigte Jan-Patrick lautstark und knallte den Boxbeutel auf den Tisch. »Wenn der so weitermacht und unsere fränkischen Ideale verleugnet, bekommt er Hausverbot bei mir. Und seine durch und durch bayerngeprägte Partei wähle ich schon gar nicht mehr.« Sprach's und entschwand abermals in die Küche.

»Donnerwetter! Der ist aber heute schlecht aufgelegt.« Paul wusste ja, dass Jan-Patrick viel Temperament besaß und leicht aufbrauste. Aber dass er sich dermaßen echauffierte, erlebte man selten. Er wollte darüber gerade weiter mit Katinka diskutieren, als diese sich nach ihrer Handtasche bückte und ihr melodiös flötendes Handy herausnahm.

»Entschuldige«, sagte sie und hielt sich das perlmuttschalenumhüllte Smartphone ans Ohr. Aufmerksam hörte sie zu, was ihr der Anrufer mitzuteilen hatte, wobei ihre Miene zunächst ernst und beinahe unbewegt wirkte, sich ihre starren Gesichtszüge dann jedoch lösten und sich ein verschmitztes Lächeln auf ihre Lippen legte. Schließlich bedankte sie sich bei dem Anrufer und unterbrach die Verbindung.

»Jetzt wird's skurril«, teilte sie dem bereits vor Neugierde platzenden Paul mit. »Das war Schnelleisen – mit wirklich interessanten Neuigkeiten.«

»Sind sie in der Mordsache weitergekommen? Weiß man inzwischen, wer der tote Bayer war?«

Katinka musste noch immer schmunzeln, was ihr selbst etwas peinlich zu sein schien: »Ist ja wirklich nicht angebracht zu lachen, wenn die Rede von einem Toten ist. Aber es ist wirklich ziemlich überraschend.«

»Mach's bitte nicht so spannend, Kati. Sag schon, was du weißt!«

»Das Mannsbild in Lederhosen war genauso wenig waschechter Bayer wie der Bürgermeister von Bremen.«

»Kein Bayer?« Paul, der die trachtentragende Leiche noch bildlich vor sich hatte, mochte es kaum glauben. »Sondern?«

»Da kommst du nie drauf«, ließ ihn Katinka zappeln.

»Soll das jetzt ein Ratequiz werden?«, drängte Paul. »War's etwa ein verkleideter Sachse, ein kostümierter Thüringer oder ein getarnter Nordrhein-Westfale?«

Katinka schüttelte den Kopf. »Du liegst völlig daneben.« Sie ließ Paul noch etwas schmoren, bevor sie ihr Wissen endlich teilte. »Also gut, ich werde es dir verraten: Der Tote war Korse.«

Darauf wäre Paul fürwahr niemals gekommen. »Ein Korse im Trachtenjanker. Wo gibt's denn so was?«

»Ja, und zwar nicht irgendein Korse«, sagte sie, nun wieder ernsthaft. »Es handelte sich um einen gewissen Jean-François Santini.«

»Soll mir dieser Name irgendetwas sagen?«, fragte Paul.

»Santini wurde lange Zeit per internationalen Haftbefehl gesucht: ein berüchtigter Separatist und Terrorist. Auf sein Konto gehen mindestens fünf Anschläge in der korsischen Hauptstadt sowie mehrere Fememorde im Hinterland«, klärte Katinka ihn auf.

Daraufhin wunderte sich Paul umso mehr: »Wusste Schnelleisen auch, warum ein Freiheitskämpfer aus Korsika mit Lederhosen bekleidet tot in der Wohnung von Heike Bach lag?«

»Natürlich nicht. Schnelleisen kann ja nicht Hellsehen, wie du weißt.«

»Ja, das weiß ich sehr gut. Vielleicht solltest du ihm raten, die französische Polizei hinzuzuziehen. Im Gegensatz zu ihm können die Gendarmen das Rätsel womöglich lösen.«

»Nein, Paul«, sagte Katinka mit einem Mal streng. »Wenn ich jemanden ins Präsidium schicke, dann als Allererstes dich. Durch die Verstrickung eines Top-Terroristen gewinnt die Angelegenheit höchste Brisanz. Du musst die Sache mit dem Koffer so schnell wie möglich zu Protokoll geben und jedes Detail schildern.«

»So schnell wie möglich?«, fragte Paul entgeistert und sah sein sehnsüchtig erwartetes Abendessen schwinden.

»Nach dem Dessert wird genügen«, fügte Katinka versöhnlich hinzu. »Santini kann uns ja nicht mehr entwischen.«

»Dann reicht es doch auch morgen früh«, schlug Paul vor und sehnte sich nach seinem Bett.

»Nein«, blieb Katinka hart. »Noch heute Nacht!«

Paul war mehr als nur erfreut, als er anstelle des unsympathischen Kripochefs eine alte Bekannte im nahezu verwaisten Präsidium antraf: Jasmin Stahl schob auf Geheiß ihres Vorgesetzten Nachtschicht, wodurch sie ihr Volleyballtraining verpasst hatte. Dies und die späte Stunde mochten Gründe dafür sein, dass sie Pauls herzliche Begrüßung nur mit einem schwachen Lächeln erwiderte.

Die drahtige Kommissarin mit fuchsbraunem Haar und spitzbübischem Gesicht kam gleich zur Sache: »Stimmt das, was man sich erzählt? Diese Geschichte mit dem Schließfach meine ich.«

»Ja, geständig in allen Punkten«, räumte Paul kleinlaut ein.

»Zähl sie bitte noch einmal auf, diese Punkte«, sagte sie und setzte sich Paul gegenüber auf ihren Schreibtischstuhl.

Paul seufzte. »Wenn es unbedingt nötig ist, meinetwegen: Ich wurde von Vivi, einer flüchtigen Freundin, angerufen und in die Wohnung einer gemeinsamen Bekannten bestellt: Heike Bach. Als ich dort ankam, fehlte von der Anruferin genau wie von Heike jede Spur. Dafür begrüßte mich die Polizei, und mitten in der guten Stube lag der tote Santini, den ich aufgrund seiner Kleidung für einen Eingeborenen aus dem schwärzesten Bayern hielt.«

»Bitte keine müden Witze jetzt.«

»Dein Boss wollte mich so schnell wie möglich vom Tatort verscheuchen. Deswegen kam ich nicht mehr dazu, ihn auf einen Schlüssel hinzuweisen, den ich auf dem Fußboden entdeckt hatte. Ich steckte ihn ein, um ihn später bei Katinka oder dir abzugeben.«

»Was du jedoch nicht getan hast.«

»Nein, ich ließ mich leider dazu hinreißen, das passende Schließfach zu dem Schlüssel zu suchen, und wurde am Hauptbahnhof fündig. Dem Fach entnahm ich einen Aktenkoffer, der ebenfalls verschlossen war. Schon am Bahnhof meinte ich, von jemandem beobachtet zu werden, was sich später bei mir zu Hause bestätigte: Ein Mann war mir gefolgt und bedrohte mich mit einem Messer. In der Hektik schlug ich mir den Kopf an und verlor kurzzeitig das Bewusstsein. Mein Angreifer muss meine Auszeit dafür genutzt haben, um mit dem Koffer das Weite zu suchen.«

»So weit, so schlecht«, resümierte Jasmin. »Dank deiner Einmischung stehen wir vor einem Scherbenhaufen. Auf den Koffer, dessen Inhalt uns eventuell Aufschlüsse über Santinis Aktivitäten in Deutschland gewährt hätte, haben wir nun keinen Zugriff mehr. Die Suche nach dem Täter ist ebenfalls extrem schwierig, da es in der Wohnung von Fingerprints und Faserspuren nur so wimmelt, es aber leider keine Übereinstimmungen mit einschlägigen Kandidaten aus unserer Kartei gibt. So zumindest lautet das Ergebnis eines ersten Schnellabgleichs. Und abgesehen von den Nachbarn, die nichts gesehen haben wollen, ließen sich bisher keine Zeugen auftreiben. Deine Perle Vivi ist wie vom Erdboden verschluckt, genau wie die Wohnungseigentümerin Heike Bach.«

»Wer ist dann euer Hauptverdächtiger? Mein Messermann?«

Jasmin neigte unschlüssig den Kopf. »Nach dem werden wir in jedem Fall fahnden. Wir lassen gleich ein Phantombild nach deinen Angaben anfertigen. Genauso verdächtig sind momentan aber auch die beiden Frauen. Dass beide untergetaucht sind, lässt darauf schließen, dass sie in irgendeiner Form verwickelt sind.« Sie legte eine bedeutungsschwangere Pause ein. »Und dann bist da ja auch noch *du* ...«

Paul hob abwehrend die Hände. »Halte mich da bitte raus!«

»Glaub mir, Paul: Schnelleisen täte nichts lieber, als dich hinter Gitter zu bringen. Sei es auch nur für den Rest dieser Nacht.«

»Nur das nicht. Ich bin völlig erledigt und möchte bloß nach Hause.«

»Wenn das so ist, lieber Paul, hilf mir, die vielen Lücken in dieser Ermittlung zu schließen. Erzähl mir alles noch einmal, diesmal detailreicher. Nimm dir Zeit dabei, selbst wenn es die ganze Nacht dauert. Lass uns bei dem Messermann beginnen. Ich brauche eine exakte

Beschreibung. Auch die seines Autos, mit dem er dich verfolgt hat. Noch Fragen?«

»Ja. Wo steht hier der nächste Kaffeeautomat?«

5

Gegen fünf Uhr früh waren sie fertig – und Paul todmüde. Er hatte ein ellenlanges Protokoll unterschreiben müssen. Anschließend war der Polizeiapparat angesprungen und lief mittlerweile auf Hochtouren. Die Fahndung nach dem Mann im karierten Sakko inklusive computergeneriertem Porträtbild war in vollem Gange, ebenso wie die nach Vivi und Heike. Paul war es sogar gelungen, unter stärkstem Strapazieren seines Hirns einen Teil der Autonummer des goldbraunen VWs zusammenzupuzzeln.

Im Anschluss an eine kurze Frühstückspause, die sie gemeinsam in der Kantine des Präsidiums verbrachten, beschäftigte sich Jasmin damit, die Fragmente des amtlichen Kennzeichens mit den angemeldeten Autos des gleichen Typs abzugleichen. Dabei hämmerte sie wie wild auf die Tastatur ihres Computers ein.

Nach längerem Probieren und einigen beherzten Flüchen klarten ihre Gesichtszüge auf. »Ich glaube, ich hab's«, sagte sie und riss Paul damit aus einem Sekunden- oder vielmehr Minutenschlaf.

»Bist du fündig geworden?«, fragte er und rieb sich die Augen.

»Kennzeichen, Autotyp und Lackierung stimmen überein. Als Halter des Fahrzeugs ist ein gewisser Fred Oswald eingetragen. Jahrgang 1965. Den Führerschein hat er 1984 gemacht.«

»Gibt es von dem Kerl auch ein Foto?«, interessierte sich Paul.

»Leider nein. Dafür aber eine Adresse. Liegt in St. Leonhard, also quasi gleich um die Ecke.« Sie schob die Tastatur beiseite und schaute Paul unternehmungslustig an. »Jetzt knöpfen wir uns diesen Oswald vor!«

»Darf ich etwa mitkommen?«, wunderte sich Paul.

»Na klar, du musst ihn ja identifizieren.«

Das Navi in Jasmins aschgrauem zivilen Dienst-Audi dirigierte sie bis vor ein unspektakuläres Reihenhaus, dessen Baujahr Paul irgendwo in den 1980er-Jahren ansiedelte. Das Klingelschild wies zwei Namen auf. Nachdem bei Oswald niemand öffnete, versuchte es Jasmin bei der Familie Schuster.

Kaum hatte sie geläutet, wurde ihnen von einer vollbusigen Frau von etwa sechzig Jahren geöffnet. Ihr dunkles Haar war dauergewellt, die violett changierende Bluse trug Rüschen.

»Ja bitte?«, fragte sie und musterte die beiden Besucher. Vor allem den unrasierten Paul beäugte sie kritisch.

Jasmin zog mit geübter Routine ihren Dienstausweis aus der Innentasche ihres hüftkurzen Lederjäckchens. »Kripo Nürnberg. Wir möchten zu Herrn Oswald. Wissen Sie, wo er sich derzeit aufhält?«

Frau Schuster konnte ihre Überraschung kaum verbergen. »Herr Oswald?« Sie warf einen schnellen Blick auf ihre Armbanduhr. »Normalerweise schläft er noch um diese Zeit. Vielleicht ist er beim Brötchenholen. Müsste also bald wiederkommen.« Dann, nach kurzem Reflektieren, schob sie die Fragen nach: »Wieso? Ist etwas passiert?«

Statt zu antworten, erkundigte sich Jasmin in verbindlichem Ton: »Haben Sie Herrn Oswald heute früh schon gesehen?«

Frau Schuster schüttelte den Kopf. »Aber das muss nichts heißen. Vielleicht habe ich nur nicht mitbekommen, wie er gegangen ist. Herr Oswald wohnt bei uns zur Miete, hat aber einen eigenen Schlüssel für die Haustür.«

»Haben Sie ihn gestern Abend gesehen?«, fragte Jasmin.

Frau Schuster verneinte abermals.

»Und wo parkt normalerweise sein Wagen? Er fährt doch einen goldfarbenen VW, ja?«

Die Vermieterin reckte den kurzen Hals, um an den beiden vorbeisehen zu können, wurde aber nicht fündig. »Eigentlich gleich dort drüben in einer der Parkbuchten.«

»Braucht er den Wagen, um Brötchen zu holen?«, mischte sich Paul ein.

»Nein, nein, der Bäcker ist keine hundert Meter von hier entfernt.«

»Es hat den Anschein, als wäre Ihr Mieter heute Nacht gar nicht nach Hause gekommen«, stellte Jasmin fest. »Dürfen wir uns einmal in der Wohnung von Herrn Oswald umsehen? Sie haben doch sicherlich einen Zweitschlüssel.«

»Ist das denn rechtens?«, erkundigte sich Frau Schuster.

»Wenn Sie darauf bestehen, kommen wir in einer halben Stunde mit einer richterlichen Verfügung wieder. Dann bringe ich aber einige Beamte zur Verstärkung mit.«

»Bitte nicht! Bloß nicht ein so großes Aufsehen. Was sollen die Nachbarn denken?« Frau Schuster gab den Eingang frei und führte die beiden die Kellertreppe hinab in eine geräumige Souterrainwohnung.

»Danke, Frau Schuster, wir kommen zurecht«, sagte Jasmin, nachdem ihnen die Vermieterin aufgeschlossen hatte, und drückte ihr die Tür vor der Nase zu. »Dann wollen wir mal! Sieh dich um, ob du irgendetwas Verdächtiges findest, fass aber bloß nichts an«, wies sie Paul an.

Paul tat, wie ihm geheißen, und verschaffte sich einen Überblick in der einfach, aber keineswegs billig eingerichteten Junggesellenwohnung, die von einem großen Fernseher und eleganter Ledergarnitur dominiert wurde. Paul fielen auch etliche Zeitschriften auf, die auf einem niedrigen, gläsernen Sofatisch verstreut waren. *Visier* hieß die eine, *Caliber* die nächste. Daneben lag das *Magazin für Waffenbesitzer*. Das machte deutlich, mit welchen Hobbys sich Herr Oswald befasste. Paul konnte wohl von Glück sprechen, dass Oswald ihn lediglich mit einem Messer heimgesucht hatte und nicht mit einer großkalibrigen Flinte.

Vielversprechend erschien ihm auch ein Fund, den er eher beiläufig machte, als er versehentlich einen Papierkorb neben dem Schreibtisch umstieß. Zum Vorschein kamen neben zerknäulten Werbeblättchen ganze Bündel von Flyern, die himmelblau unterlegt und mit bayerischen Rauten umrandet waren. Paul wollte sie sich näher ansehen, als er einen Pfiff hörte.

»Ich habe etwas gefunden!«, rief Jasmin aus einem separaten Schlafraum. Paul ließ die Flyer fallen und eilte zu ihr. Jasmin schob die Schwebetüren eines lackweißen, deckenhohen Wandschranks auf und gab den Blick auf eine stattliche Sammlung zünftig bayerischer Kleidung preis. »Lederne Kniebundhosen, Hosenträger mit aufgesticktem Edelweiß und Filzhüte mit Kordel – alles, was das Bayernherz begehrt«, verkündete sie beinahe feierlich.

»Nicht zu fassen«, kommentierte Paul. »Erst der Tote in Tracht, nun diese Kostümsammlung. Was soll dieser ganze bajuwarische Zirkus?«

Auch Jasmin stocherte bei ihren Erklärungsversuchen im Nebel. »Es ist seltsam, ja. Aber es kann kein Zufall sein, dass wir ausgerechnet hier auf das gleiche Outfit stoßen, das Santini getragen hat. Es muss einen Zusammenhang geben.«

Das Läuten eines Telefons störte ihre Überlegungen. Paul sah Jasmin fragend an. Die schüttelte ermahnend den Kopf.

Doch Paul konnte nicht anders. Er machte die zwei Schritte bis zu einer Anrichte, auf der der Apparat stand, und nahm ab.

»Hallo?«, meldete sich eine Frau, deren Stimme ihm vage bekannt vorkam.

Als Paul nicht antwortete, vergewisserte sich die Anruferin: »Fred? Bist du dran?«

Nun erkannte Paul die Stimme – und war erneut sehr, sehr überrascht: »Heike?«

»Äh ... ja – mit wem spreche ich denn?«

Paul presste seine Hand auf den Hörer und zischte Jasmin zu: »Es ist Heike Bach! Ich fasse es nicht! Komm schnell her, damit du mithören kannst.« Dann sprach er wieder ins Telefon: »Ich bin's: Paul Flemming. Meine Güte, Heike, alle Welt sucht dich. Wo steckst du bloß?«

Die Angesprochene, wohl selbst verblüfft, reagierte erst nach einigen Sekunden: »Paul – bist du es wirklich? Habe ich die falsche Nummer gewählt?«

»Nein, nein. Ich bin in der Wohnung von Fred Oswald. Warum rufst du hier an? Was willst du von Oswald?«

»Ich? – Was machst *du* denn in Oswalds Wohnung? Kennt ihr euch etwa?«

Paul merkte, dass er auf diese Weise nicht weiterkam. Also entschied er sich dazu, seine Bekannte mit den harten Fakten zu konfrontieren: »Bei dir zu Hause wurde ein Toter gefunden. Seitdem wirst du polizeilich gesucht. Man braucht dich als Zeugin.«

Wieder löste er ein Schweigen aus. Diesmal länger. Als sich Heike zurückmeldete, klang ihre Stimme belegt: »Was soll das heißen? Was redest du für einen Unsinn?«

»Das ist kein Unsinn, Heike! Die Leiche eines Mannes lag mit eingeschlagenem Schädel auf deinem Sessel. Allem Anschein nach ist da ein Verbrechen geschehen.« Beschwörend redete er auf sie ein: »Sag mir bitte, wo du steckst. Es ist wichtig, dass du dich mit der Polizei in Verbindung setzt. Sonst kann das für dich ganz böse ins Auge gehen.«

»Polizei?« Bedenken schwangen in ihrer Stimme mit. »Nein, Paul, erst einmal möchte ich wissen, was hier gespielt wird.«

»Sag du es mir! Du bist doch diejenige, die sich versteckt.«

»Von Verstecken kann nicht die Rede sein. Ich bin nur für ein paar Tage unterwegs. Auf Bitten eines Freundes.«

»Dieser Freund hat dich gebeten, nicht nach Hause zu gehen?«

»Ja. Aber, wie gesagt, bloß für einige Tage.«

»Schöner Freund!«, spottete Paul. »In der Zwischenzeit hat er dein Wohnzimmer zu einem Tatort gemacht.«

»Ach, hör endlich auf damit!« Heikes Stimme war anzumerken, dass sie Paul kein Wort glaubte. »Wenn du wirklich in meiner Wohnung warst, hast du ja auch Cleo gesehen, oder?«

»Wer soll das nun wieder sein?«, fragte Paul verwundert. »Nie gehört, den Namen.«

»Cleo ist meine Perserkatze. Ich habe ihr genug Futter und Wasser für drei Tage hingestellt. Sie ist eine Hauskatze und darf nicht nach draußen. Hast du sie gesehen?«

Paul ärgerte sich darüber, dass sich Heike um eine solche Belanglosigkeit mehr sorgte als um die Leiche in ihrer Wohnung. »Nein«, sagte er hart. »Da war keine Katze. Jedenfalls habe ich nicht darauf geachtet.«

»Oje, hoffentlich hast du sie nicht entwischen lassen. Das wäre schlimm, denn draußen kommt sie nicht zurecht.« Heike klang besorgt. »In letzter Zeit verschwinden immer wieder Tiere bei uns im Viertel. Ich fürchte, da ist ein Tierhasser am Werk.«

»Tierhasser?« Paul konnte es nicht fassen, wie naiv sich seine Bekannte gab. »Das ist doch völlig irrelevant! Deine Katze wird schon wieder auftauchen. Du hast jetzt ganz andere Probleme.«

»Meinst du wirklich?«

»Allerdings! Ich kann nur an deine Vernunft appellieren, dich bei der nächsten Polizeidienststelle zu melden«, wiederholte Paul seine Forderung.

»Das werde ich sicher nicht, denn damit würde ich das Versprechen gegenüber meinem Bekannten brechen«, entschied Heike. »Aber wenn du so viel Wert darauf legst, meine Sicht der Dinge zu erfahren, können wir uns gern woanders treffen.«

»Endlich wirst du vernünftig«, sagte Paul erleichtert. »Kommst du zu mir? Ins Atelier?«

»Nein, lass uns lieber auf neutralem Boden zusammenkommen. Sagen wir ...« Sie überlegte. »Kennst du den *Südpunkt*?«

»Der Kulturtreff in der Südstadt?«

»Ganz genau. Die haben dort ein nettes Café.«

»Okay. Wann?«

»Ich kann in einer halben Stunde dort sein.«

»Abgemacht!«

Er könnte es in zwanzig Minuten schaffen, überschlug Paul und wollte sofort losfahren.

Doch er hatte die Rechnung ohne Jasmin gemacht: »Ich komme natürlich mit«, sagte sie und zückte ihr Handy.

»Wen rufst du an?«, fragte Paul.

»Verstärkung. Wir setzen die Bach fest, sobald sie in der Nähe des *Südpunkts* auftaucht.«

»Das kannst du nicht tun!«, widersprach Paul.

»Aber sicher. Das muss ich sogar tun.« Entschlossenheit stand in ihren Augen.

»Heike vertraut mir«, erklärte Paul. »Ich kann sie nicht in die Falle laufen lassen. Zumal sie ja von dem Toten überhaupt nichts wusste.«

»Trotzdem müssen wir sie verhören«, blieb Jasmin unnachgiebig. Etwas versöhnlicher fügte sie hinzu: »Danke für deine Hilfe, Paul, aber jetzt lass uns Profis ran.«

Es kostete ihn beinahe eine Viertelstunde, Jasmin doch noch breitzuschlagen. Nach langem Hin und Her willigte sie ein, ihre Kollegen vorerst nicht zu informieren und Paul einen Vorsprung zu gewähren. Er durfte mit Heike Bach sprechen, sie würde sich dabei im Hintergrund halten. Sollte er es allerdings nicht schaffen, sie davon zu überzeugen, dass sie sich stellen musste, wäre Jasmin an der Reihe. So lautete ihre Vereinbarung.

Sie nahmen wieder den Audi, blieben aber schon vor der nächsten Kreuzung stecken.

»Was ist denn hier los?«, ärgerte sich Paul über die Blechlawine vor ihnen.

»Scheißbaustellen. Jedes Frühjahr das Gleiche: Kaum ist der Schnee geschmolzen, rücken die blöden Bagger an«, meinte Jasmin. »Ich frage mich, warum man das nicht besser koordinieren kann. Die VAG wechselt Straßenbahnschwellen aus, das Tiefbauamt verlegt Kanalrohre, und gleichzeitig fällen sie Bäume.«

»Die nutzen die milden Temperaturen aus«, suchte Paul nach einer Erklärung, »bevor doch noch einmal eine Frostperiode kommt.« Aber auch er schielte auf seine Armbanduhr und erkundigte sich: »Hast du kein Blaulicht, das du aufs Dach setzen kannst?«

»Nur bei Gefahr in Verzug«, erklärte sie und schien mit sich zu hadern, ob nicht genau das jetzt der Fall war.

Den lindgrünen Riesenwürfel, der das Café beherbergte, erreichten sie mit einer satten Verspätung von fünfunddreißig Minuten. Paul stürmte in das Gebäude, während sich Jasmin wie besprochen zurücknahm und langsam schlendernd in der Umgebung aufhielt.

Den übersichtlichen Gastraum hatte er schnell überblickt, ohne Heike zu finden. Nur ein paar junge Leute bevölkerten das Café, die teils teilnahmslos, teils interessiert zu dem hektisch auftretenden Neuankömmling aufschauten.

»Ich bin hier verabredet«, meldete sich Paul an der Bar, hinter der eine junge Kellnerin an einer chromblitzenden Espressomaschine hantierte. »Mit Heike Bach. Sagt Ihnen der Name etwas?«

Die Frau drehte sich zu ihm um. »Nein.« Sie lächelte hilfsbereit. »Unsere Gäste stellen sich selten vor«, sagte sie gut gelaunt.

»Schon klar«, erkannte Paul seinen Fehler. »Ungefähr eins siebzig groß, blond, Mitte dreißig, trägt wahrscheinlich ein Kostüm oder irgendetwas anderes Elegantes«, versuchte er sich an einer Beschreibung.

»Platinblond?«, hakte die Bedienung nach. »Mit einer auffälligen Halskette?«

Paul dachte kurz nach. »Ja, das könnte hinkommen«, bestätigte er.

Die junge Frau hob bedauernd die Schultern. »Sie haben Ihre Freundin knapp verpasst.«

»Mist! Wann ist sie gegangen?«, ärgerte er sich über das eigene Zuspätkommen und die damit vertane Chance.

»Vor ungefähr zehn Minuten.«

»Mist!«, wiederholte sich Paul.

Die Bedienung neigte kokett den Kopf. »Vielleicht erwischen Sie sie ja noch in der Nähe. Die beiden schienen es nämlich nicht besonders eilig zu haben«, meinte sie.

Paul stutzte. »Die beiden?«

»Ja. Sie ist mit einem Mann zusammen gegangen.« Ihre Wangen färbten sich rosa. »Oh – hätte ich das jetzt besser für mich behalten müssen?«

Paul ging darauf nicht ein. »Wie sah der Mann aus?«, fragte er energisch.

»Ich weiß nicht, ob ich Ihnen das sagen sollte«, antwortete die Frau kleinlaut.

»Ja, das sollen Sie!«, forderte er resolut. »Es geht hier nicht um ein Eifersuchtsdrama, sondern um eine Polizeiangelegenheit.«

»Also gut ...« Sie schluckte. »Er war nicht besonders groß. Etwas älter als Ihre Freundin. Kräftige Statur. Dunkle Haare, fast schwarz. Seltsames Jackett. Und ...«

»Und?«

»Und er trug etwas bei sich. Eine Art …«

»Eine Art was?«

»Eine Art Tasche. Oder nein: es war ein Koffer. Ein Aktenkoffer!«

6

Paul wusste zunächst nicht, wie er Katinkas Verhalten deuten sollte: Als er nach Hause kam, fand er seine Frau beim Kofferpacken vor.

»Ziehst du aus?«, fragte er im Scherz, aber doch mit einem Haufen Fragezeichen im Hinterkopf und betrachtete die Vielzahl von Blusen und Röcken, die Katinka auf dem Bett ausgebreitet hatte, um sie dann sorgfältig gefaltet in ihrem aufgeklappten Trolli zu verstauen.

»Ja«, sagte sie, ohne aufzublicken. »Ich bin es leid, dass du mir ständig ins Handwerk pfuschst und Detektiv spielst.« Sie legte zwei Halstücher in zarten Pastellfarben dazu. »Lange habe ich gute Miene zum bösen Spiel gemacht. Aber nun ist Schluss.«

Paul merkte, wie seine Kehle trocken wurde. »Kati«, hob er vorsichtig an. »Du machst dich lustig über mich, ja?«

Die Angesprochene wandte ihm weiter den Rücken zu, sodass er nur ihr schulterlanges blondes Haar, nicht aber den Ausdruck ihres Gesichts sehen konnte.

»Kati?«, fragte er erneut und stieß sie an.

Endlich löste sie die Spannung, drehte sich um und grinste ihn verschmitzt an: »Verdient hättest du es! Aber ich wusste ja schon vor dem Ja-Wort, auf wen ich mich einlasse. Also keine Bange. Ich bleibe dir erhalten, bis dass der Tod uns scheidet.«

Paul zeigte aufs Bett: »Und weshalb packst du?«

»Kurzfristige Dienstreise«, antwortete sie. »Aber jetzt bist du erst mal dran: Was ist das für eine wilde

Geschichte mit Heike Bach und diesem Fred Oswald? Ich habe vorhin die Mitteilung bekommen, dass nach Oswalds Wagen gefahndet wird. Offenbar ist er gemeinsam mit der Bach auf der Flucht. Und du hast den entscheidenden Hinweis gegeben?«

»Ganz so heroisch würde ich meine Rolle nicht beschreiben«, dämpfte Paul die Erwartungen und schilderte seiner Frau, wie es sich wirklich abgespielt hatte. »Nachdem klar war, dass uns Heike und Oswald knapp entwischt waren und noch dazu den ominösen Koffer bei sich hatten, löste Jasmin natürlich sofort Alarm aus. Zu recht, denn Oswald hat ganz sicher Dreck am Stecken. Bei Heike bin ich mir nicht so sicher«, äußerte er seine Bedenken an ihrer Beteiligung.

»Wieso?«, fragte Katinka, und ihr Lächeln fror ein. »Bloß weil sie hübschere Augen hat als Oswald?«

»Nein, damit hat das nichts zu tun. Ich nehme nur an, dass sie gegen ihren Willen in etwas hineingezogen wurde, ohne zu wissen, worum es überhaupt geht.«

»Das wissen wir ebenso wenig. Außerdem ist es gut möglich, dass sie dir etwas vormacht.« Sie blinzelte ihn versonnen an. »Ein solcher Blick reicht doch meistens aus, um dich von der Unschuld einer Frau zu überzeugen, oder?«

»Hör auf, Kati. Heike ist keine Mörderin. Das würde ich auch sagen, wenn sie weniger attraktiv wäre.«

»Oho. Die Dame ist also attraktiv. Habe ich es doch geahnt.«

»Jetzt wird es banal«, bemühte sich Paul, dem Gesprächsverlauf eine andere Wendung zu geben. »Heike ist nicht diejenige, nach der ihr suchen solltet.«

»Gut dass du kein professioneller Ermittler bist. Bei

dir würde jede einigermaßen gut gebaute Straftäterin davonkommen«, triezte sie ihn weiter.

Paul pustete seine Wangen auf und ließ deutlich hörbar Luft ab. »Katinka, du kannst bald nichts anderes mehr denken als an Heike.«

»Du etwa?«

Daraufhin erkannte er, dass er mit Worten allein nichts ausrichten konnte, zog Katinka spontan zu sich heran und küsste sie.

Obwohl er sich mit diesem Überfall genauso gut eine Zurückweisung hätte einhandeln können, ließ sie sich darauf ein. Der Kuss wurde lang und länger, war seinerseits zunächst energisch und besitzergreifend, dann liebevoll und zärtlich und ging in ein leidenschaftliches Verlangen ihrerseits über. Schnell landeten beide im Bett.

Als Katinka später einige völlig zerknitterte Papiere vom zerwühlten Laken auflas und glattzustreichen versuchte, machte sie Paul scherzhaft Vorwürfe: »Hättest du nicht besser aufpassen können, wo du mich hinwirfst, du Draufgänger?«

Paul versuchte sie zurück auf die Kissen zu ziehen, doch diesmal wehrte sie sich.

»Keine Zeit. Ich darf meinen Flieger nicht verpassen.«

Nun bestand Paul auf einer Antwort: »Was ist das für eine Dienstreise? Und warum so plötzlich?«

Statt zu antworten, entnahm Katinka dem Trolli einen Schnellhefter und warf ihn Paul zu.

»Das Dossier von Jean-François, oder wie er sich auf Korsisch nennt: Ghjuvan Francescu Santini, unserem Toten«, fügte sie erklärend hinzu. »Es ist ja allgemein bekannt, dass es sich bei Korsika offiziell zwar um ein französisches Department handelt, viele Einwohner sich jedoch nicht als Franzosen, sondern als Korsen sehen. Das hat seinen Grund in der wechselvollen Geschichte der Insel: Im Laufe der Jahrhunderte wurde sie von verschiedensten Fremdmächten okkupiert. Die Römer waren dort, die Italiener, wir Deutschen, die Engländer und heute eben die Grande Nation. Die Korsen wehren sich gegen jede Fremdherrschaft, indem sie eine urtümliche Sprache pflegen, nationale Produkte bevorzugen ...«

»... und mit Schrotflinten französische Straßenschilder durchsieben«, wusste Paul und ließ sich zu einer unbedachten Bemerkung hinreißen: »Die trauen sich wenigstens was, um ihre Eigenständigkeit zu verteidigen – im Gegensatz zu uns Franken.«

Katinka kniff die Augen zusammen. »Du sagst es, Paul. Da liegt nämlich der Hase im Pfeffer.«

»Du meinst doch nicht etwa, dass Santini bei uns nach Gleichgesinnten gesucht hat?«, begann Paul zu begreifen.

»Wer weiß, Paul. Auszuschließen ist das nicht«, meinte Katinka. »Aus dem Dossier geht hervor, dass Santini eine wilde Karriere als Separatist hinter sich hat. Aktenkundig wurde er das erste Mal, als er in jungen Jahren bei Demos über die Stränge schlug. Sehr bald glitt er ab in den terroristischen Untergrund, wurde zum Bombenleger und Mörder. In seiner kriminellen Laufbahn avancierte er zum Star der Szene, wenn man das so nennen will. Trotz intensiver Bemühungen und sogar eines hohen Kopfgelds, das die französischen Behörden auf ihn aussetzten, ist es all die Jahre nie gelungen, ihn zu schnappen. In letzter Zeit ist es aber still um ihn geworden.«

»Nun«, meinte Paul und dachte an das verwitterte Gesicht des Toten, »Santini war nicht mehr der Jüngste. Vielleicht hatte er schlichtweg die Nase voll vom strapaziösen Guerillaleben und wollte sich zur Ruhe setzen.«

Katinka zwinkerte ihm verschwörerisch zu: »In eine ganz ähnliche Richtung denken wir auch. Jetzt müssen wir nur noch herausfinden, warum er sich als Alterssitz ausgerechnet Nürnberg ausgesucht hat.«

»Du sprichst immer von *wir*. Wer ist denn noch mit im Boot?«

»Philippe«, antwortete Katinka und setzte das Kofferpacken fort.

Paul hob die Brauen. »Philippe – und weiter?«

»Philippe Torreton. Mein Amtskollege in Ajaccio, der korsischen Hauptstadt.«

»Ein gutaussehender, charmanter Franzose?«

»Ich habe ihn noch nicht zu Gesicht bekommen, aber seine Stimme klingt vielversprechend. Wenn ich gelandet bin, sende ich dir eine SMS, ob Grund zur Sorge um meine Treue besteht.« Sie klappte den Trolli zu. »Jetzt muss ich mich aber wirklich sputen. Fährst du mich schnell zum Flughafen?«

Paul hatte einige Stunden Schlaf nachgeholt. Als er gegen Mittag erwachte, fand er sich alleingelassen in der leeren Wohnung wieder. Nicht ganz glücklich über Katinkas überstürzt angetretene Dienstreise wollte er sich im *Goldenen Ritter* mit einem guten Essen trösten. Auf dem Weg dorthin kam er am kurz vor der Eröffnung stehenden *Münchner Stadl* am Weinmarkt vorbei, über dessen Eingang eine Fahne mit blauweißen Rauten wehte. Ein Blick durchs große Fenster vermittelte Paul einen Eindruck vom Konzept der Betreiber: Rustikale Bierbänke, jede Menge Kitschdeko, auf Trennwände geprägte Bayernwappen und ein Panoramabild mit Alpenmotiv gingen klar in Richtung Erlebnisgastronomie. Sogar eine ausgediente Skigondel war in einem Eck arrangiert worden. Kellnerinnen im Dirndl und mit Zöpfen wirbelten umher und bereiteten sich auf die ersten Gäste vor. Auch an eine Blaskapelle hatten die Macher gedacht. Die Musiker polierten gerade ihre Instrumente.

Die Vorbereitungen des Konkurrenten waren Jan-Patrick offensichtlich nicht verborgen geblieben, denn Paul erwischte den Wirt dabei, wie er auf einer Klappleiter stehend fränkische Fähnchen in den Eingangsbereich seines Lokals hängte.

»Hast du das nötig?«, sprach Paul ihn an.

Der kleine Wirt fand diese Bemerkung wohl unpassend. Er stieg von der Leiter und setzte Paul den Zeigefinger auf die Brust. »Hör mal zu, mein Freund! Ich verdiene mir mit diesem Laden meinen Lebensunterhalt und muss damit Frau und Kind ernähren. Ich kann es mir nicht erlauben, meine Kundschaft an die Seppel von nebenan zu verlieren.«

»Ich werde dir jedenfalls treu bleiben«, versicherte Paul. »Was steht denn bei dir auf der Karte?«, brachte er seine Standardfrage an.

»Die Küche bleibt kalt«, antwortete Jan-Patrick schroff.

Wie zur Erklärung kam seine Frau Marlen aus dem Gasthaus, an der Hand das im Gesicht rot-weiß geschminkte Töchterchen. Marlen selbst trug weitere Frankenwimpel bei sich.

»Der BFF hat zur Demo vorm *Stadl* aufgerufen«, erklärte Jan-Patrick. »Schließt du dich uns an?«

»Eine Demo vom Bund Freies Franken?«, vergewisserte sich Paul. Die Skepsis stand ihm ins Gesicht geschrieben.

»Bekenne dich zu deiner Heimat!«, forderte sein Freund ihn auf.

Paul wechselte einen kurzen Blick mit Marlen, die die Sache wohl nicht ganz so bierernst nahm wie ihr Mann, und nickte dann. »Meinetwegen. Euch zuliebe bin ich dabei.«

Inzwischen trudelten auch andere Demonstrationsteilnehmer ein und formierten sich vor der neuen Gastwirtschaft. Die meisten von ihnen hatten das Rentenalter längst überschritten. Als wenig später Helwig Scharrer, der Chef des BFF, eintraf, war die Gruppe auf knapp zwanzig Personen angewachsen.

Nach Scharrers Empfinden wohl zu wenig, das las Paul aus dem mürrischen Blick des hohlwangigen Mannes mit struppigem Bürstenhaarschnitt. Der hagere Mittfünfziger, unter dessen Mantel ein rot-weiß kariertes Hemd hervorlugte, sah auf seine Armbanduhr, dann auf das überschaubare Grüppchen seiner Mitstreiter und setzte zu einer Ansprache an.

Doch schon bei der Begrüßung blieb er stecken. Denn alle Aufmerksamkeit wurde von einer schnell näher kommenden Truppe Fotografen und Kameraleute auf sich gezogen, die wild knipsend und filmend einen Mann in dunklem Anzug umkreisten wie ein Mückenschwarm.

»Was will der denn hier?«, raunte Jan-Patrick Paul zu.

Auch Paul erkannte jetzt den Neuankömmling: Martin Rode, das hohe Tier bei den Schwarzen. Paul fand den Politiker, der in Aussehen und Auftreten an den jungen Franz-Josef Strauß erinnerte, zwar nicht sonderlich sympathisch, er musste aber anerkennen, dass Rode ein Macher war, der im Landtag schon viel für seine fränkische Heimat durchgeboxt hatte.

»Ich nehme an, er ist Eröffnungsgast im *Stadl*«, mutmaßte Paul.

Als der Tross auf die Demonstranten traf, trat Helwig Scharrer vor und stellte sich Rode demonstrativ entgegen. Das bislang fahle Gesicht des Frankenbundvorsitzenden hatte eine rötliche Färbung angenommen.

Rode, für den Moment überrascht vom unerwarteten Empfangskomitee, lächelte Scharrer an und streckte ihm bereitwillig die Hand entgegen.

Diese schlug Scharrer mit den Worten aus: »Schämen Sie sich nicht?« Als Rode nicht sofort reagierte, schob er nach: »Sie als unser Volksvertreter hätten die Pflicht, Auswüchsen wie diesem mit aller Entschiedenheit entgegenzutreten, statt sich von den bayerischen Invasoren für ihre Zwecke einspannen zu lassen!«

Ein gefundenes Fressen für die Journalisten, die ihre Kameras, Fotoapparate und Mikrofone in Position brachten. Paul hielt sich schön im Hintergrund und schmunzelte angesichts dieser allzu plumpen Attacke des Frankenbündlers auf den Politprofi.

Zumindest äußerlich blieb Rode ruhig. »Mein lieber Herr Scharrer, der *Münchner Stadl* trägt zur Belebung der Sebalder Altstadt bei. Ich bin generell offen für Bereicherungen der gastronomischen Vielfalt. Das ist gewiss kein Grund, sich zu schämen.«

Scharrer, der sich dem Rhetoriker Rode wohl unterlegen fühlte, stellte sich unbewusst auf die Fußspitzen, als er ihn anfuhr: »Mit Fremdkörpern wie dem *Stadl* unterhöhlen Sie die fränkische Identität und berauben die alteingesessenen Wirte ihrer Kundschaft!«

Jan-Patrick spendete Beifall, woraufhin Marlen ihn mit dem Ellbogen in die Flanke stieß.

»Nürnberg hat jedes Jahr Millionen Besucher aus aller Welt zu Gast. Da bleibt genug Raum für Wettbewerb«, hielt Rode dagegen, wobei er den Blick von Scharrer abwandte und direkt in eine Kamera des *Bayerischen Fernsehens* sprach. »Der Tourismussektor zählt ohne jeden Zweifel zu den Aktivposten der Nürnberger Wirtschaftsstruktur, den wir nicht durch kleingeistige Selbstbeschränkung schwächen sollten.« Drinnen begann die Kapelle zu spielen.

Scharrer schäumte vor Wut: »Bekennen Sie endlich einmal Farbe! Sie können es nicht gleichzeitig uns Franken und den Bayern recht machen!«, schrie er gegen die Blechbläser an.

»Ich rate Ihnen zu mehr Toleranz und Gelassenheit, Herr Scharrer«, entgegnete Rode noch immer höflich, jedoch mit finsterem Blick. »Die Auffassungen, die Sie vertreten, sind die einer kleinen Minderheit. Der Wählerwille sieht anders aus.«

»Weil Sie Ihre Wähler belügen!«, ging Scharrer den Politiker frontal an. »Was das Volk wünscht, ist Ihnen doch völlig egal. Ihnen geht es einzig und allein ums persönliche Fortkommen!«

»Ich verrate meine Heimat nicht, wenn Sie das meinen. Ich bin – genau wie Sie – Franke durch und durch.« Rode, der seine Hand schon auf den Türknauf des Lokals gelegt hatte, sah ihn aus schmalen Augen an. »Gern und jederzeit diskutiere ich mit Ihnen weiter,

Herr Scharrer. Sobald Sie bereit sind, sich wieder auf eine sachliche Ebene zu begeben. Und jetzt entschuldigen Sie mich.« Damit trat er, von der Pressemeute begleitet, ein und ließ sich an der Seite der Dirndl-Maiden ablichten.

Zurück blieb das traurige Häuflein Demonstranten, die ein Transparent mit dem wenig originellen Slogan »Bratwurst statt Weißwurst« entrollten – zu spät für die Kameras.

Bevor sich die Gruppe auflöste, bekam Paul mit, wie Scharrer einem seiner Gefolgsleute etwas zuraunte: »Der wird niemals Minister! Hörst du: niemals! Dafür werde ich sorgen.«

Paul ging auf Abstand, denn für sein Empfinden wurde die Lokaleröffnung von den Frankenfanatikern künstlich zum Skandal aufgeputscht. Er verstand ja die Beweggründe seines Freundes Jan-Patrick, aber die hatten weniger mit seinem Patriotenherz zu tun, vielmehr ging es ihm ums Geschäft.

Nachdem sich Paul von Jan-Patrick und seiner Familie verabschiedet hatte, lief er wenige Meter weiter dem nächsten alten Bekannten in die Arme: Pfarrer Hannes Fink. Wie immer begrüßten sich beide mit einer herzlichen Umarmung. Nach einem kurzen Wortwechsel, in dem Paul darüber klagte, dass ihn Katinka zum Strohwitwer gemacht und er auch bei Jan-Patrick nichts zu essen bekommen hätte, lud Fink ihn spontan ins Pfarrhaus ein.

»Ich kann dir zwar keine Nouvelle Cuisine bieten, aber vielleicht gibst du dich auch mit Spiegeleiern, Speck und gebackenen Bohnen zufrieden«, schlug ihm der Geistliche vor.

Die gemütliche Pfarrstube war gut geheizt, und als Fink seinem Gast einen Steingutkrug mit dunklem Bier vorsetzte, war für Paul die Welt wieder in Ordnung.

»Was war denn das für eine seltsame Demonstration?«, erkundigte sich der Pfarrer mit dem Pferdeschwanz, nachdem er zwei Teller mit dem dampfenden Essen auf den Tisch gestellt hatte.

Paul sagte es ihm, woraufhin Fink nur milde lächelte. »Die alte Feindschaft Franken gegen Bayern – ist es das, worum es mal wieder ging?«

»Ja. Scharrer, dieser Hitzkopf, wird erst ruhen, wenn Franken auch den letzten Bayern ausgebürgert und sich zum eigenständigen Bundesland aufgeschwungen hat«, machte sich Paul lustig.

Fink schmunzelte. »Dabei gab es ihn ja eigentlich nie, den fränkischen Staat. Als die Gebiete nördlich der Donau vor zweihundert Jahren an Bayern fielen, hatte bloß ein loser Bund von Herrschaftsgebieten existiert. Zusammengehalten wurde dieses labile Gebilde bis dahin durch den Fränkischen Reichskreis, aber der diente eher wirtschaftlichen Zielen«, gab der Pfarrer einmal mehr sein beachtliches Allgemeinwissen preis. »Man muss sich vor Augen halten: Ein gesamtfränkisches Gemeinschaftsgefühl bestand damals ebenso wenig wie heute. Die räumliche, politische, aber auch konfessionelle Zersplitterung hat verhindert, dass ein Aufschrei durchs Land hallte, als die Bayern uns schluckten. Und Hand aufs Herz: Ein Bundesland Franken würde auch in modernen Zeiten nicht funktionieren, weil wir dafür viel zu kleinteilige Strukturen haben. Alle paar Kilometer ändern sich die Konfession, der Dialekt und die Mentalität. Das gäbe bloß Krach und Missgunst. Man wäre sich nicht grün im Bundesland Franken.«

»Fränkisch ist zänkisch.«

»Ja, da ist was dran«, nickte Fink. »Bleiben wir lieber beim Status quo. Denn nichts schweißt uns Franken stärker zusammen als das einvernehmliche Schimpfen auf die Benachteiligungen durch die Staatsregierung.« Er nahm einen tiefen Schluck aus seinem Humpen, wischte sich mit dem Handrücken den Schaum vom Mund und fragte: »Dieser tote Mann in Tracht, von dem du erzählt hast – kann es sein, dass ihn jemand für einen echten Bayern gehalten hat?«

»Du meinst, ein überzeugter Franke hat ihn aufgrund seiner Kleidung gemeuchelt?« Paul nahm diesen Einfall nicht ernst. »Das wäre aber ein unrühmliches Ende für einen morderprobten Terroristen. Und bloß wegen der falschen Klamotten wird doch keiner erschlagen. – Oder vielleicht doch?« Er grübelte. »Eine Erklärung könnte lauten, dass man den vermeintlichen Bayernspion Santini daran hindern wollte, geheime politische Umsturzpläne der Frankenultras zu stehlen«, sagte er und musste selbst schmunzeln über diese abstruse Idee.

Finks Miene blieb dagegen unbewegt. Er ließ seine großen, etwas hervortretenden Augen auf Pauls Gesicht ruhen. »Ist das denn wirklich so abwegig? Immerhin hast du vorhin selbst erlebt, was für Hitzköpfe in unserer Stadt ihr Unwesen treiben. Agitatoren vom Schlage eines Helwig Scharrer haben gewiss derartige Pläne in ihren Schubladen.«

Paul sah den Pfarrer verwundert an. »Aber Hannes, solche Worte aus deinem Mund? Scharrer ist, soviel ich weiß, Gemeindemitglied und eifriger Kirchgänger.«

»Muss ich ihn deshalb mögen?«

»Zumindest solltest du nicht schlecht über ihn reden. Heißt es nicht, vor Gott sind alle Menschen gleich?«

Finks Mundwinkel neigten sich leicht nach unten, als er sagte: »Ich gebe dir insofern recht, dass sich ein guter Hirte auch um die schwarzen Schafe in seiner Herde kümmern muss. Aber genauso gehört es zu seinen Aufgaben, dafür zu sorgen, dass sie es nicht übertreiben.«

»Mit anderen Worten: Du musst deine weißen Schäfchen vor den schwarzen Schafen schützen.«

»Hin und wieder: ja. Sieh mal, Paul, wir Seelsorger wissen oft sehr viel über die Menschen, das bringt unser Beruf nun einmal mit sich. Wir erzählen darüber aber so gut wie nie Details, denn wir wissen, wie klein die kirchliche Welt ist, vor allem in Nürnberg. Aber nun genug von Scharrer und den Abwegen, auf die er sich hin und wieder begibt.« Er schob den Steingutkrug beiseite, legte seine kräftigen Unterarme auf der Tischplatte ab und sah Paul unternehmungslustig an. »Ich denke, die zentrale Frage in dem Rätsel, das du zu lösen suchst, muss lauten: Was treibt einen abgehalfterten Terroristen nach Franken? Lass uns einfach mal ins Blaue schießen und spekulieren! Eine Antwort könnte lauten: Er wollte hier unter falscher Identität in Frieden seine letzten Jahre genießen. Um unter den Einheimischen in seiner neuen Wahlheimat nicht aufzufallen, legte er sich landestypische Kleidung zu – zumindest das, was er dafür hielt.«

»Da hat er sich aber ziemlich vergriffen.«

»Für einen Ausländer ist Bayern eben Bayern. Woher sollte er die feinen Unterschiede kennen?«

»Und der Inhalt des Koffers ...«

»... wäre in diesem Fall ein Satz frischer Unterhosen,

Zahnbürste und Rasierzeug«, war der Pfarrer um eine Antwort nicht verlegen.

»Mmm. Glaub ich nicht. Andere Möglichkeiten?«

»Antwort zwei: Santini, der Pensionär ohne Rentenanspruch, musste sich etwas dazuverdienen, zum Beispiel als Pausenclown im *Münchner Stadl*. Daher die Tracht.« Fink lachte laut über den eigenen Witz, um sogleich zum Ernst der Lage zurückzufinden: »Könnte es nicht eher so sein, dass Santini sein schändliches Handwerk bei uns weiterbetreiben wollte? Getreu dem Motto: Schuster, bleib bei deinen Leisten.«

»Du glaubst, er plante einen Anschlag?« Paul mochte es kaum glauben. »Aber auf wen? Hier gibt es nur wenige Franzosen, und ganz bestimmt keine, die für die politischen Gegebenheiten auf Korsika zuständig sind. Und von einem deutsch-französischen Gipfeltreffen in Nürnberg ist mir auch nichts bekannt.«

Behäbig schüttelte der Pfarrer den Kopf. »Nein, ich denke in eine andere Richtung. Womöglich hat sich Santini den hiesigen Freischärlern angedient, womit wir doch wieder bei Scharrer angelangt wären. In diesem Falle könnte die Aktentasche tatsächlich so etwas wie eine Gebrauchsanleitung für einen Anschlag enthalten. Zumindest ist das eine Überlegung wert, meine ich.«

Paul versuchte, dieser Möglichkeit etwas abzugewinnen, tat sich jedoch schwer damit. »Scharrer mag ein Querulant sein, aber er ist kein Anarchist.« Auch sonst fielen Paul außer vielleicht ein paar Graffitisprayern mit ihren politischen Parolen auf Anhieb keine staatsgefährdenden Umtriebe in der City ein.

Dennoch hatte Hannes Fink bei ihm einen Gedankenprozess angestoßen.

7

Tags darauf, immer noch allein zu Hause, fiel ihm die Decke auf den Kopf. Nicht dass es Paul an Arbeit gemangelt hätte. Abgesehen von den häuslichen Aufgaben müsste er sich dringend mal wieder um seinen Beruf kümmern. Denn von allein kamen die Jobs für einen freischaffenden Fotografen gewiss nicht herein.

Also dann, feuerte er sich an: Auf ans Werk! Paul setzte sich an seinen Schreibtisch, krempelte die Ärmel seines Hemdes zurück und fuhr den Laptop hoch. Er startete das Mailprogramm, überflog den Posteingang und sortierte aus den unzähligen Werbemails und Newslettern die wenigen heraus, die nach so etwas wie einem Auftrag klangen. Darunter zwei Anfragen von angehenden Ehefrauen, die einen Hochzeitsfotografen suchten. Paul verschickte standardisierte Absagen, denn solche Aufgaben waren ihm zu profan und angesichts des Zeitaufwands zu wenig lukrativ. Die gleiche Botschaft erhielt eine Schule, die jemanden für Klassenfotos brauchte. Und auch das Staatstheater ging leer aus, denn als Bühnenfotograf hatte Paul bereits schlechte Erfahrungen sammeln müssen. Übrig blieb die Bitte eines Werkzeugbauers, ein Angebot für eine Bildergalerie der Firmen-Website zu erstellen. Paul nahm einen Taschenrechner zur Hand, überschlug die Stunden, die er wohl dafür benötigen würde, und verlor dabei die Lust. Leblose Dinge wie Maschinen zu fotografieren hatte ihm noch nie besonders viel Spaß gemacht. Also lieber doch mal wieder eine Hochzeit?

Paul führte seine Hand zum Nacken, massierte sich den Hals und fragte sich, wo die vielen interessanten Aufträge geblieben waren, die er in früheren Zeiten bekommen hatte. Vor allem um Modellaufnahmen und Shootings für Modemagazine, seine eigentliche Stärke, war es inzwischen schlecht bestellt. Lag es an der wachsenden Konkurrenz? Möglicherweise war auch sein Stil nicht mehr so gefragt wie früher. Die jungen Kollegen liefen ihm mit ihrer frischen Kreativität und besseren Kenntnissen in der Bildbearbeitung den Rang ab. Das bedeutete, dass er dringend an sich arbeiten musste, sich fortbilden und neue Ideen entwickeln.

Das waren Gedankengänge, die Paul gar nicht behagten. Denn im Grunde genommen sah er sich ja weniger als Arbeiter, sondern vielmehr als Künstler. Und ein Künstler brauchte Inspiration und musste vor allem in der richtigen Stimmung sein, um seine Fantasie entfalten und unbelastet von weltlichen Pflichten ans Werk gehen zu können.

Kurzum: Es fehlte ihm momentan ganz einfach am notwendigen Antrieb, weshalb er beschloss, dem drängenden Impuls in seinem Hinterkopf nachzugeben und sich wieder seinem Steckenpferd zu widmen: dem Kriminalisieren. Zu gern würde er in Erfahrung bringen, was es mit dem verschwundenen Koffer auf sich hatte! Ob er – wie Pfarrer Fink spekulierte – brisante politische Papiere enthielt oder – das erschien ihm selbst wahrscheinlicher – eine stattliche Summe Bargeld? Gesetzt den Fall, dass Santini wirklich von hiesigen Unruhestiftern angeheuert worden war, ließ er sich seine Dienste sicherlich versilbern. Demnach könnte in der Aktentasche Santinis Gage gelegen haben, zur Abholung für ihn bereitgestellt im Bahnhofsschließfach.

Je länger Paul darüber nachdachte, desto weniger unwahrscheinlich erschien ihm Finks Theorie, dass eine Organisation wie der BFF den Korsen angeworben hatte: als Berater zum Beispiel oder Aufwiegler. Er wusste auch, von wem er die Bestätigung für seine These bekommen könnte: nämlich von Fred Oswald, der so erpicht auf den Koffer gewesen war, woraus Paul schloss, dass er über dessen Inhalt genau Bescheid wusste. Nur leider war Oswald ebenso vom Erdboden verschluckt wie die Aktentasche selbst.

Was tun? Vielleicht, so überlegte Paul, würde sich ein erneuter Besuch bei Oswalds Hauswirtin lohnen. Diesmal allerdings ohne Jasmin, denn Paul wollte sich von ihr nicht in die Parade fahren lassen und sie erst einweihen, wenn er mehr in der Hand hatte. Er nahm sich vor, seinen Plan gleich in die Tat umzusetzen.

Paul hatte das Haus kaum verlassen, als sich ihm jemand in den Weg stellte: eine schmächtige grauhaarige Gestalt mit blassem Gesicht und ebenso farblosem Trenchcoat. Polizeireporter Victor Blohfeld knallte Paul eine zusammengerollte Zeitung vor die Brust.

»Schon gelesen?«, fragte er mit seiner vom vielen Zigarrenrauchen rauen Stimme.

Paul gab sich nicht die Mühe, die Zeitung auseinanderzurollen. »Eine Schlagzeile über Topterrorist Santini?«, riet er und kniff die Augen zusammen, weil ihn die tief stehende Morgensonne blendete.

»Ins Schwarze getroffen«, bestätigte Blohfeld. »Das heißeste Thema, das wir in dieser langweiligen Stadt seit der Inhaftierung des legendären Mittagsmörders abgedruckt haben – und das war immerhin schon in den Sechzigerjahren.«

»Ja, spannende Sache. Freut mich, wenn Sie etwas zu tun haben«, sagte Paul und bemühte sich, eine Fortsetzung dieses Gesprächs zu vermeiden.

Doch der Reporter hielt die Zeitung wie eine Schranke vor Paul und hinderte ihn am Weitergehen. »So schnell kommen Sie mir nicht davon, Flemming! Schließlich habe ich ewig nichts von Ihnen gehört. Dachte schon, Sie hätten den Löffel abgegeben. Aber so ist das nun mal: Viele Leute, von denen man glaubt, sie seien gestorben, sind bloß verheiratet.«

»Was für ein lahmer Gag«, sagte Paul. »Vom gleichen Niveau wie Ihre Artikel.«

Blohfeld, in seiner Ehre getroffen, zuckte zusammen. »Vorsicht, mein Lieber. Es gibt zwei Dinge, die man nicht zurücknehmen kann: Kugeln, die man abfeuert, und Worte, die man sagt.«

»Es war ja nicht so gemeint«, gab Paul nach.

»Weiß ich doch. Aber ganz im Ernst: Sie sehen schlecht aus, Flemming. Fehlt Ihnen was?«

Paul seufzte. »Mit mir geht es bergab. Ich werde alt.«

»Seit ich Sie kenne, geht es mit Ihnen bergab und Sie werden alt. Machen Sie mir nichts vor: Das ist noch nicht alles!«

Paul wollte unter allen Umständen vermeiden, dass Blohfeld etwas von seiner Verstrickung in den Fall Santini erfuhr. Deshalb griff er kurzerhand das nächstliegende Thema auf: »Katinka ist nicht da. Eine Dienstreise. Sie fehlt mir.«

Der Reporter verzog den Mund. »Wusste ich's doch. Bin eben ein Menschenkenner. Sehe den Leuten auf zehn Metern Entfernung an, wenn etwas nicht stimmt.«

»Ja, Sie Held«, spöttelte Paul und wollte nun endlich gehen.

Doch Blohfeld hatte sein Pulver noch nicht verschossen. »Ich hätte es ihr verboten«, sagte er voller Überzeugung.

»Die Dienstreise?«

»Den ganzen Dienst. Frauen sollten nicht arbeiten. Das ist gegen ihre Natur.«

Paul schnappte nach Luft. »Bitte?«

»Schauen Sie sich um. Überall Frauen im Businesskostüm, die über Dinge fachsimpeln, die nicht zu ihnen passen. Wenn sie nicht die höheren Stimmen hätten, würde man manchmal gar nicht mehr merken, ob man es mit einem Mann oder einer Frau zu tun hat.«

Wollte Blohfeld ihn mal wieder provozieren? Er konnte doch wohl nicht erwarten, dass Paul sich dieser Meinung anschloss. Paul sah sein Gegenüber scheel an. »Worauf wollen Sie hinaus, Blohfeld?«

»Die Geschäftswelt und ihr ständiger Konkurrenzkampf – das ist ein antrainiertes Verhalten, das nicht zu einer Frau gehört. Auch nicht zu Ihrer. Im Grunde tun mir diese Frauen sogar leid. Sie sind Opfer unserer Gesellschaft, in der ihnen permanent eingeredet wird, sie bräuchten einen anstrengenden Job, um sich selbst zu verwirklichen.«

Das Beste wäre gewesen, den stänkernden Querulanten einfach stehen zu lassen, doch Paul konnte nicht anders, als ihm zu antworten: »Sie halten nichts von Emanzipation, oder?«

Blohfeld schüttelte entschieden den Kopf. »Das habe ich nie behauptet. Sollen sie sich ruhig emanzipieren, um am Ende von den gleichen Selbstzweifeln befallen zu werden wie wir Männer.«

»Zweifel? Was denn für Zweifel?«

»Die, die Sie so alt aussehen lassen, Flemming! Oder kennen Sie es etwa nicht: das Gefühl, im falschen Leben festzustecken?«

Paul streckte die Waffen. »Okay, Blohfeld, Sie haben gewonnen. Lassen Sie uns diese fruchtlose Diskussion beenden. Sagen Sie mir einfach, was Sie wirklich von mir wollen.«

»Informationen«, kam es jetzt wie aus der Pistole geschossen. »Was haben Sie mit dieser Santini-Sache zu tun?«

Genau das hatte er verhindern wollen! Noch jemanden, der in dieser Angelegenheit mitmischte, konnte Paul nicht gebrauchen. Zumal er mit Blohfeld im Boot nicht mehr auf Jasmins Mithilfe zählen konnte und von Katinka einen gehörigen Anpfiff erwarten durfte. Er machte keinen Hehl aus seiner Einstellung: »Vergessen Sie es, Blohfeld. Von mir erfahren Sie nichts.«

»Danke«, sagte der Reporter mit hinterhältigem Grinsen. »Damit haben Sie mir indirekt bestätigt, dass Sie mit drinhängen. Was ist es denn, das ich nicht erfahren soll?«

»Sage ich nicht«, ärgerte sich Paul über seine eigene Unbedachtheit. »Ich bin an mein Wort gegenüber Katinka und Jasmin Stahl gebunden.«

»Ich sag's ja: Die Frauen sind es, die bei Ihnen den Ton angeben.« Der Reporter lachte höhnisch. »Sie denken mit den Eiern, mein Freund, und das ist nicht gut. Sie sollten anfangen, mit dem Kopf zu denken. Und zwar mit dem eigenen.«

Paul schaltete auf stur: »Meine Lippen sind versiegelt.«

Darauf zog der Reporter seine Stirn in Falten. »Ich mag Sie wirklich, und das ist wahr. Deshalb will ich Sie nicht unnötig quälen. Aber ich stecke in einem Dilemma. Ich benötige diese Informationen wirklich ganz dringend.«

»Wie gesagt, die werden Sie von mir nicht bekommen.«

»Dass der Tote in der Wohnung einer Ihrer diversen Damenbekanntschaften gefunden wurde, ist mir bereits bekannt«, ließ Blohfeld anklingen.

»Woher ...?«

»Von einem Nachbarn. Prechtl heißt der Gute. Ein wenig hinterwäldlerisch, dafür sehr leutselig. Er behauptete, dass Sie ihn ausgefragt haben.«

»Ja«, erinnerte sich Paul an das kurze Gespräch im Treppenhaus. »Na gut, Blohfeld, Sie haben mich ertappt. Ich gebe zu, dass ich involviert bin. Aber mehr als jeder aufmerksame Leser Ihres Schmierblatts weiß ich auch nicht.« Mit diesen Worten schob er sich an der hageren Gestalt vorbei.

Blohfeld setzte ihm nach. »Sie wissen nichts, behaupten Sie? – Auch nichts über einen Aktenkoffer?«

Paul stoppte mitten im Schritt. »Soviel ich weiß, stand darüber nichts im Polizeibericht.«

»Der Polizeibericht ist etwas für Volontäre«, meinte Blohfeld abfällig. »Ich verfüge über bessere Quellen.«

Paul verschränkte die Arme vor der Brust. »Was auch immer Ihre Quellen behaupten, ich kann Ihnen nicht sagen, was in dem Koffer steckt.«

»Natürlich nicht. Wie sollten Sie auch? Sie haben ihn ja nur aus einem Bahnhofsschließfach geholt und mit nach Hause genommen, von wo er dann auf mysteriöse Art und Weise verschwunden ist.«

»Was wollen Sie mir unterstellen?«, blaffte Paul den Reporter an.

»Nichts. Gar nichts. Es ist bloß schade um den sicherlich wertvollen Inhalt«, lautete die gelassene Antwort.

In Paul begann es zu rumoren. Was führte der alte Hund im Schilde, fragte er sich. »Wie kommen Sie darauf, dass etwas Kostbares darin war?«

»Es ist eine naheliegende Schlussfolgerung. Sonst hätte sich Santini wohl kaum verkleidet, um unerkannt in die Wohnung zu kommen. Sein Ziel war es, an den Koffer zu gelangen, den er in dem Apartment vermutete.«

Von Paul fiel die Anspannung zumindest teilweise ab. »Ach«, meinte er belustigt, »Sie meinen, dass Heike jeden Mann in Bayerntracht in ihre Wohnung und sich von ihm beklauen lässt? Da kennen Sie sie schlecht: Um bei Heike zu landen, hätte Santini besser sein südländisches Temperament spielen lassen sollen, denn mit Folklore hat sie herzlich wenig am Hut.«

»Und wenn schon. Wie wir wissen, *ist* Santini in die Wohnung gelangt und ebenso der Koffer – oder zumindest der Schließfachschlüssel. Und in eben jenem Koffer liegt vermutlich die Lösung«, grummelte Blohfeld, dem Pauls Einwände nicht passten. »Was kann drin gewesen sein? Ich tippe auf Gold?«

»Nein, dafür war er zu leicht«, plauderte Paul aus, ohne es zu wollen.

»Ha!«, triumphierte Blohfeld. »Jetzt haben Sie schon wieder etwas verraten! Also weiter: Wie wäre es mit Diamanten?«

»Und wo sollten die herkommen?«

»Das war ein Scherz«, erwiderte Blohfeld schmallippig. »Es handelt sich wohl eher um Papier. Ich hatte gehofft, dass Sie mir verraten könnten, womit es bedruckt ist.«

Paul zuckte die Achseln. »Wenn mich nicht alles täuscht, sind Sie der Experte, was bedrucktes Papier anbelangt.« Mit diesem mauen Witz ließ er den Reporter stehen und stieg in sein Auto.

Oswalds Vermieterin öffnete nach dem zweiten Klingeln.

»Ach – schon wieder die Polizei?«, fragte Frau Schuster ein wenig besorgt.

Paul ließ sie in dem Glauben und fragte: »Ist Herr Oswald inzwischen aufgetaucht?«

»Nein«, antwortete sie, wobei man ihr anmerkte, wie unangenehm ihr dieser Umstand war. Wahrscheinlich befürchtete sie, das Verhalten ihres Mieters könne auch auf sie ein schlechtes Licht werfen, reimte sich Paul zusammen. Schnell schob sie denn auch eine Erklärung nach: »Das ist ja gar nicht so ungewöhnlich für Herrn Oswald. Er kommt viel herum in seinem Beruf und bleibt hin und wieder über Nacht fort.«

Paul setzte eine gewichtige Miene auf, als er die pummelige Frau fragte: »Was ist das denn für ein Beruf, den Herr Oswald ausübt?«

»Kein eigentlicher Beruf«, druckste seine Gesprächspartnerin herum und trippelte mit ihren kleinen Füßen unruhig auf den Bodenfliesen. »Er erledigt Auftragsarbeiten.« Als Paul sie weiter ansah, präzisierte sie etwas verschämt: »Botendienste.« Doch sie betonte im selben Atemzug: »Er zahlt immer pünktlich seine Miete.«

Paul wollte es genauer wissen. »Ist er Austräger für einen Paketdienst, oder was kann ich mir darunter vorstellen?«

»Nein, nein. Es sind ganz verschiedene Dinge, meistens Drucksachen.«

»Zum Beispiel?«

»Herr Oswald hat schon Zeitungen ausgetragen, Möbelhausprospekte und Wahlwerbung verteilt.«

»Wahlwerbung?«

»Ja. Für den Martin Rode. Den kennen Sie bestimmt: der Landtagsabgeordnete.«

»Sicher, sicher«, nickte Paul und notierte innerlich die auffällige Häufung von Hinweisen auf den Polit-Karrieristen. »Womit war Oswald denn zuletzt beschäftigt?«

Die Vermieterin dachte angestrengt nach. »Er hat es mir gesagt, aber ich habe es leider vergessen«, sagte sie zerknirscht. Doch dann fiel ihr etwas ein: »Er hat mir einen der Prospekte dagelassen. Moment, ich hole ihn.«

Wenig später kehrte sie an die Haustür zurück und drückte Paul ein Werbeblatt in die Hand, das ihn aufmerken ließ: »Das ist ja Reklame für den *Münchner Stadl*«, stellte er verwundert fest und entsann sich, bei der Wohnungsdurchsuchung neulich ganz ähnliche Wurfzettel im Papierkorb gesehen zu haben.

Er wollte sich erkundigen, ob die Hauswirtin eine Idee hätte, von wem Oswald seine Aufträge normalerweise bekam. Da fiel ihm auf, dass sie an ihm vorbei in Richtung Straße schaute. Unwillkürlich folgte er ihrem Blick und drehte sich um.

»Da ist er ja!«, hörte er die Vermieterin in seinem Rücken sagen und wurde auf ein Auto aufmerksam, das langsam am Gehsteig ausrollte. Paul sah näher hin und wollte es kaum glauben: Hinter dem Steuer eines japanischen Mittelklassewagens saß Fred Oswald.

Paul erstarrte ebenso wie Oswald, der ihn durch das Seitenfenster aus großen Augen ansah. Zwei, vielleicht drei Sekunden verstrichen, ohne dass Paul imstande gewesen wäre, sich zu rühren. Als er seine Verblüffung überwand und auf das Auto zulief, gab Oswald Gas. Die Reifen quietschten, der Wagen raste davon.

»Mist!«, fluchte Paul, eilte zu seinem eigenen Auto, sprang hinein und presste den Zündschlüssel ins Schloss. Auch er gab Gas, um dem am Ende der Wohnstraße verschwindenden Oswald nachzusetzen. Doch er agierte zu hektisch und würgte den Motor ab.

»Noch mal Mist!«, wetterte er und hatte seine liebe Not, den Motor des betagten Franzosen wieder zum Leben zu erwecken. Als der Renault endlich in die Gänge kam, war von Oswalds Japaner weit und breit nichts mehr zu sehen.

Paul umrundete suchend ein paar Blocks, gab schließlich auf und fuhr rechts ran. Er zückte sein Handy.

»Jasmin?«, fragte er ungeduldig, als sich die Kommissarin meldete. »Warum zum Teufel lasst ihr Oswalds Bude nicht überwachen?«

»Das geht dich überhaupt nichts an«, griff sie seinen ruppigen Tonfall auf.

»Aber dich sollte es etwas angehen!«, rief er aufgebracht. »Denn dort hättet ihr ihn schnappen können.«

»Nicht dein Ernst«, sagte Jasmin leise.

»Und ob! Ich hatte ihn direkt vor meiner Nase. Wenn ich ein Polizeiauto anstatt meiner Rostlaube fahren würde, säße er jetzt fest.«

Kleinlaut gab Jasmin zu: »Schnelleisen hat angeordnet, die Streife abzuziehen, die wir vor seinem Haus postiert hatten. Er hielt es für unwahrscheinlich, dass Oswald zurückkommen würde.«

Mit der freien Hand schlug Paul aufs Lenkrad, so sehr ärgerte er sich über diese Fehlentscheidung seines »Lieblingskommissars«.

»Trotzdem danke für deinen Hinweis«, sagte Jasmin. »Ich veranlasse sofort, dass der Fahndungsradius eingegrenzt wird. So erhöhen sich die Chancen, dass die Streifenkollegen den VW erwischen.«

»VW?«, fragte Paul. »Vergesst den VW! Oswald ist mit einem Japaner unterwegs. Ich glaube, ein Toyota. Ein schneeweißer Viertürer.«

»Auf seinen Namen gemeldet ist aber der goldbraune VW Tiguan.«

»Glaub mir, Jasmin: Oswald fährt jetzt ein anderes Auto – und mit dem kommt er verdammt schnell voran. Deine Leute müssen sich sputen, wenn sie ihn noch erwischen wollen.«

8

»Es ist so schön hier, Paul. Sooooo schön!«, schwärmte Katinka. »*Das* ist eine Insel – traumhaft! Ewig lange Strände, direkt dahinter eine wirklich beeindruckende Bergkulisse, pittoreske Städte voller Geschichte, und essen kann man hier wie Gott in Frankreich. Jetzt im Frühjahr ist natürlich nicht viel los, trotzdem bin ich restlos begeistert. Wir sollten unbedingt noch mal im Sommer hierherkommen. Da muss es noch schöner sein. Napoleon sagte, dass er Korsika allein am Duft erkennen würde. An der betörenden Mischung aus Minze, Salbei, Majoran, Rosmarin und Lavendel.«

»Majoran kannst du hier auch haben. Steckt kleingehäckselt in jeder anständigen Nürnberger Rostbratwurst«, unterbrach Paul ihr Schwelgen am Telefon und fragte: »Bezieht sich deine Begeisterung ausschließlich auf diese Insel, oder erstreckt sie sich etwa auch auf Commissaire Torreton?«

»Auf Philippe?«

»Ach, wir sind schon per du?«

»Was du nur wieder denkst.«

»Was ich denke?« Mit dem Telefon am Ohr beschritt Paul einen imaginären Kreis im Wohn- und Essbereich ihrer Wohnung. »Das Naheliegende!«

Katinka schickte ein schmachtendes Seufzen durch die Leitung. »Philippe – ist das nicht ein schöner, klarer Name?«

»Katinka!«

»Mein liebes Paulchen«, flötete sie. »Du darfst nicht

immer von dir auf andere schließen. Wenn du eine Dienstreise für amouröse Abenteuer nutzen und bei erster Gelegenheit fremdgehen würdest, wäre das schlimm genug. Aber ein so primitives Verhalten auch mir zu unterstellen ...« Sie legte eine kurze Pause ein. »Andererseits: Philippe ist wirklich ein überaus charmanter Kollege.«

»Hat er ein Auge auf dich geworfen?«, fragte Paul und merkte an seinem eigenen Tonfall, wie aus dem spielerischen Frotzeln eine ernsthafte Eifersuchtsnummer zu werden drohte.

»Ich hoffe es!«, lautete die schlagfertige Antwort. »Immerhin bin ich nicht gerade die Ausgeburt von Hässlichkeit. Noch dazu so was von unkompliziert und pflegeleicht. Manchmal himmle ich mich selbst geradezu an. Schade eigentlich, dass ich ich selbst bin. Ich hätte mich auch gern zur Freundin oder Frau.«

Diese Spitzen brachten Paul auf den Teppich zurück. Mit jedem weiteren Nachbohren hätte er sich lächerlich gemacht.

»Okay, Kati«, sagte er, die Eifersucht niederkämpfend. »Mal abgesehen von deinen Inselerkundungen: Seid ihr in Sachen Santini weitergekommen?«

»Und wie!«

Sie berichtete, dass sie Einsicht in ein umfangreiches Dossier über Santini erhalten habe, in dem dessen verbrecherische Laufbahn akribisch dokumentiert war. Die meisten Einträge stammten aus den 1980er- und 90er-Jahren. Vereinzelte Taten, die Santinis Handschrift trugen, fielen auch ins neue Jahrtausend. Aber spätestens seit 2010 war Schluss.

»Santini ist nicht mehr in Erscheinung getreten«, erklärte Katinka. »Die Gendarmen hier vor Ort schreiben das den insgesamt rückläufigen Aktivitäten der korsischen Freiheitsbewegung zu. Andere sagen, er hätte einfach das Alter erreicht, in dem man es ruhiger angehen lässt. Wieder andere behaupten, Santini hätte sich aufs Drogengeschäft verlegt und sei nun unter verschiedenen Decknamen europaweit als Kurier unterwegs. Doch Philippe hat seine eigene Theorie.«

»Was meint er denn, dein Super-Philippe?«, konnte sich Paul nicht verkneifen.

»Er geht davon aus, dass Santini bis zu seinem Tod im terroristischen Milieu aktiv war. Nur eben nicht mehr lokal für die Korsen, sondern für eine internationale Klientel.«

»Wie?«, staunte Paul. »Etwa als Söldner? Oder hat ihn die Mafia als Killer bestellt?«

»Nein, um selbst zu kämpfen oder Einsätze anzuführen, dafür war er wirklich zu alt. Philippe vermutet, dass er sein Wissen und seine speziellen Kenntnisse angeboten hat. Sozusagen als eine Art Berater.«

Paul kratzte sich am Kinn. »Wer sollte sich denn von einem Exbombenleger beraten lassen?«

»Es liegen Hinweise vor, die in Richtung der ETA im Baskenland führen, aber auch zur IRA nach Irland und nach Südtirol.«

»Aber gestorben ist Santini weder in Bilbao, Belfast oder Meran, sondern in Nürnberg«, wollte Paul das Gedankenkonstrukt des tollen Philippe ins Wanken bringen.

»Genau – und das ergibt durchaus Sinn.«

»Dann lass mal hören, warum.«

»Gesetzt den Fall, dass der Veteran Santini tatsächlich als Handelsreisender für terroristisches Know-how durch die Lande zog und aufständischen Volksgruppen seine Erfahrungen verkaufte, war sein letzter Kunde womöglich ein radikalisierter Franke.«

Paul horchte auf: Jetzt spekulierte Katinka also in die gleiche Richtung, wie es schon Pfarrer Fink getan hatte. Im Vergleich mit den gerade genannten ernstzunehmenden Terrorgruppen erschien ihm der Bezug zu seinen oftmals lethargischen Landsleuten nun aber doch ziemlich weit hergeholt. Dafür müsste Katinka schon einige handfeste Gründe benennen können. »Radikalisierter Franke?«, fragte er bewusst provokativ. »Ist das nicht ein Widerspruch in sich?«

»Amüsier dich nur«, meinte Katinka und klang eingeschnappt. »Ich jedenfalls halte sehr viel von Philippes Theorie. Auf so etwas würde ein Herr Schnelleisen nie kommen – und auch nicht deine süße Jasmin.«

»Sie ist nicht *meine* süße Jasmin«, betonte Paul und fragte: »Du hältst das also für die richtige Spur?«

»Ja. Eine Spur, von der übrigens dein Freund Blohfeld so bald nichts erfahren sollte.«

»Blohfeld ist nicht mein ...– okay, Kati, versprochen. Von mir erfährt er nichts.«

Katinka glaubte ihm und erwähnte noch, dass mittlerweile auch die Tatwaffe identifiziert worden sei: ein Schürhaken, an dem man das Blut des Opfers und Fingerabdrücke sowie Gewebespuren des Täters gefunden hatte. Da es sich um männliche DNA handelte, schieden die beiden zur Fahndung ausgeschriebenen Frauen somit als Tatverdächtige aus.

»Wir suchen sie aber weiter als Zeuginnen«, ergänzte Katinka.

»Wenn Heike und Vivi es nicht gewesen sein können,

wer ist jetzt dein Hauptverdächtiger?«, erkundigte sich Paul.

»Liegt das nicht auf der Hand? Fred Oswald natürlich. Mittlerweile deutet sich auch ein handfestes Motiv an: Oswald wollte sich Santinis Schließfachschlüssel aneignen, denn ich vermute, dass in dem Koffer Santinis Sold verstaut war. Ihre handfeste Auseinandersetzung endete mit dem Tod des Korsen.«

»Klingt plausibel«, meinte Paul. Gleichwohl fand er auf Anhieb Unstimmigkeiten: »Damit ist aber weder Santinis seltsame Kostümierung erklärt noch der Umstand, dass sich die beiden Männer ausgerechnet in Heikes Wohnung um den Schlüssel geprügelt haben.«

»Das bekommen wir schon noch heraus«, tat Katinka seinen Einwand ab. »Ich lasse Schnelleisen verstärkt nach Oswald fahnden, und selbstverständlich wird ab sofort wieder seine Wohnung observiert. Rund um die Uhr!«

»Kommst du denn bald wieder heim? Du bist doch fertig mit deinen Ermittlungen auf der Insel«, meinte Paul, der es nicht mehr gewohnt war, seine Frau längere Zeit nicht zu sehen.

»Ich bin gerade erst zwei Tage fort. Außerdem habe ich hier noch einige Gespräche zu führen«, wiegelte Katinka ab.

Wohl eher romantische Abendessen mit Philippe, dachte sich Paul, hielt aber den Mund.

»Und ich möchte unbedingt mit der Eisenbahn durchs Zentralmassiv fahren und den Panoramablick genießen, von dem hier alle schwärmen.« Euphorisch schilderte sie: »Schroffe Felsen, ungezähmte Flüsse und romantische Bergdörfer. Pflichtprogramm für jeden Korsikabesucher, meint Philippe.«

»Pass bloß auf, dass du dabei nicht aufs falsche Gleis gerätst.«

Während Paul in die Küche schlenderte, um nach etwas Essbarem zu suchen, ließ er die gemeinsame Theorie von Philippe und Katinka auf sich wirken. Ganz so abwegig, wie er es dem allzu charmanten Franzosen gern unterstellt hätte, war die Annahme natürlich nicht. Nach dem Gespräch mit Hannes Fink hatte sich Paul ja bereits mit dieser Theorie angefreundet und sah sie nun durch den Commissaire bestätigt. Denn wenn Santini mit seinem Terrorwissen hausieren ging, warum sollte er sich nicht auch Auftraggeber in eher gemäßigt separatistischen Kreisen – also unter politisch engagierten Franken – gesucht haben? Zwar konnte sich Paul beim besten Willen nicht vorstellen, dass sich in den verschlafenen Landstrichen zwischen Altmühltal und Fichtelgebirge eine aktive Terrorzelle gebildet hatte. Doch als Ratgeber für den einen oder anderen Nadelstich gegen die Münchner Zentralregierung könnte so ein Hitzkopf Santinis Dienste durchaus in Anspruch genommen haben.

Es lag nahe, Pfarrer Finks sehr direkten Hinweis auf Helwig Scharrer aufzugreifen. Der leicht aufbrausende BFF-Führer, der gegen ausgebuffte Politstrategen wie Martin Rode auf politischem Parkett immer wieder ins Schlittern kam, könnte interessiert sein an den Untergrundpraktiken eines Mannes vom Schlage Santinis. War Scharrer also der Hintermann, die Schlüsselfigur in dieser Geschichte?

Das nachzuweisen wäre sehr schwer. Es sei denn, Scharrer als potenzieller Auftraggeber hätte Santinis verschwundenem Geldkoffer eine namentlich unterzeichnete Quittung beigelegt. Trotzdem spielte Paul die

Möglichkeit durch und stellte sich vor, dass Scharrer die Hilfe des Korsen tatsächlich in Anspruch genommen hatte. Was mochte er sich davon versprochen haben?

Paul nahm einen Apfel aus der Obstschale, brachte ihn mit dem Ärmel seines grauen Strickpullis zum Glänzen und biss gedankenverloren hinein. Dass Santini die BFF-Mitglieder im Bombenbauen unterweisen sollte, hielt Paul für abwegig. Auch sonstige blutige Aktionen nach dem Vorbild der einschlägigen Terrorgruppen kamen nicht infrage. Das passte einfach nicht zur Mentalität seiner Landsleute, fand Paul. Aber kleine Störungen der öffentlichen Ordnung und Sabotageakte an Einrichtungen des Freistaats kamen durchaus in Betracht. Vielleicht war es genau das, worum Scharrer den Besucher aus Korsika gebeten hatte: besonders empfindliche Ziele der Staatsregierung auszuspähen und Vorschläge auszuarbeiten, wie diese lahmzulegen wären.

In diesem Fall, dachte Paul mit einem Anflug von Begeisterung über den eigenen Scharfsinn, würde sogar Santinis alberner Trachtenjanker einen Sinn ergeben. Er könnte ihn als Tarnung angezogen haben, damit er bei seiner Zielsuche als Bayer durchging. Das wäre zwar eine reichlich plumpe Verkleidung gewesen, dennoch könnte sie ihren Zweck erfüllt haben.

Ein weiterer Gedanke führte Paul von seinem Höhenflug schnell wieder zurück auf den Boden der Tatsachen: Santini war tot – gestorben, noch bevor es irgendwo in der Stadt zu einem Anschlag gekommen war. Somit blieb Pauls schlüssige Idee reine Spekulation, für die nicht der kleinste Beleg existierte.

Gewissheit könnte er nur erlangen, wenn er mit Scharrer persönlich sprach und versuchte, etwas in dieser Richtung aus ihm herauszulocken. Ob das gelingen konnte, vermochte Paul nicht einzuschätzen. Aber er war gewillt, es zu probieren.

Mit frischem Elan klappte er sein Notebook auf und googelte nach den nächsten Terminen und öffentlichen Auftritten des BFF-Chefs. Dabei wurde er nicht gleich fündig, landete stattdessen jedoch einen anderen Glückstreffer: Für den heutigen Abend lud Martin Rode zu einem politischen Stammtisch ins *Bratwursthäusle* ein. Paul hätte wetten mögen, dass auch Scharrer zu den Besuchern gehören würde, denn ganz sicher ließe er sich die Gelegenheit nicht entgehen, bei dem meist gut besuchten öffentlichen Polit-Plausch gegen Rode zu opponieren.

Paul beschloss, sich ebenfalls unter die Gäste zu mischen und Scharrer bei der ersten sich bietenden Gelegenheit auf ein offenes Wort zur Seite zu nehmen.

9

Das *Bratwursthäusle* galt als eine Institution. Das Gebäude selbst war ein Unikum, ein geduckter eingeschossiger Sandsteinbau mit flachwinkligem Giebeldach, der im Schatten des mächtigen Kirchenschiffs von St. Sebald stand, gleich gegenüber dem historischen Rathaus. Obwohl das Fassungsvermögen des kleinen Lokals, aus dessen Kaminen tagtäglich der köstliche Duft nach auf Holzkohle gerösteten Bratwürsten stieg, sehr begrenzt war, verstand sich der Wirt darauf, durch geschickte Platzierung viel mehr Gäste unterzubringen, als man sich vorstellen konnte. Eng, aber gemütlich ging es im Gastraum zu. Im Zentrum der Grill, auf dessen Rost unentwegt fingerlange Würstchen gewendet wurden, um schließlich stilecht auf Zinntellern serviert zu werden. Als Grillpersonal dienten kurioserweise ausschließlich Asiaten.

Während mittags meist die Tagestouristen das *Bratwursthäusle* belagerten, kehrte gegen Abend gern Kundschaft aus dem Rathaus ein. Die Idee vom politischen Stammtisch war daher nicht abwegig. Das eine oder andere Mal hatte Paul schon als Zuhörer oder Fotograf daran teilgenommen, und da er um die begrenzte Sitzplatzzahl wusste, kam er heute besonders früh.

Allerdings nicht früh genug. Auf der Außenterrasse vor dem Lokal hatte sich bereits eine Menschentraube gebildet. Zwei Türsteher in schwarzen Anzügen ließen niemanden mehr hinein.

»Schon voll«, teilte ihm eine sichtlich enttäuschte

Rentnerin mit, die vor ihm anstand. »Wenn der Rode kommt, wollen sie alle hin.«

Erstaunlich, was für eine Anziehungskraft von diesem Mann ausging, dachte sich Paul, der Rodes steilen Weg nach oben seit vielen Jahren verfolgte, mal missgünstig, mal anerkennend.

Es war zwar nicht die feine englische Art, aber da Paul nicht unverrichteter Dinge abziehen wollte, ließ er die Warteschlange einfach hinter sich, zeigte den beiden Aufpassern seine Fotokamera und sagte so schnoddrig wie möglich: »Presse!«

Sofort wichen die beiden zur Seite, um ihn durchzulassen.

Im schummrig beleuchteten Inneren des Gasthauses waren tatsächlich nicht nur sämtliche Hocker und Bänke belegt, sondern auch zum Stehen blieb kaum Platz. Paul hatte seine liebe Not, sich wenigstens so weit vorzuarbeiten, bis er den Star des Abends sehen konnte: Rode, wie meist ein siegessicheres Lächeln auf den Lippen, stand im Kreise einiger örtlicher Honoratioren und dominierte die Gruppe, ohne auch nur ein einziges Wort zu sagen. Eigentlich war er ja nur ein ganz normaler Mann mittleren Alters mit Bauchansatz und am Hinterkopf lichter werdenden Haaren, dachte Paul. Und obwohl Rode nicht einmal besonders groß war und körperlich keineswegs herausragte, zog er die gebündelte Aufmerksamkeit auf sich. Paul versuchte die verborgenen Mechanismen der Macht zu analysieren: Er beobachtete, wie Rode seinen Führungsanspruch durch eine autoritäre Körpersprache unterstrich. Ihm fiel auch auf, dass Rodes Gesprächspartner, sobald sie von ihm angesehen wurden, schon nach kurzer Zeit den Blick senkten. Ein unbewusstes Signal des Unterwerfens, so deutete es Paul.

Weit nach hinten abgedrängt entdeckte er auch Helwig Scharrer. Seine düstere Miene verhieß nichts Gutes. Offensichtlich neidete er Rode den Erfolg. Zweifelsohne sah er sich als der bessere Kämpfer für Franken, doch Rode saß als Minister in spe am längeren Hebel.

Als Rode ans Mikrofon trat und mit den Finger zweimal dagegen schnippte, fuhr die beachtliche Geräuschkulisse sofort herunter. Die Anwesenden, in etwa gleich viele Männer wie Frauen, richteten ihre Aufmerksamkeit auf ihn, und nicht wenige falteten die Hände, als wären sie im Gottesdienst. Paul bemerkte, wie andächtig sie an den Lippen des Redners hingen, der mit lauter, fester Stimme seine Botschaften verkündete.

Paul hörte nur mit halbem Ohr hin, denn sein eigentliches Interesse galt ja Scharrer. Dieser schien einzusehen, dass jeder Widerspruch in dieser Rode-hörigen Gesellschaft völlig zwecklos, ja sogar kontraproduktiv sein würde. Zumal ihn die anwesenden Redakteure vom *Bayerischen Rundfunk* wohl sowieso aus ihrem Bericht herausgeschnitten hätten, sein Protest also nie in der breiten Öffentlichkeit ankommen würde.

Deshalb wunderte es Paul nicht, dass sich Scharrer bereits nach wenigen Minuten einen Weg in Richtung Ausgang bahnte. Paul blieb ihm auf den Fersen, zwängte sich an einer ihm vage bekannten Stadträtin, einem namhaften Banker und zwei hohen Tieren eines Versicherungskonzerns vorbei und erwischte den BFF-Vorsitzenden gerade noch auf der Steintreppe, die zur Tuchgasse hinabführte.

»Herr Scharrer!«, rief Paul ihm nach.

Unter einem grauen Filzhut starrten Paul zwei argwöhnische Augen an. »Was wollen Sie?«

Paul sah sich bemüßigt, sich als Nicht-Rode-Fan zu outen: »Ziemlich penetrant, diese ewige Selbstbeweihräucherung und Lobhudelei, was?«, fragte er.

»Das kann man wohl sagen«, presste Scharrer zwischen zusammengebissenen Zähnen hervor.

»Aber die Leute fahren drauf ab.«

»Weiß der Kuckuck warum! Weshalb man mit der oberbayerischen Mir-san-mir-Mentalität selbst bei uns in Franken landen kann, ist mir ein Rätsel.« Scharrer wirkte abgekämpft, seine Schultern hingen schlaff herunter.

»Aber sogar so ein rücksichtsloser Karrierist wie Rode muss doch zu bremsen sein, meinen Sie nicht?«, führte Paul Scharrer langsam dahin, wo er ihn haben wollte. »Haben Sie neulich nicht selbst gesagt, dass Sie seinen weiteren Aufstieg verhindern könnten?«

Scharrer kniff die Augen zusammen. »Wo haben Sie das her?« Unvermittelt setzte er Paul den Zeigefinger auf die Brust: »Sie sind hoffentlich keiner von Rodes Spitzeln! Der schickt doch überall seine Spione herum.«

»Bestimmt nicht. Ich war bei der Demo vorm *Münchner Stadl* dabei.«

Scharrers Gesichtszüge glätteten sich. »Ein Gleichgesinnter. Warum sagen Sie das nicht gleich?«

Paul antwortete nicht direkt, sondern nickte nur lächelnd. »Man müsste etwas in der Hand haben gegen Rode ...«

»Habe ich!«, kam es wie aus der Pistole geschossen.

Paul freute sich über das Vertrauen, das Scharrer ihm entgegenbrachte, und erkundigte sich: »Ist es denn etwas Stichhaltiges?«

»Nun ja, Sie wissen bestimmt, dass Rodes Herz nicht allein für die Politik schlägt«, sagte Scharrer und spielte damit offenbar auf die amourösen Abenteuer an, die Rode gelegentlich nachgesagt wurden. Paul hielt das aber für wenig relevant. Erstens hatte nie jemand einen Beleg für diese Gerüchte beschaffen können, und zweitens standen Seitensprünge und uneheliche Kinder anderen Politikern bei ihrer Karriere auch nicht im Wege. In diesem Punkt waren sich Konservative und Sozis ziemlich gleich.

»Dass Rode angeblich hin und wieder eine Freundin gehabt haben soll, ist nichts Neues«, merkte Paul an.

Scharrer winkte ab. Dann sah er sich um, trat näher an Paul heran und flüsterte ihm zu: »Der ist Familienvater, noch dazu Aushängeschild einer Partei, die sich christlich nennt. Auch wenn das meiste nur Gerüchte bleiben werden – zumindest für seinen letzten Fehltritt haben wir Beweise.«

Paul hob anerkennend die Brauen. »Dafür haben Sie tatsächlich Beweise? Nicht schlecht. – Aber schadet es Rodes Ansehen denn, wenn die publik werden? Macht ihn sein Erfolg bei Frauen nicht nur noch mehr zum Alphatier?«

Scharrer nahm wieder Abstand. »Was für ein Tier?«

»Alphatier. Das ist ein Begriff für machtfixierte Individuen«, erklärte Paul. »Ich meine: Über einen Weltklassepolitiker wie Willy Brandt war auch bekannt, dass er die Damen reihenweise vernaschte, bevorzugt im Schlafwagen seines Sonderreisezugs. Aber tat das seinem Ansehen einen Abbruch? Und die Geschichte mit Clintons Zigarre werden Sie mit Ihren Beweisen ja wohl kaum toppen können, oder?«

Offenbar wurmte es Scharrer, dass er mit seinen Enthüllungen bei Paul nicht landen konnte. Also gab er sich einen Ruck und packte die schmutzige Wäsche aus: »Der saubere Herr Rode pflegt seit mindestens zwei Jahren ein intimes Verhältnis zu einer anderen Frau. Es ist also weit mehr als ›nur‹ eine Affäre. Rode ist schlau genug, die Beziehung zumindest bis zur Wahl geheim zu halten. Und deswegen ...« Scharrer machte eine Kunstpause. »Deswegen ist die Dame auf sein Geheiß hin untergetaucht.«

Paul konnte nicht anders, als zu schmunzeln. Was sich dieser Scharrer da zusammenreimte, klang ebenso abenteuerlich wie unglaubwürdig. Eine Sekunde später hörte er jedoch schlagartig auf, sich zu amüsieren. Denn wie ein Blitzschlag kam ihm Heike Bach in den Sinn. Hatte sie nicht gesagt, sie hielte sich einem guten Freund zuliebe versteckt?

»Sie sagten, Sie hätten Beweise.« Paul sah Scharrer intensiv an. »Wissen Sie etwa, um wen es sich bei dieser Geliebten handelt?«

»Selbstverständlich«, verkündete Scharrer im Brustton der Überzeugung, um gleich darauf den Blick abzuwenden. »Aber ich habe schon genug geredet. Wenn die Zeit gekommen ist, gehen alle Belege dafür an die Presse. Danach wollen wir doch mal sehen, wie es um die absolute Mehrheit im Wahlkreis des unfehlbaren Herrn Rode bestellt ist.«

Paul zog in Erwägung, Scharrer mit Heikes Namen zu konfrontieren. Doch er besann sich eines Besseren, denn er wollte sie nicht diskreditieren, indem er sie ohne jeden weiteren Anhaltspunkt in Zusammenhang mit Rodes Liebesleben brachte.

Eine andere Frage aber konnte er sich nicht verkneifen: »Woher wissen Sie eigentlich so viel über Ihren politischen Kontrahenten?«

Scharrer fühlte sich offenbar geschmeichelt und plauderte abermals aus dem Nähkästchen. Dabei deutete er etwas von »Untergrundmethoden« an. »Die einzige Möglichkeit für uns Freiheitsliebende, unsere gerechte Sache auszufechten«, fügte er augenzwinkernd hinzu, woraufhin sich Paul fragen musste, ob er soeben von Scharrer an der Nase herumgeführt worden war.

Andererseits konnte er Scharrers Hinweis auch als Bindeglied zu Santinis Aufenthalt in Nürnberg deuten. Denn wenn es einen Spezialisten für Untergrundmethoden gegeben hatte, dann war es der Korse!

So sehr war Paul in die Auslegung von Scharrers Anspielungen vertieft, dass er dessen diskreten Abgang gar nicht bemerkte. Plötzlich standen andere Besucher des Stammtischs neben ihm und zündeten sich angeregt plaudernd Zigaretten an. Von Scharrer sah er nur noch den Rücken, der im schwächer werdenden Licht in Richtung Hauptmarkt entschwand.

10

An diesem Abend brachte er nichts Vernünftiges mehr zustande. Paul wartete ungeduldig darauf, dass Katinka sich meldete. Aber wahrscheinlich war sie zu beschäftigt mit ihrer Eisenbahnfahrt, feinen Diners und weiß der Himmel was für anderen Freizeitbeschäftigungen. Zwar vertraute er ihr, doch dieser Philippe – der Mann mit dem schönen, klaren Namen! – blieb ihm suspekt. Der ließ sicher nichts anbrennen, argwöhnte Paul und war froh, als er seine Kati um kurz vor zehn endlich in der Leitung hatte.

»Wie war's heute?«, fragte er mit mühsam auf heiter getrimmter Stimme.

Darauf folgte eine schwelgerische Beschreibung der landschaftlichen Reize Korsikas im Allgemeinen und der Zugfahrt durchs Gebirge im Besonderen. Katinka schilderte ihre Eindrücke dermaßen bildlich, dass sich Paul am Ende selbst in einem schaukelnden Waggon über altersschwache Brücken und durch von Fledermäusen bevölkerte Tunnels rollen sah.

Als sie sich nach seinem Befinden erkundigte, antwortete er zunächst zurückhaltend. Das entging seiner Frau nicht: »Du wirkst so wortkarg und in dich gekehrt.«

»Ich denke schon seit Stunden nach ... Katinka, hör zu: Der Mörder von Santini muss tief drin gesteckt haben in der Sache, nicht wahr? Denn sonst hätte er nichts von dem Geldkoffer wissen können und kein Tatmotiv gehabt. Bisher spricht vieles dafür, dass Fred Oswald den Schürhaken geschwungen hat, um sich Santinis Gage unter den Nagel zu reißen. Er ist also der Ausgangspunkt für unsere Liste.«

»Die Liste der Verdächtigen?«

»Nennen wir sie nicht Verdächtige, sondern Beteiligte. Als da wären: Oswald, Vivi, Scharrer und Rode.«

»Rode?«

Paul berichtete ihr von den Anspielungen des BFF-Chefs. »Wenn es sich bei seiner Geliebten wirklich um Heike handeln sollte, können wir auch ihn nicht draußen halten.«

Katinka hielt das für unglaubhaft: »Rode würde sich doch nicht in so etwas verstricken lassen. Dazu ist ihm seine politische Laufbahn viel zu wichtig.«

»Aber auch durch seine Adern fließt Blut, und kein Mensch ist unfehlbar. Also haben wir vier Beteiligte. Wenn wir Randfiguren wie Heikes redseligen Nachbarn und Oswalds um ihren guten Ruf bangende Hauswirtin dazurechnen, sogar sechs.«

»Zähl ruhig auch Heike selbst dazu. Sie scheint immerhin eine Schlüsselrolle einzunehmen, denn in ihrem Apartment hat sich alles abgespielt. – Oder klammerst du sie der Figur wegen aus?«

»Also gut: sieben.« Er kratzte sich am Kopf. »Nun die Motive. Klarer Fall bei Fred Oswald. Als Gelegenheitsarbeiter, der in bescheidenen Verhältnissen lebt und schätzungsweise knapp bei Kasse ist, hatte er es auf den Inhalt des Koffers abgesehen: mutmaßlich Santinis Sold. Vivi könnte bei ihrem Besuch bei Heike von Santini überrascht worden sein, sich von ihm bedroht gefühlt und in Notwehr gehandelt haben. Mit einem schweren Schürhaken hätte sie eine reelle Chance gegen den alten Korsen gehabt. Dagegen spricht allerdings, dass männliche

DNA an der Waffe gefunden wurde.« Paul holte kurz Luft, bevor er seine Auflistung fortsetzte: »Rode als Verehrer von Heike hat Santini vielleicht für einen Nebenbuhler gehalten, Nachbar Prechtl könnte den Korsen mit einem Einbrecher verwechselt haben, Scharrer hätte ganz im Sinne der BFF-Finanzen das Honorar für Santini einsparen wollen, und für Oswalds Hauswirtin fällt mir sicher auch noch etwas Passendes ein. Zugegeben, manche Motive sind an den Haaren herbeigezogen – aber vorstellbar.«

»Und Heike Bachs Motiv?«, hakte Katinka nach. »Als Täterin scheidet sie wegen der DNA-Spuren zwar auch aus. – Obwohl bei einer Frau, die aussieht wie sie, Mord immer im Spiel sein kann.«

»Du weißt doch gar nicht, wie sie aussieht.«

»Ach, nein? Du hast sie mir als attraktiv beschrieben. Außerdem habe ich die Fahndungsfotos gesehen. Das genügt mir, um zu wissen, dass ich dich nicht mit ihr allein lassen würde.«

Sie neckten sich eine Weile, doch auf Pauls vorläufige Bestandsaufnahme mochte Katinka nicht näher eingehen. »Überlass das weitere Ermitteln denjenigen, die für diesen Job bezahlt werden, und kümmere dich um dich selbst«, empfahl sie ihm. »Wie ich dich kenne, hast du dir nichts zum Abendessen besorgt.« Da hatte sie recht, dachte Paul und erwog, mal wieder im *Goldenen Ritter* einzufallen. Doch seine Frau hatte sogar aus der Ferne für ihn gesorgt: »Gleich klingelt's bei dir«, kündigte sie an.

»Pizzaservice?«, wunderte sich Paul.

»Besser. Viel besser!« Katinka schickte ein Bussi durch die Leitung und wünschte ihm eine gute Nacht.

Tatsächlich schellte es kurz darauf an der Tür. Paul staunte nicht schlecht über den unerwarteten Besuch: Die junge Frau versteckte ihre blonden Locken unter einer knallig pinken Mütze. Ihren ziemlich großen grünen Parka hatte sie mit engen Jeans kombiniert, die allerdings zum größten Teil von ihren hohen Stiefeln verdeckt wurden. Mit kokettem Lächeln hielt sie eine Plastiktüte in die Höhe, aus der es verführerisch nach Frühlingsrollen und anderen fernöstlichen Leckereien duftete.

»Hannah!«, rief Paul erfreut. Seit seine Stieftochter ihren ersten festen Job angenommen hatte, ließ sie sich kaum mehr bei ihm und Katinka blicken. Statt auf ihrem Studium an der WiSo aufzubauen und sich eine Stelle bei einem Industrieunternehmen oder großen Dienstleister zu suchen, hatte sie im Rathaus angeheuert. Sie arbeitete – mit Leidenschaft – im Kulturreferat der Stadtverwaltung, wo sie mit der Organisation von Großveranstaltungen befasst war. Dort könne sie ihr Organisationstalent mit ihren neu entdeckten künstlerischen Neigungen verbinden, argumentierte sie ihrer skeptischen Mutter gegenüber. Wie dem auch sei: Die Zeit des lockeren Studentenlebens war vorbei, ihr Terminkalender ließ nur noch kleine Lücken für Besuche bei Katinka und Paul.

Als sie sich am großen Tisch gegenübersaßen und mit ihren Essstäbchen hantierten, erzählte Hannah in ihrer munteren Art von der Arbeit, die sie als überaus vielseitig, aber auch fordernd empfand. Momentan war sie mit der Planung der *Blauen Nacht* beschäftigt, eines Kulturereignisses, das jeden Sommer Zehntausende in die Innenstadt lockte.

Erst bei der Nachspeise – gebackene Bananen – erkundigte sie sich nach Pauls Befinden. Von Katinka hatte sie nur erfahren, dass er mal wieder fleißig dabei war, in einem ihrer Fälle mitzumischen.

Paul berichtete ihr haarklein, was sich bisher zugetragen hatte. Auch die Liste der beteiligten Personen ging er mit ihr durch.

Hannah, die genau wie er eine gewisse kriminalistische Ader besaß, hörte aufmerksam zu. Anschließend stellte sie eine unerwartete Frage: »Hast du dein Spielzeug noch?«

Paul brauchte einige Sekunden, bevor er verstand. »Die Playmobilfiguren?«

Hannah nickte. »Hol sie bitte!«

Vor etlichen Jahren hatte Paul ein Dutzend verwaister Plastikmännchen am Pegnitzufer unterm Kettensteg aufgelesen, die wohl Kinder von Biergartenbesuchern liegen gelassen hatten. Mit der illustren Schar dieser schon ziemlich abgenutzten Kunststoff-Winzlinge pflegte er seither besonders komplexe Kriminalfälle nachzustellen.

Hannah tat es ihm jetzt gleich, indem sie jedem der Beteiligten eine eigene Figur zuordnete und begann, sie auf der Tischplatte hin und her zu schieben. Und prompt brachte sie das Kunststück zustande, Pauls Versatzstücke zu einer logisch klingenden Theorie zusammenzufügen:

»Gehen wir mal davon aus, dass dieser Franken-Guru Helwig Scharrer den Korsen Santini dafür engagiert hat, gegen Martin Rode zu agieren und dessen Leben nach Schwachstellen abzuklopfen. Dabei deckt er Rodes Verhältnis mit Heike Bach auf, die sich nach deinen Beschreibungen ja gern in illustren Kreisen herumtreibt und daher ausreichend Gelegenheit hatte, Rode kennen und lieben zu lernen. Santini hängt sich also an die Bach, spioniert sie aus und schaut sich in ihrer Wohnung um.«

»Womit plausibel erklärt wäre, warum er sich dort aufhielt!«, stimmte Paul begeistert zu.

»Da Heike selbst als Täterin ausscheidet und laut DNA-Analyse nur ein Mann übrig bleibt, müsste der Verdacht als Nächstes auf Rode fallen«, sagte sie und hob das für ihn bestimmte Männchen an. »Er könnte Santini in der Wohnung seiner Geliebten überrascht und den Kopf verloren haben.«

Paul nahm ihr die Figur ab und war geneigt, sie beiseite zu legen. »Erstens glaube ich nicht, dass sich ein Mann wie Rode selbst die Hände schmutzig machen würde, und zweitens gehen Hauptkommissar Schnelleisen und auch deine Mutter davon aus, dass Fred Oswald der Bösewicht ist.«

Hannah schnappte sich das Oswald-Männchen, eine reichlich lädierte Figur ohne Haarteil, und riet: »Wenn er von Gelegenheitsjobs lebt, hat Rode ihn vielleicht als Killer engagiert.«

»Ich weiß ja nicht«, meinte Paul verdrießlich. Seine anfängliche Euphorie für Hannahs Szenario wich der Ernüchterung. »Die Version, dass Oswald hinter Santinis Geld herjagte, scheint mir schlüssiger. Wozu sollte der Koffer sonst dienen, wenn nicht für den Transport von Geldbündeln?«

»Ich transportiere jedenfalls keine Millionen in meinen Handtaschen«, hielt Hannah dagegen und fügte nachdenklich hinzu: »Wie auch immer du es betrachten magst – Rode und Oswald bleiben beide verdächtig. Wenn einer von denen tatsächlich der Mörder sein sollte, muss sich das feststellen lassen. Heike wohnt doch in einem Mietshaus, oder? Irgendjemand wird entweder Oswald oder Rode gesehen haben.«

Wieder musste Paul seiner Stieftochter zustimmen. »Man sollte das wenigstens überprüfen. Aber so wie ich Schnelleisen kenne, hat er es versäumt.« Paul schob die Playmobilfiguren beiseite und machte damit Platz für zwei Weingläser. »Weißt du was?«, fragte er. »Gleich morgen früh fahr ich da noch einmal hin und höre mich bei den anderen Bewohnern um. Doch jetzt lassen wir es uns erst mal gutgehen.«

»Mit Reiswein?«, fragte Hannah wenig überzeugt.

»Nein, ab sofort stellen wir von Chinesisch auf Fränkisch um. Ich habe noch einen Bocksbeutel im Kühlschrank.«

11

Die Parkstraße machte auf Paul am nächsten Morgen den gleichen gutbürgerlich-spießigen Eindruck wie bei seinem letzten Besuch: eine brave, aufgeräumte Wohngegend, in der sich wenig zu verändern schien. Nur die zunehmende Zahl an Tiersuchmeldungen zeigte an, dass mittlerweile ein paar Tage verstrichen waren. Neben dem Beagle Fritzi wurden nun auch Rauhaardackel Anton, ein Yorkshire-Terrier und eine Siamkatze vermisst. Vielleicht, dachte Paul beiläufig, lag Heike richtig und ein Tierhasser trieb hier sein Unwesen. Doch er hatte sich um Wichtigeres zu kümmern.

Er überlegte, wie er am besten vorgehen sollte. Er vergegenwärtigte sich die Belegung des Gebäudes, das von insgesamt vier Parteien bewohnt wurde: Da war die große Mansardenwohnung von Heike oben im Dachgeschoss. Die Etage darunter teilten sich Bernhard Prechtl und die betagte Frau Mayer, die wegen ihrer Schwerhörigkeit kaum etwas mitbekam. Das Erdgeschoss beherbergte die Wohnräume eines Ehepaars Schramm. Zudem gab es sicher einen Keller, nahm Paul an, doch den konnte er wohl vernachlässigen. Er beschloss, im Parterre anzufangen und sich dann bis nach oben durchzufragen.

Aber die Bewohner im Erdgeschoss öffneten nicht, da sie vermutlich längst in der Arbeit waren, als Paul gegen zehn läutete, dafür jedoch unerwartet einen Stock höher Frau Mayer, die nach einer gefühlten Ewigkeit an der Tür erschien und ihn durch lupendicke

Brillengläser anstarrte. Offensichtlich sah sie in Paul einen Hausierer, Betrüger oder Schlimmeres und knallte ihm die Tür vor der Nase zu, kaum dass er sich vorgestellt hatte.

Mehr Erfolg hatte er bei dem ihm bereits bekannten Mitbewohner, Herrn Prechtl. Der freundliche, farblose Mann erkannte ihn sofort wieder, blieb jedoch reserviert.

»Ein Glück, dass wenigstens Sie zu Hause sind«, meinte Paul.

»Ich bin Frührentner«, erklärte Prechtl.

Paul kam gleich zur Sache, beschrieb Fred Oswald als stämmigen, schweinsgesichtigen Kerl und vergaß auch nicht, das dunkle Haar zu erwähnen. »Eine zwielichtige Gestalt«, ergänzte er noch.

Prechtl dachte nach, neigte den Kopf und meinte: »Ich habe ja schon gesagt, dass Frau Bach häufig Herrenbesuch empfängt.«

»Ja, aber an einen solchen Typen wie Oswald werden Sie sich doch erinnern«, half Paul nach. Ein besonderes Kennzeichen fiel ihm noch ein: »Er hat eine Vorliebe für ausgefallen gemusterte Sakkos.«

Prechtl wirkte nicht restlos überzeugt, räumte jedoch ein: »Es ist möglich. Ja, es könnte sein, dass ich diesen Mann gesehen habe.«

»An dem Tag, als der Mord passierte?«, hakte Paul sofort nach.

»Ich habe das nicht für wichtig gehalten«, rang sich der etwas gehemmt wirkende Nachbar ab. »So viele Leute gehen in diesem Haus ein und aus. Wer soll da den Überblick behalten?«

»Haben Sie ihn gesehen? Ja oder nein?«, versuchte Paul ihn festzunageln.

»Ich denke – ja.« Prechtl schien nicht sehr glücklich über seine eigene Aussage. »Muss ich das etwa vor Gericht bezeugen?«, fragte er bekümmert.

»Vorerst reicht es, dass Sie Oswald möglicherweise erkannt haben. Das ist besser als nichts. Alles Weitere wird sich ergeben«, beschwichtigte Paul seine Sorgen und wollte sich schon verabschieden, als Prechtl ihm einen Hinweis mit auf den Weg gab:

»Probieren Sie es mal unten bei den Schramms. Iris Schramm und Frau Bach verstehen sich recht gut. Halten gern mal ein Pläuschchen im Flur. Vielleicht hat sie mehr mitbekommen als ich und kennt den Mann näher, nach dem Sie suchen.«

Paul hob bedauernd die Schultern. »Danke für den Tipp, aber ich habe es bereits probiert. Es scheint niemand daheim zu sein.«

»Klingeln Sie ruhig noch einmal«, ermunterte ihn Prechtl. »Schramm ist Künstler. Maler, um genau zu sein. Der schläft gern lang. Sie müssen es mehrmals versuchen, dann macht er auf.«

Paul bedankte sich für den Ratschlag und läutete erneut eine Etage tiefer. Wie Prechtl vorausgesagt hatte, zahlte ein bisschen Geduld sich aus. Nach dem dritten Bimmeln tat sich etwas in der Wohnung. Paul vernahm Schritte, gefolgt von Schlüsselgeklimper.

Eine Frau, Anfang bis Mitte dreißig, mit Schmollmund, zerzaustem Haar und der verlaufenen Schminke vom Vortag, öffnete ihm. Mit einer Hand hielt sie einen schwarzseidenen Kimono über der Brust zusammen.

»Ja?« Sie musterte Paul, als würde sie darauf warten, dass er sich als Stromableser oder Zeuge Jehovas zu erkennen gab.

»Flemming ist mein Name«, stellte er sich vor. »Ich komme wegen des Mordes zwei Stockwerke über Ihnen.«

»Ach nein, nicht schon wieder die Polizei!«, rief sie unwillig aus. »Ihre Leute haben mehr als genug hier herumgeschnüffelt. Was wollen Sie denn noch wissen?«

»Müssen wir uns hier draußen unterhalten?«, fragte Paul mit Blick auf das kaum knielange Kleidungsstück, das den wohlgeformten Körper seiner Gesprächspartnerin nur notdürftig bedeckte.

»Kommen Sie rein«, gab sie unwirsch nach und führte Paul in einen Raum, der ebenso großzügig dimensioniert war wie Heike Bachs Wohnzimmer, hier aber als Atelier diente. Vor einer Panoramascheibe stand eine Staffelei, an den weißen Wänden lehnten großformatige Bilder.

»Sie sind mit Heike Bach befreundet?«, fragte Paul Frau Schramm, die zielstrebig auf eine gut bestückte Hausbar zusteuerte. Sie griff zu einer Kristallkaraffe und goss eine goldfarbene Flüssigkeit von öliger Konsistenz in ein schalenförmiges Glas.

»Möchten Sie auch?«, fragte sie.

»Nicht so früh am Morgen«, lehnte Paul ab.

Iris Schramm lachte, setzte sich auf einen antik anmutenden Ohrensessel und schlug die Beine übereinander. Sie hatte es aufgegeben, ihren Kimono zuzuhalten, und gewährte Paul tiefe Einblicke in ihr tadelloses Dekolleté.

»Heike ist nicht meine Freundin, falls Sie das glauben«, sagte sie nach einem ausgiebigen Schluck aus dem Glas. Likör? Cognac? Paul konnte nur spekulieren.

»Aber Sie verstehen sich gut«, stellte er in den Raum.

»Wie man's nimmt.«

»Sie wissen ja, dass Frau Bach vermisst wird. Haben Sie sie am Tag des Verbrechens gesehen?«

»Nein.«

»Oder jemanden, der Heike besucht hat?«

»Weiß nicht.«

Paul, der sich über ihre schnippische Art ärgerte, spulte erneut die Beschreibung von Fred Oswald herunter. »Haben Sie diesen Mann gesehen?«

»Nein, ist mir unbekannt«, sagte sie, wobei Paul den Eindruck gewann, als ob sie gar nicht ernsthaft darüber nachdachte.

Er fragte sich, ob sich eine Fortsetzung dieses fruchtlosen Gesprächs lohnte, kehrte ihr den Rücken zu und sah sich stattdessen die ringsum abgestellten Bilder an. Vorwiegend Gemälde in Öl, Porträts und Akte. Was die Werke auszeichnete, waren Verfremdungen durch den gezielten Einsatz ganz anderer Farben, als sie in der Natur vorkamen. Und manche Bilder wirkten unscharf. Der Künstler hatte mit Pinsel und Farbe den gleichen Effekt erzielt, wie wenn ein Fotograf bewusst auf die Fokussierung verzichtet hätte.

»Interessieren Sie sich für meine Bilder?«

Herr Schramm betrat die Bühne. Mit großem Gestus schritt er durch das Zimmer: schwarzes Wallehaar, Dreitagebart, wehender und mit Farbklecksen gesprenkelter Malerkittel. Der exaltierte Künstler, wie er im Buche stand.

»Oder eher für meine Frau?«, fügte er eine Spur feindselig hinzu.

»Ich interessiere mich für vieles«, antwortete Paul mehrdeutig.

Der Maler sah ihn scharf an. »Darf ich fragen, mit wem ich die Ehre habe?«

Iris Schramm antwortete anstelle von Paul, indem sie mit ihrem inzwischen fast leeren Glas auf ihn deutete, und sagte: »Schon wieder ein Bulle.«

»Wenn das so ist ...«, gab Schramm sein großkotziges Benehmen auf.

»Er sucht einen Mann: klein, kräftig, trägt gern Karomuster. Er soll Heike an dem Tag besucht haben, als der Mord geschah«, klärte Iris Schramm ihn auf.

»Darüber kann ich nichts sagen«, meinte Schramm. »Heike Bach hat ja viele Bekannte.«

»Ein großer Freundeskreis?«, fragte Paul und sah damit Prechtls Schilderung bestätigt.

»Ich würde eher *Kunden*kreis sagen«, bekräftigte Frau Schramm.

Das passte ihrem Mann gar nicht. »Fängst du schon wieder damit an?«, fauchte er sie an. »Du stellst Heike als Hure dar.«

»Ist sie denn keine?«, fragte sie lapidar.

»Nein, ist sie nicht!«

Schramm beruhigte sich wieder, schlenderte zum Sessel und strich seiner Frau durchs Haar. Daraufhin drehte sie sich demonstrativ von ihm weg. »Iris hat leider eine allzu simple Vorstellung von manchen Dingen. Menschenkenntnis gehört nicht zu ihren Stärken.«

»Danke, Schatz«, gab seine Frau schneidend zurück. »Es ist immer wieder schön zu hören, wie viel du von mir hältst.«

Hier hing der Haussegen gewaltig schief, merkte Paul und lenkte die Aufmerksamkeit zurück auf Schramms Bilder. »Hat sich Heike Bach auch schon von Ihnen porträtieren lassen?«

»Nein!«, antwortete Schramm sofort.

»Ja!«, sagte Iris Schramm gleichzeitig.

»Es wäre ein feiner Zug, wenn du mir ausnahmsweise mal nicht in den Rücken fallen würdest«, zischte der Maler seiner Frau zu, die ihn schadenfroh angrinste.

Paul suchte nun gezielt und zog ein Bild aus der hinteren Reihe hervor. Er meinte eine Frau mit gewisser Ähnlichkeit zu Heike darauf zu erkennen. »Da ist sie. Oder?«

Schramm nickte, das Gesicht von Wut verzerrt.

»Ein Halbakt«, stellte Paul fest.

»Mein Mann hat es gern, wenn sich die Frauen für ihn ausziehen«, spottete Iris Schramm, erhob sich und torkelte zur Hausbar.

»Mit meinen Bildern verdiene ich das Geld, das du versäufst«, giftete ihr Mann.

»Du willst dir deinen Spielraum bewahren. Das ist es, worum es dir geht. Man kann es auch ganz profan ›Fremdgehen‹ nennen.«

Schramm baute sich vor ihr auf. »Wie ich sehe, hast du beschlossen, mich in den Wahnsinn zu treiben.« Ein bitterer Zug legte sich über seinen Mund. »Natürlich gehe ich fremd. Aber auch nicht mehr als du mit Berührungen und Blicken. Das kann noch viel schlimmer sein. Unserem Gast hast du davon ja schon eine Kostprobe gegeben.«

Paul hielt es für ratsam, nicht noch mehr Öl ins Feuer zu gießen, stellte das Bild zurück und sagte: »Ich will Sie nicht unnötig aufhalten. Daher noch einmal meine Eingangsfrage – hat einer von Ihnen am Tattag den Mann gesehen, nach dem ich suche?«

Beide tauschten einen Blick. Diesmal weniger feindselig, sondern einvernehmlich.

»Ja«, sagte Iris Schramm schließlich. »Der Kerl war

hier. Er ist mir im Treppenhaus begegnet, als ich auf dem Weg in den Supermarkt war.«

»Um Nachschub zu besorgen«, fand ihr Mann zu seiner Gehässigkeit zurück und formte mit den Fingern ein Glas, das er zum Mund führte.

Seine Frau ging über diese neuerliche Gemeinheit hinweg. »Es war nicht das erste Mal, dass mir der Typ auffiel. Der kommt öfter vorbei. Stammkunde.«

»Unsinn«, meinte Schramm. »Womit auch immer Heike ihr Geld verdient, eine Nutte ist sie ganz bestimmt nicht.«

Seine Frau verdrehte die Augen. »Sie hören: Wir sind uns uneins und können Ihnen nicht helfen.«

Ausnahmsweise pflichtete ihr Mann ihr bei: »Wenn Sie mehr wissen wollen, müssen Sie sich bei den anderen Eigentümern erkundigen«, versuchte er Paul loszuwerden. »Haben Sie es schon bei Frau Mayer versucht?« Damit drängte er ihn ziemlich plump aus dem Atelier. »Sie sind doch hier fertig, oder?«

Paul ließ sich den Rausschmiss gefallen, denn er hatte bereits mehr in Erfahrung bringen können, als er sich erhofft hatte.

Jetzt, da er Oswalds Anwesenheit am Tattag bestätigt sah, fühlte er sich motiviert für weitere Nachforschungen, deren Ergebnisse er Katinka beim nächsten Telefonat präsentieren könnte. Doch wo sollte er seine Privatermittlungen fortsetzen? Bei der alten Mayer hatte es definitiv keinen Zweck, und aus Prechtl würde er auch nicht mehr herausbekommen. Er fragte sich, was er hier sonst noch versuchen könnte.

Die Nähe zum Tatort legte es nahe, zunächst dorthin zurückzukehren.

Kaum war der Entschluss gefasst, kippte Pauls Stimmung. Es fühlte sich an, als würden an einem freundlichen Sommertag plötzlich dunkle Wolken aufziehen. Sein innerer Antrieb wurde aus unerfindlichen Gründen jäh gebremst. Paul konnte es sich nicht erklären, doch er schien mit einem Mal Gefahr und Unheil zu wittern.

Er versuchte, die ungemütlichen Gefühle abzuschütteln. Doch die Beklemmung, ausgelöst durch seine böse Vorahnung, blieb sein Begleiter, als er das Treppenhaus durchquerte. Mit bleiernen Schritten ging er die Stufen bis zu Heike Bachs Wohnung hinauf.

Auf dem oberen Treppenabsatz blieb er stehen und dachte: Hier will ich doch eigentlich gar nicht sein! An einem Ort, an dem es einen Toten gegeben hatte – wer würde dort freiwillig noch einmal hingehen? Er würde jetzt viel lieber im *Goldenen Ritter* sitzen und es sich gut gehen lassen. Oder irgendetwas anderes tun, nur bloß nichts mehr mit diesem Fall zu tun haben, der so undurchschaubar war, einem Dickicht gleich. Aber auf sein Vorhaben konzentriert, schenkte er den inneren Stimmen keine Beachtung mehr, sondern legte die letzten paar Meter zurück.

Als er vor der Wohnungstür stand, fiel ihm sofort das gebrochene Siegel auf: Jemand hatte den in Schlosshöhe angebrachten Klebestreifen, mit dem die Polizei Unberechtigte vom Tatort fernhalten wollte, glatt durchtrennt und war in das Apartment eingedrungen. Die Tür stand einen Spalt weit offen.

Paul überlegte, was zu tun sei. Die Polizei verständigen! Oder nicht?

Schließlich drückte er den Klingelknopf.

Nichts rührte sich.

Spätestens jetzt wäre es an der Zeit, Jasmin zu alarmieren oder sich davonzumachen. Aber Paul konnte nicht widerstehen und legte seine Hand auf das Türblatt, woraufhin die Tür aufschwang. Er zögerte abermals, bevor er die erschreckend stille Wohnung betrat.

Die Jalousien waren heruntergelassen und tauchten die Räume in ein bedrohlich wirkendes Halbdunkel. Paul schritt langsam suchend, ja lauernd, den kleinen Flur ab, spähte in die Küche und ins Bad. Nichts. Anschließend nahm er sich das Arbeitszimmer vor, beendete seinen Rundgang im Wohnzimmer – und erstarrte.

Mit dem Kopf nach unten hing Heike von der Decke, die Füße mit einem Ledergürtel an einen Balken geschnürt.

Sie hatte nichts an. Ihr herrliches platinblondes Haar floss zu einer großen Blutlache auf dem Parkettfußboden hinab.

Ihre Kehle war durchschnitten.

12

»Heben Sie beide Hände hoch und bleiben Sie, wo Sie sind!«

Die kräftig markante Stimme hörte Paul hinter seinem Rücken. Er tat wie befohlen, streckte die Arme nach oben und drehte sich langsam um. Zwei Streifenpolizisten standen breitbeinig im Raum, mit vorgebeugten Oberkörpern und verbissenen Gesichtern. Beide hielten ihre Dienstwaffen im Anschlag und richteten sie genau auf Pauls Brust.

Paul hob seine Hände noch höher und überlegte, was er sagen sollte. Die Polizisten hatten ihn neben einer ganz offensichtlich ermordeten Frau überrascht, noch dazu in einer Wohnung, die polizeilich versiegelt gewesen war. Alles, was er zu seiner Verteidigung vorbrächte, würde in den Ohren der beiden Ordnungshüter unglaubwürdig klingen. Sie würden ihn festnehmen. So oder so.

Also sagte er bloß: »Es ist nicht, wie Sie denken.«

Kurz darauf klickten die Handschellen.

Für Hauptkommissar Winfried Schnelleisen schienen sich seine sehnlichsten Wünsche zu erfüllen: Paul Flemming, der ihm oft genug in die Parade gefahren war und an seinem Ego gekratzt hatte, saß als Verdächtiger in einem Mordfall in einem Verhörzimmer des Präsidiums. Schnelleisen würde ihn ausquetschen können wie eine Zitrone und nach allen Regeln der Kunst Pauls Inneres nach außen kehren. Das Beste daran war, dass

Oberstaatsanwältin Blohm ihn diesmal nicht herauspauken konnte, denn sie war ja weit weg auf Korsika.

All diese bösartigen Gedanken interpretierte Paul in das milchweiße, pockennarbige Gesicht des großgewachsenen Chefermittlers hinein, dessen fleischige Lippen ein zynisches Lächeln formten.

»Dann wollen wir mal«, gab Schnelleisen den Auftakt, setzte sich Paul gegenüber und schob die Ärmel seines kleinkarierten Hemds zurück. »Kaffee?«, fragte er.

Paul schüttelte den Kopf. »Ich war es nicht«, kam er Schnelleisens Fragen zuvor.

Dieser neigte den Kopf und schenkte Paul einen beinahe mitleidigen Blick. »Das werden wir ja sehen, wenn die Spusi durch ist und das Labor uns die Ergebnisse liefert.«

»Natürlich werden Sie Spuren von mir finden, ich habe mich ja am Tatort aufgehalten«, meinte Paul. »Aber das bedeutet gar nichts. Als ich ankam, war Heike Bach schon tot.«

»Was hatten Sie eigentlich dort zu suchen?«, wollte Schnelleisen wissen. »Selbst wenn Sie – wie Sie behaupten – den Mord nicht begangen haben, hätten Sie das Siegel nicht brechen dürfen. Das ist nämlich auch strafbar.«

»Habe ich nicht«, wehrte sich Paul. »Die Tür war nur angelehnt. Es muss jemand vor mir dort gewesen sein, wahrscheinlich der Mörder ... und natürlich Heike.«

»Noch einmal die Frage: Was hatten Sie am Tatort verloren?«

Paul zögerte, denn auf Anhieb konnte er darauf keine plausibel klingende Antwort geben. Schließlich war er ja nur seinem Gefühl gefolgt. Nach einigem Abwägen sagte er: »Ich wollte nachsehen, ob Heike inzwischen wieder zu Hause war.«

»Die Mühe hätten Sie sich sparen können. Frau Bachs Haus wurde von uns observiert, wir hätten es also als Erste erfahren und sie zur Zeugenaussage einbestellt.«

Paul stutzte. »Sie haben das Haus beobachtet?« Damit war erklärt, weshalb die beiden Polizisten so schnell zur Stelle sein konnten, kaum dass Paul Heikes Wohnung betreten hatte. Nun stellte er die naheliegende Frage: »Wie konnte Heike dann unbemerkt hineinkommen? – Und ihr Mörder ebenso?«

Schnelleisen verlor an Selbstsicherheit. Sein fieser Gesichtsausdruck wich einem ratlosen Blick. »Möglicherweise gab es eine Observierungslücke, einen Moment der Ablenkung. Das müssen wir intern klären.«

»Oder aber das Haus hat einen Hintereingang«, tippte Paul. »Haben Sie das überprüft?«

Schnelleisen setzte zu einer Antwort an, unterbrach sich aber selbst. Zornig ging er auf Paul los: »Behalten Sie Ihre klugen Ratschläge gefälligst für sich! Polizeiarbeit ist nichts für Laien.«

Nach dieser Zurechtweisung entschied Paul, ebenfalls nicht mehr zu kooperieren. »Wie lange gedenken Sie mich hier festzuhalten?«, erkundigte er sich.

»Vierundzwanzig Stunden, wahrscheinlich länger«, antwortete Schnelleisen und beobachtete interessiert Pauls Reaktion. »Ich rechne fest damit, dass mir der Untersuchungsrichter den Haftbefehl bestätigt.«

»Wenn das so ist, möchte ich einen Anwalt«, sagte Paul so ruhig wie möglich, um sich nicht anmerken zu lassen, dass er innerlich vor Wut kochte.

Zu Pauls Glück besaß der Richter mehr Verstand als Schnelleisen. Denn nach Aussage der beiden Streifenpolizisten hatten sie Paul schon beim Betreten des Hauses beobachtet und waren ihm bis in Heike Bachs Wohnung gefolgt: Paul hätte daher gar nicht die Zeit gehabt, den Mord zu begehen. Entlastend kam hinzu, dass der Leichenbeschauer die Tatzeit in den Nachtstunden angesetzt hatte, also weit vor Pauls Auftritt am Tatort.

Schnelleisen musste ihn schweren Herzens ziehen lassen, konnte es sich jedoch nicht verkneifen, ihm einen Ratschlag mit auf den Weg zu geben: »Halten Sie sich ab jetzt raus, wenn Sie die Handschellen nicht dauerhaft tragen wollen!«

»Sie haben mir keine Vorschriften zu machen«, entgegnete Paul.

Schnelleisen setzte ein schiefes Lächeln auf. »Mutig, mutig. Sie müssen echt dicke Eier haben, sich mit der Kripo anzulegen.«

»Habe ich. Manchmal kann ich kaum noch richtig gehen.«

Darauf hatte selbst Schnelleisen nichts mehr zu sagen. Paul verließ ohne ein weiteres Wort das Büro und ließ die Tür lautstark ins Schloss krachen.

Sein Weg führte ihn schnurstracks nach Hause, wo er geistig verdauen wollte, was ihm alles in den vergangenen Stunden zugemutet worden war. Er wurde die schlimmen Bilder des Morgens nicht mehr los: Heike, entwürdigend entblößt von der Decke baumelnd, mit der grausamen Wunde am Hals. Abgeschlachtet wie Vieh. Jemand musste seinen ganzen Hass an ihr ausgelassen haben, und Paul fragte sich, was Heike diesem Jemand wohl angetan haben mochte, um eine solche Tat auszulösen. Oder war sie etwa an einen Perversen geraten, der seine tödlichen Spiele mit ihr getrieben hatte? Oder sollte alles völlig anders gelaufen sein? Er kam sich vor wie ein Analphabet, der ein Kreuzworträtsel lösen sollte.

Paul war emotional aufgewühlt. Er fühlte den Drang, ja die Verpflichtung, Heike zu rächen. Wer ihr das angetan hatte, sollte in der Hölle schmoren! In Paul stiegen düstere Gedanken der Selbstjustiz auf: Am besten wäre es, dieses Schwein direkt in die Pegnitz zu befördern, dann könnte es wenigstens keine Niederschlagung des Verfahrens und auch keine vorzeitige Entlassung aus dem Knast geben. Böse Pläne schmiedend, den Blick stur nach unten gerichtet, zog er seines Wegs.

Im Flur fiel ihm das wild blinkende Lämpchen des Anrufbeantworters auf. Das Display verriet Paul, dass der Anruf schon von gestern stammte. Das hatte er heute früh wohl übersehen. Er drückte die Wiedergabetaste.

»Hallo Paul, hier spricht Heike.«

Als er die Stimme der Ermordeten erkannte, meinte er, sein Herzschlag würde aussetzen. Gebannt hörte er zu.

»Leider haben wir uns neulich im *Südpunkt* verpasst. Können wir es noch einmal versuchen? Ich muss dich nämlich wirklich dringend sprechen. Mir wird diese ganze Sache zu heiß. Hätte ich gewusst, auf was ich mich einlasse, hätte ich ganz bestimmt abgelehnt. Ich mag auch nicht länger vor der Polizei weglaufen. Daher möchte ich dich bitten, dass du mir einen Termin verschaffst. Du hast doch gute Kontakte zur Staatsanwaltschaft. Arbeitet deine Frau nicht dort? Ich werde alles erzählen und auch sagen, wem zuliebe ich bei diesem Katz-und Maus-Spiel mitgemacht habe.« Einen kurzen Moment blieb es still, und Paul ging davon aus, die Nachricht sei beendet. Doch dann erklang erneut Heikes Stimme: »Ach ja, da ist noch etwas. Man hat mir diesen Koffer gegeben. Ich soll darauf aufpassen. Aber das möchte ich nicht. Kannst du dich darum kümmern, dass die Polizei ihn bekommt? Ich war vorhin bei deinem Atelier und hab ihn vor die Tür gestellt.«

Paul erstarrte. Heike hatte was? Den Koffer vor seine Tür gestellt? Ausgerechnet! Seine Gedanken überschlugen sich, als er versuchte, die Tragweite der kurzen Botschaft auszuloten. Ohne Zweifel hatte Heike ihn mit ihrem unbedachten Handeln in Schwierigkeiten gebracht. Denn nun hing er erst recht mit drin.

Dem Anflug von Ärger folgte Skepsis und Misstrauen: Wer würde einen Koffer mit wertvollem Inhalt einfach in einem unbewachten Hausflur abstellen, von wo ihn theoretisch jeder Unbefugte entwenden konnte? Das wäre ein sträflicher Leichtsinn! Heike mochte ja ein wenig naiv gewesen sein, aber so dumm gewiss nicht. Sollte es sich also um eine Finte handeln, fragte er sich.

Da der Anruf bereits vom Vortag stammte, zweifelte Paul stark daran, dass die Aktentasche noch an Ort und Stelle sein würde. Andererseits war es nicht ausgeschlossen, denn Pauls Atelier lag im obersten Stockwerk eines Wohn- und Bürohauses am Weinmarkt. Außer ihm und seinen Kunden kam eigentlich niemand dort vorbei.

Paul merkte, dass ihn das theoretische Abwägen nicht weiterbrachte. Keine fünf Minuten später trug er wieder Stiefel, Mantel und Schal und beeilte sich, die kurze Strecke ins Burgviertel zurückzulegen.

Er hetzte durch die Weißgerbergasse, schenkte den schmucken Fachwerkhäusern zu beiden Seiten keine

Beachtung, anschließend schnell weiter auf dem Kopfsteinpflaster quer über den Weinmarkt.

Paul angelte in seiner Jackentasche nach dem Hausschlüssel, bekam ihn zu fassen, ließ ihn aber vor lauter Aufregung fallen. Er klaubte ihn vom regennassen Pflaster auf und öffnete die schwere Eichenholztür. Er eilte über den bereits stark abgenutzten Mosaikfußboden des Treppenhauses, stürmte die erste Treppe hinauf, dann die zweite – und stieß mit einem Mann zusammen, der ihm entgegenkam.

Der Aufprall fiel so heftig aus, dass es Paul fast von den Beinen riss. Der andere geriet ebenfalls aus dem Tritt, taumelte und ließ etwas fallen. Im Schummerlicht erkannte Paul erst auf den zweiten Blick, um was es sich handelte: einen Aktenkoffer, der haargenau so aussah wie der aus dem Bahnhofsschließfach.

Völlig überrascht schaute er von dem Koffer zu dem Mann auf – und sah sich Fred Oswald gegenüber: untersetzt, schwammig, mit hervortretenden Augen. Oswald sah aus wie ein zu groß geratenes Schaf. Seine Reaktionsfähigkeit dagegen entsprach der einer Raubkatze. Ehe Paul seine Verblüffung überwinden konnte, schnappte sich Oswald den Koffer, holte weit aus und ließ ihn nach vorn schnellen. Mit Wucht vergrub er ihn in Pauls Bauch.

Paul knickte stöhnend ein, und ehe er wieder Luft bekam, hörte er Oswalds Schritte durchs Treppenhaus hallen. Paul rappelte sich auf, ignorierte den Schmerz in seinem Unterleib und setzte Oswald nach.

Beim Hinunterstürzen der Treppenstufen holte er schnell auf, denn der dickliche Oswald hatte kürzere Beine und weniger Kondition als er. Dann aber zog Oswald die schwere Haustür hinter sich zu. Paul verlor wertvolle Sekunden, als er sie wieder öffnen musste.

Auf dem Weinmarkt stehend sah er sich um und entdeckte Oswald auf der Steintreppe zur Füll. Paul lief ihm nach und konnte abermals die Distanz verringern.

Die Hatz führte sie durch die engen Gassen des Burgviertels bis zum Ölberg hinauf, wo Paul Oswald bis auf wenige Meter nahe kam. Doch noch war nichts gewonnen: Zielsicher strebte der Dieb auf eine Schülergruppe zu, die aus der Jugendherberge auf der Burg schlenderte, unterwegs in Richtung City. Oswald stieß mit dem Koffer voran mitten hinein in die Teenieschar und löste ein heilloses Durcheinander aus. Zwei der Kinder stürzten, mehrere Mädchen fingen an zu kreischen, ein Lehrer schrie Oswald wütend hinterher.

Als Paul die Gruppe erreichte, hatte sich die Klasse zu einer Menschentraube verdichtet, die Paul erst umrunden musste, um sehen zu können, wo Oswald geblieben war. Der hatte das Chaos clever genutzt, war untergetaucht und blieb verschwunden. Paul schaute sich nach allen Seiten um. Er blickte die Burgstraße hinab, danach in Richtung Untere Söldnersgasse, und auch die Grünfläche am Fuße der mächtigen Sandsteinblöcke, über denen die Kaiserburg thronte, suchte er ab. Zum Schluss umrundete er sogar die Stämme zweier Kastanien, weil er vermutete, dass sich Oswald dahinter versteckt haben könnte. Vergebens.

Ein weiteres Mal war ihm dieser Mann entwischt wie ein glitschiger Fisch, der ihm wieder und wieder durch die Finger glitt. Enttäuscht und mit Atemnot musste Paul sich eingestehen, dass Oswald ihm überlegen war – immer einen Schritt voraus. Doch das, so nahm Paul sich vor, würde sich ändern.

13

Per Handy informierte er Jasmin Stahl vom Zusammenstoß mit Oswald. Er hatte allerdings seine Zweifel, dass sie mehr ausrichten konnte als er, selbst wenn sie die gesamte Kavallerie ausrücken ließ. Oswald war der Polizei schon viel zu oft entkommen. Warum sollte es diesmal besser laufen?

Auf dem Heimweg kam er am *Goldenen Ritter* vorbei, nahm im Vorbeigehen ein Schild in der Tür wahr, blieb stehen und sah genau hin.

»Aus betrieblichen Gründen heute geschlossen«, stand da geschrieben.

Betriebliche Gründe, wunderte sich Paul und fragte sich, was wohl dahinterstecken mochte. Kurzerhand drückte er die Türklinke: Das Lokal war tatsächlich zugesperrt. Paul klopfte gegen die schaufenstergroße Glasscheibe, die von außen einen Blick in das rustikale Restaurant und auf die Frischfischtheke im Eingangsbereich gewährte.

Wenig später wurde ihm von Jan-Patrick geöffnet. »Kannst du nicht lesen?«, fragte der Wirt schlecht gelaunt, wartete aber die Antwort nicht ab. Stattdessen drehte er sich um und ging geradewegs in die Küche. Paul folgte ihm.

Wie die Gaststube war auch die Küche verwaist. Jan-Patrick hatte offenbar dem gesamten Personal freigegeben. Dennoch roch es nach Essen – nach sehr gutem Essen sogar.

»Kochst du neuerdings für dich allein?«, fragte Paul verwundert, als er einen einzelnen benutzten Teller mit

Essensresten erspähte, der darauf hindeutete, dass es sich der Küchenmeister soeben hatte schmecken lassen. »Oder probierst du was Neues aus?«

»Was Neues?« Jan-Patrick verzog abfällig den Mund. »Das ist gewiss nichts Neues!«

Paul sah genauer hin, pickte mit einer Gabel ein Stück Fleisch auf und probierte. »Schweinsbraten, oder?«, tippte er kauend und urteilte: »Nicht übel.«

»Hax'n und Schweinsbraten, die gibt es drüben, im *Münchner Stadl*«, erklärte Jan-Patrick. »Ich versuche, dem Erfolgsgeheimnis auf die Spur zu kommen.«

»Dem Erfolgsrezept des Schweinebratens?«, staunte Paul über das seltsame Vorhaben seines Freundes.

»Weißt du«, holte der kleine Küchenmeister mit der großen Nase aus, »die Münchner haben's halt gern üppig. So viel habe ich schon verstanden. In deren Brauhäusern und Biergärten wird aus Gläsern getrunken, die andernorts als Blumenkübel durchgehen würden. Dazu kommen Schmorgerichte und Braten, so opulent wie gefeierte Überbleibsel der bäuerlichen Kultur. Und dann die Weißwurst! Das sind die Aushängeschilder und Identitätsstifter für dieses großmäulige Bergvolk, wie Pizza und Pasta für die Italiener.«

»Das hast du schön analysiert«, meinte Paul, gönnte sich eine zweite Probe vom verfemten Fleisch und versuchte schmatzend den Geschmack zu ergründen. »Hat deine Feldstudie denn zu einem Ergebnis geführt?«

Jan-Patrick schaute ihn verdrießlich an. »Ich denke, am wichtigsten ist – wie auch bei unserem Schäufele – die Kruste. Erst wenn der Speck nicht mehr glänzt, sondern schimmert wie ein blinder Spiegel, darf der Braten aus dem Ofen. Getreu dem Spruch ›bis die Schwarte kracht‹.« Auch er griff nun zur Gabel, schob sich ein winziges Stück der wahrlich vortrefflichen Kruste in den Mund und urteilte: »Gut – aber langweilig.«

Paul gewann allmählich Lust an der kulinarischen Grundsatzdiskussion. »Was würdest du anders machen?«

Der Küchenchef ließ sich nicht lange bitten. »Alles! Ich würde die Speisekarte viel variantenreicher gestalten. Wenn es denn unbedingt Schwein sein soll, wie wäre es mit gepökelten Schweinebäckchen an Zwiebeltarte, dazu ein feiner Linsensalat und karamellisierter Meerrettich? Oder Schweineleber mit Thymian und Kümmel-Senf-Jus? Originell wären auch Schweinefiletmedaillons in Kombination mit Pastinaken-Wirsing-Rouladen.«

Paul kam kaum mit angesichts der spontan entworfenen Vielfalt und fragte überfordert: »Wirsing-Rouladen? Warum denn gerade Wirsing?«

»Weil er ein ausgezeichneter Geschmacksträger ist und sich obendrein leicht rollen lässt«, gab Jan-Patrick zurück. »Du blanchierst ihn kurz, schreckst ihn mit kaltem Wasser ab, um den Garvorgang zu unterbrechen und die knackfrische Farbe des Gemüses zu erhalten. Die Roulade bekommt eine schöne kompakte Form, wenn du sie in Folie wie ein Bonbon einschlägst und eine Weile fest werden lässt. Beim Fleisch musst du natürlich auch achtgeben: Die Stücke müssen eine gleichmäßige Dicke und damit eine identische Garzeit aufweisen. Mit einem schlampigen Parieren kannst du das beste Filet ruinieren …«

Paul unterbrach Jan-Patricks Redefluss, indem er die Hand hob: »Kann es vielleicht sein, dass du es für den gemeinen Durchschnittskonsumenten ein wenig zu kompliziert machst?«

»Wie? Was?« Jan-Patrick war durch diesen Zwischenruf völlig aus dem Konzept gebracht.

»Nun ja«, erläuterte Paul seine Bedenken, »wenn du aufs Publikum vom *Stadl* abzielst, solltest du der Schweinshaxe etwas entgegensetzen, das genauso schlicht, aber überzeugend ist. Eben gerade kein mit seltenen Kräutern verfeinertes Filet oder sonstigen Schnickschnack, sondern einen typischen Frankenklassiker.«

Jan-Patrick begriff, woher der Wind wehte. »Schäufele – ist es das, was du willst?«

»Ja!«, lächelte Paul seinen Freund aufmunternd an. »Du hast ja vorhin selbst auf die Ähnlichkeit zur bayerischen Variante hingewiesen, zumindest was die Kruste anbelangt.«

Jan-Patrick rieb sich das Kinn. »Mmm. Schäufele kontra Schweinsbraten – könnte funktionieren.«

»Ich will natürlich nicht erreichen, dass du dein gesamtes Küchenkonzept über den Haufen wirfst, denn es wäre verdammt schade drum«, ruderte Paul ein Stück weit zurück. »Ich persönlich liebe ja deine Experimente. Aber wenn du zusätzlich eine Touristenkarte einführst und des Franken Leibgericht auf die Tageskarte setzt, hast du garantiert eine volle Hütte. Denn den Standardtouristen verlangt es nach Standardkost. Der typische Tagesgast hat genaue Vorstellungen von dem, was er haben will und was nicht. Da bleibt nicht viel Platz für Fantasie.«

»Klingt schlüssig«, räumte der Koch ein.

»Ist es auch! Mit einem krossen Schäufele stichst du jede herkömmliche Haxe und jeden dahergelaufenen Null-acht-fünfzehn-Braten locker aus.«

»Du meinst, ich soll es wagen und mich aufs Schäufele konzentrieren?«, fragte Jan-Patrick, neuen Mut schöpfend.

»Na klar!«, versicherte Paul ihm. »Erstens, weil es noch viel besser schmeckt, als die Münchner Konkurrenz das je hinkriegen wird, und zweitens, weil allein schon der Name neugierig macht. Schäufele – welcher Nichtfranke kommt auf die Idee, dass man es so nennt, weil die Schweineschulter die Form eines Schaufelblattes hat?«

»Ist das nicht eher ein Nachteil? Das Schäufele hat einen sehr begrenzten Bekanntheitsgrad«, gab Jan-Patrick zu bedenken. »Es steht nur zwischen Nürnberg und Bamberg auf den Speisekarten der Wirtshäuser, aber schon Würzburg ist schäufelefreie Zone, und in der Oberpfalz bekommst du es genauso wenig. Es gibt zwar eine badische Variante, aber dort wird das Fleisch gepökelt und gekocht, entspricht also eher dem Eisbein. Außerdem mangelt es ihm an der Tradition: Das Schäufele kam ja erst mit Beginn der Industrialisierung in die gutbürgerliche Küche und hat nie die Grenzen Mittelfrankens überschritten. Getreu unserem Credo, dass der Franke genießt und schweigt und nicht in die Welt hinausposaunt, wie vortrefflich seine Küche ist.«

Da musste ihm Paul recht geben: »Weil unsere Landsleute sind, wie sie sind, ist das Schäufele unbekannt geblieben, wohingegen ein jeder auf der Welt das Wiener Schnitzel kennt.« Doch schnell besann er sich, dass darin auch eine Stärke liegen könnte: »Das macht doch gerade den besonderen Reiz aus«, argumentierte er. »Das Schäufele ist Individualismus pur! Es zeichnet unsere Region aus wie kaum etwas anderes. Die Leute sollen schlemmen und genießen und hinterher sagen: So etwas bekommen wir nur in Franken!«

»Also gut«, sagte Jan-Patrick und klang überzeugt, »ich setze das Schäufele ganz oben auf meine Karte.«

Trotzdem machten sich beide über den Rest des bayerischen Bratens aus dem Nachbarhaus her und löschten ihren Durst mit zwei oder drei Schoppen einer ausgezeichneten unterfränkischen Scheurebe, deren frisches Bukett mit zitrusähnlichen Aromen einen willkommenen Kontrapunkt zur deftig-würzigen Speise setzte.

Munter plaudernd kamen sie bald auf Pauls aktuellen Fall und die turbulenten Ereignisse des Tages zu sprechen. Jan-Patrick zeigte sich wissbegierig und hinterfragte Pauls diverse Theorien ein ums andere Mal. Am Ende gelangte er zu dem Schluss, dass es kein Geld sein könne, was den Wert des Koffers darstellte:

»... da liegst du falsch, mein Lieber. Was auch immer drinsteckt in dieser Tasche, Zaster ist es bestimmt nicht!«

»Warum denn nicht?«, fragte Paul.

»Wenn ich dich richtig verstanden habe, hat dieser Oswald dir die Aktentasche abgenommen, kaum dass du sie aus dem Schließfach geholt hattest.«

»›Abgenommen‹ ist ein purer Euphemismus. Treffender wäre ›geraubt‹.«

»Jedenfalls wäre es für Oswald ein Leichtes gewesen, den Koffer aufzubrechen und die Kohle, hinter der er angeblich her war, herauszunehmen«, ließ sich Jan-Patrick nicht aus dem Konzept bringen. »Doch was macht der Kerl? Er übergibt den Koffer an Heike Bach. Das hätte er nie und nimmer getan, wenn er sich selbst bereichern wollte.«

»Das stimmt zwar«, griff Paul die Überlegung auf, »aber nun hat Oswald den Aktenkoffer ein zweites Mal geklaut. Hat ihn mir wieder vor der Nase weggeschnappt. Also muss sein Inhalt irgendeinen Wert darstellen, sonst würde Oswalds Verhalten keinen Sinn ergeben. Die einzig andere logische Erklärung könnte lauten, dass Oswald im Auftrag für jemand handelt, der auf den Inhalt der Tasche scharf ist.«

Jan-Patrick goss beiden nach. »Wenn es zutrifft, was du behauptest, und ein hohes Tier wie der Rode mit drinsteckt, könnten es doch irgendwelche brisanten Papiere sein. Etwas Politisches.«

Paul zuckte die Schultern. »Genauso gut könnte es sich um kompromittierende Fotos handeln. Dann würde es auch einen Sinn ergeben, dass der Koffer zwischenzeitlich bei Heike Bach landete – vielleicht zeigen die Bilder sie in flagranti mit Rode«, riet er ins Blaue und beschrieb die Fährte, die in diese Richtung führte.

Daraufhin breitete sich ein schadenfrohes Grinsen über Jan-Patricks Gesicht aus. »Ich würde einiges dafür geben, den Koffer in die Hände zu bekommen, wenn ich Rode damit eins auswischen könnte.«

»Willst du deinen Privatkrieg gegen den Mann nicht endlich beenden?«, appellierte Paul an den gesunden Menschenverstand seines Freundes. »Viel wahrscheinlicher ist es, dass dein neues Idol Helwig Scharrer dick mit drinhängt. Es ist nicht auszuschließen, dass er Santini angeheuert hat, um seinem Kontrahenten zu schaden. Sollte das Ganze auf Erpressung hinauslaufen, würde sich Scharrer strafbar machen.«

Jan-Patrick wirkte keineswegs beunruhigt. »Na und? Man muss was riskieren, wenn man für eine gerechte

Sache eintritt. Hätte Santini Trainingscamps für rebellische Franken angeboten, wäre ich sofort dabei gewesen.«

Paul prustete den letzten Schluck Wein aus. »Ausgerechnet du!«

Beschwipst vom guten Frankenwein, der die schwermütige Stimmung nach Heikes Tod vorübergehend vertrieben hatte, trat er den Rest des Heimwegs an. Er streifte im Flur die Schuhe ab, strich pfeifend durchs Wohnzimmer und stellte sich vor die Bücherwand. Zwar hatten die diversen Gespräche mit seinen Bekannten in der Sache nichts ergeben, sondern bloß immer neue unbeweisbare Theorien zu den beiden Mordfällen hervorgebracht. Doch die Frankenfrage trieb ihn um, und er wollte mehr wissen über diesen besonderen Landstrich, in dem er groß geworden war und wohl auch den Rest seines Lebens verbringen würde.

Ganz unten im Regal, bei den schweren Bildbänden, wurde er fündig und förderte eine dickleibige Chronik zutage. Im Schneidersitz ließ er sich direkt auf dem Parkettboden nieder und blätterte in dem Buch. Die ersten Kapitel über die zarten fränkischen Wurzeln im vierten Jahrhundert übersprang er ebenso wie die Abhandlungen über den ersten fränkischen König Chlodwig, die Beinaheeroberung durch die Römer und den Aufstieg Nürnbergs zur Handelsmetropole von Weltrang.

Sein Interesse gehörte dem Jahr 1803, als Franken durch Napoleons sogenannten Reichsdeputationshauptschluss quasi im Handstreich den Bayern zugeschlagen wurde. Die noch für kurze Zeit freie Reichsstadt Nürnberg folgte 1806 nach, womit das Ende eines autarken Franken im Heiligen Römischen Reich Deutscher

Nation eingeläutet war. Dies bedeutete nicht nur die Preisgabe der eigenen Identität, sondern auch einen schmerzvollen kulturellen Aderlass. »Die Politik war von Anfang an altbayerisch ausgerichtet«, las Paul. Wenn es etwas zu verteilen gab, profitierte seither immer erst der Süden. Denn die im neunzehnten Jahrhundert nach französischem Muster entstandenen drei Regierungsbezirke Ober-, Mittel- und Unterfranken waren reine Verwaltungseinheiten ohne nennenswerten politischen Einfluss. Die Bestimmer saßen fortan in München.

Und es kam noch schlimmer: Die Gebietsreform Anfang der Siebzigerjahre nahm keinerlei Rücksicht auf historische, wirtschaftliche und kulturelle Besonderheiten der fränkischen Regionen und zerschnitt jahrhundertealte Strukturen. Ein Anschlag auf die fränkische Seele, der zwangsläufig Unmut erzeugen musste.

Ein Pulverfass, das einzig und allein durch die lethargische Art der Franken nicht zur Explosion gebracht worden war, sann Paul nach, als er das Buch zurück ins Regal schob. Sollte Santini dafür auserkoren worden sein, mit über zweihundertjähriger Verspätung jetzt doch noch die Lunte zu legen?

14

Am Vormittag des folgenden Tages erledigte Paul endlich einige der liegen gebliebenen Aufträge in seinem Atelier, bevor er sich gegen Mittag auf den Weg zurück zur Kleinweidenmühle machte. Kaum hatte er die Hallertorbrücke unterquert, meldete sich sein Handy. Während neben ihm die Pegnitz gurgelte, nahm er das Gespräch an und war ziemlich überrascht.

»Flemming, bist du das?«, erkundigte sich eine ängstlich klingende Frauenstimme.

Paul schaltete sofort: »Vivi!«, rief er in den Hörer. »Wo steckst du? Ist dir klar, dass dich alle Welt sucht? Die Polizei will dich dringend als Zeugin vernehmen!«

»Weiß ich«, antwortete sie kleinlaut. »Ich höre ja Radio. Und in der Zeitung stand es auch. Ich wollte da nicht hineingezogen werden, deshalb habe ich mich nicht gemeldet. Aber so, wie die Dinge nun stehen ... – stimmt es, was über Heike geschrieben wird? Dass sie auch ein Opfer dieses irren Mörders geworden ist?«

»Heike ist tot, ja, es ist wahr«, bestätigte Paul. »Und es ist nicht auszuschließen, dass es sich um ein und denselben Täter handelt.«

»Schrecklich«, gab Vivi mit schwacher Stimme von sich. »Was für ein Teufel steckt wohl dahinter?«

»Man weiß es nicht, es gibt lediglich Vermutungen. Umso wichtiger ist es, dass du dich mit der Polizei in Verbindung setzt.« Noch einmal fragte er: »Wo hältst du dich gerade auf?«

Zögerlich kam die Antwort: »Ich habe mich nicht

getraut, zurück in meine Wohnung zu gehen. Nach all dem, was geschehen ist. Das verstehst du doch, oder?«

»Wo bist du?«, fragte Paul eindringlich. »Nenn mir deine Adresse. Sofort!« Er trieb sie zur Eile, denn keinesfalls wollte er zulassen, dass der Mörder ihm ein weiteres Mal zuvorkam und die nächste Zeugin aus dem Weg räumte.

»Im *Hotel Adler*«, gab Vivi schließlich ihr Versteck preis und nannte ihm die Anschrift.

»Okay, danke, und jetzt hör zu: Bleib genau da, wo du bist. Rühr dich nicht vom Fleck!«, schärfte er ihr ein. »Ich bin so schnell wie möglich bei dir.«

Den Rest des Weges bis zur Kleinweidenmühle rannte Paul. Dort, direkt vorm Haus, stand sein Wagen. Kaum saß er im Auto, nahm er wieder das Handy zur Hand und rief Jasmin Stahl an. Erst versuchte er es mit ihrer Festnetznummer im Büro, anschließend mobil. Beide Male hatte er Pech. Da er ungern ihren Chef verständigen wollte, sann er nach einer Notlösung, während er seinen Renault durch den Verkehrsstrom über den Plärrer trieb.

Zunächst probierte er es bei Hannah, die jedoch »überhaupt keine Zeit« hatte und gleich wieder auflegte. Seine spontane Ersatzlösung rief Victor Blohfeld auf den Plan: Er bekam den Reporter zum Glück sofort zu sprechen, schilderte grob die Lage und bat ihn, die Kommissarin in seinem Auftrag zum *Hotel Adler* zu schicken.

»Ich halte Vivi so lange hin«, erklärte Paul und warnte Blohfeld: »Kommen Sie bloß nicht auf die Idee, einen Fotografen auf uns anzusetzen! Ihre Story können Sie machen, wenn Vivi in Sicherheit ist. Bis dahin ist ihr Aufenthaltsort top secret.«

Blohfeld willigte ein und klang dabei redlich. Dennoch hatte Paul ein mulmiges Gefühl, als er das Hotel im Bahnhofsviertel zehn Minuten später erreichte.

Bevor Paul das Hotel betrat, versuchte er erneut, Jasmin zu erreichen. Wieder Fehlanzeige. Er musste sich also auf Blohfeld verlassen – eine mehr als schwache Absicherung, wie er mittlerweile einsah.

Er ging in das sichtlich in die Jahre gekommene, aber keineswegs ungepflegt wirkende Foyer und kam auf eine Idee, wie er doch noch besser vorsorgen könnte. Entschlossen strebte er auf den Empfang zu und sprach den Rezeptionisten an: »Entschuldigen Sie: Gibt es bei Ihnen einen Hausdetektiv?«

Der Mann konnte seine Verwunderung nicht verhehlen. Oft wurde ihm diese Frage wohl nicht gestellt. Doch er musste Paul nicht enttäuschen: »Wir haben jemanden für die Security. Ist es das, was Sie meinen? Wertsachen können wir für Sie selbstverständlich auch in unserem Safe aufbewahren.«

»Nein, nein, es geht nicht um Wertsachen«, stellte Paul klar. »Ich fürchte, einer Ihrer Gäste ist in Gefahr. Können Sie Ihrer Security Bescheid geben?«

Der Portier führte ihn in ein Hinterzimmer, für das der Begriff Büro zu hoch gegriffen gewesen wäre. An einem Schreibtisch saß der Sicherheitschef des Hotels, bei dessen Anblick Paul seinen spontanen Einfall am liebsten wieder fallen gelassen hätte: ein übergewichtiger Bodybuilder mit kahlrasiertem Schädel, dessen imposante Oberarme mit Tattoos bedeckt waren. Müde Augen stierten aus seinem feisten Gesicht. Das war ein Rausschmeißer, aber gewiss kein Detektiv, fand Paul.

»Nikolas Sanft«, stellte der Portier den Fleischberg vor und ließ sie allein.

Der Nachname sprach dem Erscheinungsbild Hohn, dachte sich Paul, nickte dem Muskelmann aber der Form halber freundlich zu.

Sanft erhob sich schwerfällig von seinem Stuhl, der knackste und ächzte, als würde er erleichtert aufatmen. Der Sicherheitschef streckte Paul seine prankenhafte Hand entgegen. »Wie kann ich Ihnen helfen?«, erkundigte er sich mit rauer, jedoch höflich klingender Stimme.

Paul überwand seine von Äußerlichkeiten bestimmten Vorurteile und setzte ihn kurz gefasst in Kenntnis. Er schloss mit der Bitte: »Es wäre gut, wenn Sie das Zimmer meiner Bekannten im Auge behalten, bis die Polizei eintrifft. Wenn Sie sich vor der Tür postieren, könnte es nicht schaden.«

Sanft bewegte seinen mächtigen Kopf auf und ab, was wohl ein Nicken darstellen sollte. »Eine schöne Aufgabe. Mal was anderes, als Betrunkene zurechtzuweisen oder Diebstähle aufzunehmen.« Er ging voran, als sie den kleinen Raum verließen. »Verlieren wir keine Zeit! Ihre Freundin wohnt in ...« Er warf einen Blick ins Gästebuch. »... in Zimmer 303.«

Auf dem Weg durchs Treppenhaus erfuhr Paul, dass Sanft ursprünglich als Lkw-Fahrer gearbeitet hatte. Über sein Hobby, den Kampfsport, kam er in die Sicherheitsbranche, jobbte auf Volksfesten und in Discos, bevor er die Stelle im *Adler* antrat. So, wie er redete, verstand er sein Handwerk, dachte Paul. Trotz seines martialischen Auftretens schien Sanft mit Verstand zu Werke zu gehen. »Grob werden muss ich nur ganz selten«, meinte er schmunzelnd. »Meistens langt es, wenn ich mich sehen lasse.«

Paul bedankte sich für seinen Einsatzwillen, postierte Sanft vor der Zimmernummer 303 und klopfte an. Als Vivi ihm öffnete, warf sie sich weinend an seine Brust.

»Ich habe solche Angst«, jammerte die junge Frau, deren viel zu schlanker Körper in Röhrenjeans und einem melierten Sweatshirt steckte.

Paul ließ die Umarmung zu, löste sich nach angemessener Zeit vorsichtig von der schluchzenden Frau und vergewisserte sich bei Sanft: »Sie passen auf?«

»An mir kommt keiner vorbei«, versprach der Kraftprotz, der angesichts der Herausforderung sichtlich auflebte.

Dankbar schloss Paul die Tür und sah Vivi mit einer Miene an, die eine Mischung aus Erleichterung und Tadel ausdrückte: »Was hast du dir dabei gedacht, einfach abzutauchen?«

Die junge Frau schlug die Augen nieder. »Er hat mir Angst gemacht – dieser tote Bayer in Heikes Wohnung. Ich hatte nie zuvor eine Leiche gesehen. Das war ein Schock für mich. Und als dann noch Heike selbst ...« Neue Tränen sammelten sich in ihren Augenwinkeln.

Paul dirigierte sie zum Bett und platzierte sie auf der Kante. Er ließ sich neben ihr nieder und setzte seine Befragung behutsam fort: »Bitte erzähl alles der Reihe nach. Die Polizei weiß bisher so gut wie nichts über den Ablauf der Ereignisse. Du wolltest sie also besuchen an diesem Tag. Was hattet ihr vor?«

Da die Vorhänge in Vivis Zimmer zugezogen waren und die Tischleuchte nur ein schwaches Licht abgab, konnte er ihre Gesichtszüge nur schemenhaft erkennen, als sie stockend zu berichten begann: »Wir sind – wir waren gute Freundinnen. Haben ziemlich häufig etwas zusammen unternommen. Mit Heike konnte man Spaß haben und tolle Leute treffen.«

»Du meinst Männer«, versuchte Paul das Gerücht zu überprüfen, nach dem Heike anschaffen gegangen war.

»Nein, nicht nur Männer. Obwohl – wenn du so fragst: Heike hat eine besondere Anziehungskraft auf Jungs ausgeübt, das ist wahr. Sie hatte keine Lust, sich zu binden, aber meistens einen im Schlepptau, der sie verwöhnte. Sie hat eigentlich nie etwas selbst bezahlt, wenn wir um die Häuser gezogen sind. Es hat sich immer ein Gönner gefunden.«

»Ohne Gegenleistung?«

»Vielleicht hat sich der eine oder andere etwas davon versprochen, aber die meisten hat Heike am Ende abblitzen lassen.«

»Okay, kommen wir zurück auf den Tag, als du die Leiche gefunden hast.«

Vivi fing an zu schluchzen. »Schrecklich. Ich werde diese Bilder nie wieder aus dem Kopf bekommen.«

»Wie genau ist es abgelaufen? Heike und du wart nicht verabredet, oder?«

»Nein«, sie schnäuzte sich in ein Tempotaschentuch. »Ich bin öfter mal spontan bei ihr vorbeigekommen. Um die Zeit war sie meistens zu Hause. Ein bisschen zu spät zum Kaffeetrinken, aber gut für einen Prosecco.«

»Ja, ja, und weiter?«

»Ich habe geklingelt, aber sie hat nicht aufgemacht. Da habe ich bemerkt, dass die Tür nur angelehnt war. Also bin ich rein. Und dann lag er da vor mir – mitten im Wohnzimmer auf dem Sessel. Ich war völlig geschockt, als ich feststellte, dass der Mann tot war. Zuerst hatte ich ja angenommen, er wäre nur eingeschlafen oder betrunken oder – na ja, jedenfalls nicht tot. Aber als er sich gar nicht rühren wollte, kam bei mir die Panik hoch. Ich habe nach Heike gerufen und nach ihr geschaut. Doch keine Spur von ihr. Was sollte ich also machen? Die Polizei verständigen? Die hätten mich bestimmt schon am Telefon gefragt, was ich in einer fremden Wohnung zu suchen hatte. Wenn ich es ihnen gesagt hätte, wäre der Verdacht doch sofort auf Heike gefallen, und ich wollte ihr keine Schwierigkeiten machen.«

»Wie ging es weiter?«

»Das weißt du doch: Ich habe bei dir angerufen, weil du mir mal erzählt hast, dass du auch als Privatdetektiv arbeitest.«

»Was nicht stimmt.«

»Offenbar ja doch, sonst wärst du nicht hier.«

Paul räusperte sich. »Wie auch immer. Warum bist du abgehauen, bevor ich eintraf?«

»Weil ich nach einer Weile nicht mehr glaubte, dass du wirklich kommst.«

»Ich habe mich sehr beeilt.«

»Jedenfalls wollte ich nicht mehr warten und habe dann doch noch die Polizei verständigt. Aber ohne meinen Namen zu nennen.«

»Und bist gleich darauf getürmt«, vermutete Paul.

Vivi atmete tief durch. »Du musst dir das mal vorstellen: Mit einem Mal brach die Hölle los. Martinshörner, überall Blaulicht. Als ich aus dem Fenster sah, wimmelte es draußen von Bullen. Da habe ich es mit der Angst zu tun bekommen. Ich dachte, es macht sich nicht gut, wenn die mich neben der Leiche finden. Also bin ich ab durch die Mitte.«

»Ab durch die Mitte, wenn überall Polizisten stehen?«

»Durch den Hinterausgang, wenn du es genau wissen willst.«

»Genau wie später der Mörder von Heike.« Paul schlug sich mit der flachen Hand vor die Stirn. »Und ich Depp bin der Polizei direkt in die Arme gelaufen.«

»Ich hoffe, ich habe dir keine Probleme bereitet.«

»Halb so wild. So etwas bin ich gewöhnt«, winkte Paul ab. »Vivi, was ich dringend von dir wissen muss, sind zwei Dinge. Erstens: Wie hat Heike ihr Geld verdient? Sie lebte ja auf recht großem Fuß, ging aber keiner regulären Tätigkeit nach. Sie konnte sich wohl schwerlich nur bei reichen Männern durchschnorren. Und zweitens: Weißt du was von einem Aktenkoffer, der in einem Schließfach verstaut war und hinter dem alle Welt her ist?«

»Aktenkoffer?« Vivis Stimme klang jetzt noch brüchiger. »Paul ...« Sie schluckte. »Ich glaube, ich muss dir etwas beichten. Es gibt da noch einiges, das du wissen solltest.«

»Schieß los«, forderte Paul sie auf und griff impulsiv nach ihrer Hand.

Die musste er gleich wieder loslassen, denn das Zimmertelefon klingelte.

»Erwartest du einen Anruf?«, fragte er.

Vivi starrte ängstlich auf den Apparat. »Nein! Du etwa?«

Paul erhob sich langsam. Vivi tat es ihm nach.

»Geh ran«, forderte er sie auf.

Ihre Hand zitterte stark, als sie den Hörer abnahm.

»Für dich«, sagte sie gleich darauf und reichte den Hörer weiter.

Paul nahm ihn entgegen und hörte die Stimme des Portiers:

»Verzeihen Sie die Störung. Ich dachte mir, es könnte Sie interessieren, dass sich jemand in unserem Foyer befindet, der sich recht auffällig verhält.«

»Auffällig? Was verstehen Sie darunter?«, fragte Paul mit anschwellender Unruhe.

»Er streicht hier herum, als würde er etwas suchen.«

»Können Sie ihn beschreiben?«

Der Rezeptionist lieferte eine exakte Beschreibung von Fred Oswald inklusive seines karierten Sakkos. »Er traf kurz nach Ihnen ein. – Womöglich ist er Ihnen schon länger gefolgt?«

»Danke für den Hinweis«, sagte Paul und legte auf.

»Ärger?«, erkundigte sich Vivi bang.

»Ich fürchte, ja.« Paul überschlug in Gedanken seine Handlungsoptionen. »Ich muss dich kurz allein lassen«, teilte er der bibbernden Vivi mit und ging zur Tür. Er musste Oswald abfangen, bevor er Vivi zu nahe kommen konnte. Noch eine Zeugin zu verlieren, durfte Paul nicht zulassen.

Vor der Tür wartete wie vereinbart Sanft. Etwas verwundert sah er Paul an: »Schon fertig?« Als er merkte, dass man diese Frage in die falsche Richtung auslegen konnte, fügte er rasch hinzu: »... mit Ihrer Befragung?«

Paul erklärte ihm kurz und bündig, dass er sich mit einem ungebetenen Gast befassen müsse.

»Soll ich mitkommen?«, schlug Sanft vor.

Der Muskelmann wäre gewiss eine gute Hilfe, dachte Paul, wollte Vivi aber nicht ungeschützt zurücklassen. »Lieber nicht. Mir wäre wohler, wenn Sie weiter die Tür bewachen.«

»Sicher?«, fragte Sanft, der Paul anscheinend ungern allein ziehen ließ.

»Ja!«, bekräftigte Paul und sprintete los.

Statt auf den betagten Lift zu warten, wählte er die Treppe, die ebenso dürftig beleuchtet war wie der Rest dieser altersschwachen Herberge. Verflucht, dachte Paul im Laufen, was hatte Oswald hier verloren? War er hinter ihm her? Aber weshalb? Den Koffer, auf den er so scharf gewesen war, besaß er ja längst. Oder ging es nicht um ihn, sondern um Vivi? Sollte sie tatsächlich das nächste Opfer dieses skrupellosen Killers werden?

Paul versuchte, innerlich ruhig zu bleiben, während er die Treppen hinunterrannte. Dabei behielt er in jeder Etage die Aufzugsanzeige im Blick, damit es ihm nicht entgehen konnte, falls Oswald den Lift nach oben benutzte.

Im Erdgeschoss angekommen, trat Paul zunächst hinter einen vergilbten Paravent. Von diesem Versteck aus spähte er ins Foyer, das zu seiner Verwunderung gähnend leer war. Zwar stand der Portier hinter seinem Tresen, von Oswald jedoch war nichts zu sehen.

Mit wachsender Sorge blickte sich Paul in der Hotellobby um. Er gab seine Deckung auf, schritt langsam voran, schaute hinter Säulen nach und suchte jede Nische ab. Ohne Erfolg. An der Rezeption angelangt, fragte er: »Wo ist der Mann? Sie sagten doch, er hält sich im Empfangsbereich auf!«

Der Portier zog bedauernd die Schultern nach oben: »Er war hier, muss aber wieder gegangen sein, während wir telefonierten. Als ich auflegte, war er plötzlich verschwunden.«

Paul, immer noch stark angespannt, ließ seine Faust auf den Tresen sausen. »Verdammt!«, fluchte er vor Zorn darüber, dass er Oswald ein weiteres Mal knapp verpasst hatte.

»Es tut mir leid«, zeigte sich der Rezeptionist schuldbewusst.

»Schon gut«, meinte Paul, um Freundlichkeit bemüht. »Trotzdem vielen Dank, dass Sie mir den Tipp gegeben haben.«

Er machte kehrt und ging zurück ins Treppenhaus. Dabei konnte er seinen Ärger darüber kaum unterdrücken, dass Jasmin Stahl immer noch nicht aufgekreuzt war. Er wusste zwar nicht, weshalb – ob Blohfeld sie noch immer nicht erreicht hatte oder Jasmin trödelte –, doch in jedem Fall war eine Chance vertan, denn mit etwas Glück hätte Oswald ihr direkt in die Arme laufen können.

Wütend vor sich hin grummelnd, nahm er Stufe für Stufe nach oben, den Blick dabei stumpf auf den Boden geheftet. Er hatte den dritten Stock erreicht und blieb kurz stehen, um Luft zu holen, als ihm jemand einen harten, spitzen Gegenstand in den Rücken drückte.

»Keinen Schritt weiter!«, forderte eine heisere Stimme.

»Oswald?«, fragte Paul starr vor Angst.

»Eine Bewegung, und ich drücke ab.«

»Was ...« Pauls Kehle schnürte sich zusammen. Nur mühsam konnte er die drängende Frage formulieren: »Was wollen Sie von mir?«

»Was ich will?« Hinter Pauls Rücken stieß Oswald ein verächtliches Lachen aus. »Als ob Sie das nicht wüssten.«

»Sagen Sie es mir«, forderte Paul, der ernsthaft um sein Leben bangte.

»Den *Inhalt* des Koffers!«, antwortete Oswald äußerst aggressiv und presste den Pistolenlauf gegen Pauls Wirbelsäule. »Ich will die Ware!«

»Aber Sie haben sich den Koffer doch geholt. Er stand vor meinem Atelier.«

»... und enthielt nichts als ein paar alte Zeitungen. Glauben Sie, Sie könnten mich verarschen? Ausgerechnet mich? Da haben Sie sich mit dem Falschen angelegt!«

Paul konnte kaum folgen. »Zeitungen? Wieso denn das?«

»Weil Sie sie da reingestopft haben! Sagen Sie mir, wo Sie die Ware versteckt haben, oder Sie sind ein toter Mann!«

Der Druck in Pauls Rücken wurde stärker. »Ich ... – um Himmels willen, Oswald, ich habe keine Ahnung, wovon Sie reden!« Er war der Verzweiflung nahe.

»Letzte Chance! Reden Sie, sonst mache ich ernst.«

»Ich weiß überhaupt nicht, worum es geht«, flehte Paul. »Sie bedrohen den Falschen!«

»Ich bedrohe genau den Richtigen. Spucken Sie's endlich aus, andernfalls mache ich kurzen Prozess. Wenn's ums Geschäft geht, kenne ich kein Pardon.«

Paul stand der kalte Schweiß auf der Stirn. Er wusste nicht weiter. »Sie machen einen schweren Fehler«, versuchte er Oswald umzustimmen.

Vergebens. Oswald zeigte sich gnadenlos: »Ich zähle bis zehn, dann drücke ich ab!«

Plötzlich, wie aus dem Nichts, hörte Paul eine andere Stimme. Ruhiger, besonnener, aber mindestens genauso selbstbewusst wie die von Oswald:

»Ich zähle nur bis fünf. Also legen Sie lieber gleich Ihr Schießeisen ab.«

Blohfeld!, dachte Paul und hörte voller Erleichterung, wie Oswald seine Pistole auf den Teppichboden fallen ließ.

Sofort wirbelte Paul herum, trat die Waffe mit der Fußspitze beiseite und packte Oswald bei den Schultern. Der machte keine Anstalten, sich zu wehren.

»Danke«, sagte Paul an Blohfeld gerichtet – und sah erst jetzt, womit der Reporter Oswald bedroht hatte: Natürlich besaß Blohfeld keinen Revolver, sondern hatte Oswald die Metallhülse einer seiner teuren Havannas ins Genick gepresst.

Auch Oswald bemerkte nun den Bluff, doch es war zu spät. Die beiden Männer ließen ihn nicht mehr entkommen. Mit einigen kräftigen Remplern und bösen Worten trieben Paul und Blohfeld ihren Gefangenen vor sich her, um ihn der Obhut von Nikolas Sanft zu übergeben.

»Warum sind Sie hier?«, wollte Paul von Blohfeld wissen, als sie die Treppen hinaufgingen. »Sie sollten die Polizei rufen und nicht selbst kommen.«

»Das liebe Fräulein Stahl hat sich am Telefon nicht besonders kooperativ gezeigt«, erklärte der hagere Reporter. »Ich hatte das Gefühl, sie glaubte mir nicht.«

»Dann bin ich aber froh, dass wenigstens Sie mir geglaubt haben.«

Sanft stand in derselben stoischen Haltung vor Vivis Zimmertür wie vorhin: breitbeinig, mit verschränkten Armen und grimmigem Gesicht. Er blockierte den Zugang wie ein davorgeschobener Schrank.

»Neue Aufgabe für Sie«, rief Paul ihm zu und stieß ihm Oswald entgegen. »Gehören zufällig auch Handschellen zu Ihrer Ausrüstung? Wir müssten diesen Herren festhalten, bis die Polizei eintrifft. Aber Obacht: Das ist ein übler Geselle.«

Paul klärte den erstaunten Hausdetektiv darüber auf, dass sie soeben einen gesuchten Doppelmörder dingfest gemacht hatten.

Oswald wusste, dass er verloren hatte. Dennoch startete er einen halbherzigen Versuch, den Kopf aus der Schlinge zu ziehen: »Es steht Ihnen nicht zu, mich festzuhalten.«

Darauf baute sich Sanft vor ihm auf. »Wird ein Tatverdächtiger ertappt, so ist, wenn er der Flucht verdächtig ist, jedermann befugt, ihn auch ohne richterliche Anordnung vorläufig festzunehmen. Paragraf 127 der Strafprozessordnung«, belehrte er Oswald, drehte ihm den rechten Arm auf den Rücken und führte ihn ab. »Ich kümmere mich um den Herrn und halte ihn in Schach. Das Zimmer muss ich ja nicht länger bewachen.«

»Nein, das hat sich erledigt«, sagte Paul und bemerkte das leise Lächeln, das den Mund des Muskelmanns umspielte. Die heutigen Herausforderungen schienen Sanft richtig Spaß zu machen. Das war wohl ganz seine Kragenweite.

»Ich bin gespannt, was uns diese Vivi zu sagen hat«, meinte Blohfeld und legte seine Hand auf den Türknauf. »Es wird Zeit, dass jemand den Nebel lichtet, der über diesem Fall liegt.«

»Ich hoffe, Sie schlachten es nicht gleich für eine Story aus«, ermahnte Paul ihn.

»Na, hören Sie mal«, entrüstete sich der Reporter. »Das ist immerhin mein Job!«

Nun fragte sich Paul, ob Blohfeld wirklich seinetwegen auf der Bildfläche erschienen war oder um einer guten Geschichte für seine Zeitung willen.

Als sie gemeinsam das kleine Hotelzimmer betraten, bemerkten sie gleichzeitig das weit offen stehende

Fenster, vor dem die weinroten Vorhänge wehten. Sie stürzten zum Sims, schauten hinaus und blickten auf eine Feuertreppe, die unmittelbar am Fenster vorbeiführte.

15

Als zwei Streifenwagen vorfuhren und Oswald aus Sanfts Gewahrsam übernommen wurde, hatte es Blohfeld plötzlich sehr eilig, das Hotel zu verlassen. Obwohl ihm als Journalisten ja eigentlich daran gelegen sein musste, am Ball zu bleiben, wollte er Paul auch nicht ins Präsidium begleiten.

»Interessiert es Sie denn nicht, wie es jetzt weitergeht?«, wunderte sich Paul.

»Termine«, schob Blohfeld vor. »Ich habe jede Menge zu tun. Falls meine Aussage benötigt wird, kann ich die ja immer noch nachreichen.«

Paul ließ ihn ziehen. Die Vorahnung, die dabei in ihm aufstieg, sollte sich kurz darauf bestätigen:

»Glückwunsch!«, begrüßte ihn Jasmin an der Hauptpforte des Präsidiums. »Da ist dir ja ein richtig dicker Fisch an den Haken gegangen.«

»Das kann man wohl sagen«, nahm Paul das Lob entgegen. »Leichter wäre es mir gefallen, wenn du und deine Leute mit an der Angel gezogen hätten.«

»Wie sollten wir?«, gab Jasmin verwundert zurück. »Wenn du wieder mal in geheimer Mission unterwegs warst ...«

»Von wegen geheim!«, ärgerte sich Paul. »Ich habe mehrmals versucht, dich zu erreichen. Und als Blohfeld dich endlich an die Strippe bekommen hat, hast du es immer noch nicht für nötig gehalten, deinen hübschen Hintern vom Stuhl zu schwingen.«

Jasmin sah ihn bass erstaunt an. »Blohfeld hat mich nicht angerufen.«

»Hat er – nicht?« Paul begriff, dass ihn der Reporter wieder einmal gelinkt hatte. Ihm war es einzig und allein darum gegangen, eine Story »abzugreifen«, wie es im Journalistenjargon hieß.

Paul begleitete Jasmin durch die Hamstergänge des Präsidiums, dieser gut geschützten Trutzburg mitten in der Stadt. Der Sechzigerjahrebau bestand aus mehreren zum Teil miteinander verbundenen Gebäudetrakten und war Schaltzentrale der mittelfränkischen Polizei. In der obersten Etage logierte der Polizeipräsident, die anderen Stockwerke beherbergten Einsatzzentrale und Kriminaldauerdienst, die verschiedenen Fachkommissariate und strategischen Einsatzabteilungen, eine große Asservatenkammer sowie die Inspektion Nürnberg, zuständig für die zwanzigtausend Einwohner der Altstadt, aber auch für die zweihundertfünfzigtausend Menschen, die jeden Tag in die City strömten. Jasmins winziges Büro lag im ersten Stock, doch dahin führte sie ihr Weg heute nicht, sondern geradewegs hinab in den Keller.

»Setz dir besser Mickymausohren auf«, empfahl die drahtige Kommissarin und reichte Paul einen klobigen Gehörschutz.

Sie befanden sich auf dem von Neonröhren beleuchteten Schießstand. Paul wusste nicht, ob Jasmin vorhatte, ihre Pflichtübungen zu absolvieren oder ihre Wut auf Blohfeld durch ein paar gezielte Schüsse abzureagieren.

Auch Jasmin stülpte sich den Hörschutz über, dazu eine Schutzbrille. Mit beiden Händen umfasste sie den Griff ihrer mattschwarzen Dienstwaffe, streckte beide Arme aus und feuerte aus fünfundzwanzig Metern Entfernung auf gesichtslose Figuren. Wie Paul mit Respekt feststellte, traf sie nicht Arme oder Beine der Pappkameraden, sondern ausschließlich Kopf und Brust. In schneller Folge verschoss sie alle Patronen ihres Magazins.

»Geht es dir jetzt besser?«, erkundigte sich Paul, während Jasmin nachlud.

»Mir ging es nie schlecht.«

»Ach nein? Man könnte den Eindruck gewinnen, als würdest du gerade deinem Zorn freien Lauf lassen. Hast du Blohfeld vor Augen, wenn du auf die Jungs da zielst? Oder etwa mich?«

»Nein, beim Training stelle ich mir vor, wie man zum Beispiel ein Wildschwein oder einen Hund tötet, der die Zähne fletscht. An Menschen denke ich dabei grundsätzlich nie. Es ist also reine Routine.«

»Wie Wildschweine sehen die Figuren ja nicht gerade aus«, sagte Paul, der ihr das nicht abnahm. Natürlich hatte sie einen Brass auf den Reporter – und wohl auch auf Paul, durch den sie immer wieder Ärger bekam.

Jasmin antwortete nicht, sondern setzte erneut ihre Waffe an. Die Schüsse fielen beinahe mit der Geschwindigkeit eines Maschinengewehrs.

»So«, sagte sie zufrieden, als sie fertig war und legte Brille und Kopfhörer ab. »Jetzt ziehen wir uns einen Kaffee aus dem Automaten und warten ab, bis Schnelleisen Oswald durch die Mangel gedreht hat. Ich darf ja leider nicht dabei sein, bin aber gespannt, ob er ein Geständnis erzielt.«

Aus einem Kaffee wurden zwei, dann drei. Es war längst später Abend, als klar wurde, dass heute nicht mehr mit einem Ergebnis zu rechnen war. Paul drückte Jasmin einen Abschiedskuss auf die Wange und ging erschöpft, müde, aber auch glücklich über das Ende der Mörderjagd nach Hause.

Dort fand er die Wohnung verlassen, ruhig und friedlich vor. Er freute sich, ein Stück fränkischen Ziegenkäse im Kühlschrank zu entdecken, nahm sich dazu einen Kanten mit Kümmel versetztes Bauernbrot und goss sich ein kleines Glas Weißwein ein. Sein überschaubares Abendessen stellte er auf dem Sofatisch ab und machte es sich bequem. Nachdem der erste Hunger gestillt war, griff er zum Telefon.

»Hallo, Paul!«, meldete sich Katinka, kaum hatte er ihre Handynummer gewählt. »Ich habe schon gehört, was bei euch los war. Morgen früh fliege ich zurück und übernehme die Sache.«

Paul lehnte sich auf dem Sofa zurück und legte die Beine hoch. »Bekomme ich gar keine Standpauke?«, neckte er sie.

»Das macht am Telefon keinen Sinn. Ich möchte dein Gesicht dabei sehen, sonst weiß ich nicht, ob du mich ernst nimmst oder denkst: Lass die Alte doch reden.«

»Von wegen ›die Alte‹. Ich kann es kaum erwarten, dich endlich wiederzusehen.« So sehr er sich auf Katinkas Rückkehr freute, konnte er sich eine Bemerkung doch nicht verkneifen: »Fiel der Abschied von deinem Super-Gendarmen schwer?«

»Ja!«, bekam Paul die Antwort, die er für seine freche Frage verdiente.

So tief und fest hatte er lange nicht mehr geschlafen: Paul fand sich vollständig angezogen wie am Vorabend auf dem Sofa wieder, als ihn gegen neun Uhr morgens das Bimmeln des Telefons weckte.

»Einen wunderschönen guten Morgen!«, flötete er in den Hörer, nachdem er Jasmins Nummer auf dem Display erkannt hatte.

»Damit liegst du voll daneben. An diesem Morgen ist gar nichts wunderschön«, blaffte sie ihn an.

Paul hielt den Hörer auf Abstand. Vorsichtig fragte er: »Bist du mit dem falschen Bein aufgestanden?«

»Ich habe überhaupt nicht geschlafen!«

»Hat Oswald wohl doch noch gestanden?«

»Nein!«

Paul seufzte. »Dann hast du dir die Nacht umsonst um die Ohren geschlagen.«

»So kann man es nicht sagen. Ich habe Druck auf die Jungs vom Labor gemacht. Du weißt schon: Fingerabdrücke, Haare und Gewebe.«

»Ist das denn so dringend? Wir wissen doch, dass Oswald es getan hat.«

Jasmin stöhnte entnervt auf. »Schieb dir dein Frühstücksbrötchen in den Mund und komm her!«, befahl sie.

»Ins Präsidium?« Pauls Lust auf diesen Ausflug hielt sich in Grenzen. »Schon wieder?«

Da sie keine weiteren Nachfragen zuließ, fügte er sich in sein Schicksal, schlurfte verschlafen für eine Katzenwäsche ins Bad und zog sich an. Auf das Frühstücksbrötchen, zu dem ihm Jasmin geraten hatte, verzichtete er.

In ihrem schmalen, stickigen Büro konfrontierte Jasmin ihn eine Viertelstunde später mit der neuesten Wendung: »Oswald ist nicht unser Mann«, verkündete sie niedergeschlagen.

»Was?« Paul stützte sich mit beiden Händen auf ihrer Schreibtischplatte ab und beugte sich zu ihr vor. Er suchte in ihrem Gesicht nach Antworten auf die vielen Fragen, die ihm spontan in den Sinn kamen. Doch er las nur Ratlosigkeit aus Jasmins müden Augen, die von dunklen Rändern umgeben waren.

»Die DNA, die wir an der Tatwaffe im Fall Santini gefunden haben, gleicht derjenigen an dem Strick, mit dem Heike Bach am Deckenbalken fixiert wurde. Aber – sie entspricht nicht dem Erbgut von Fred Oswald.«

Paul fiel aus allen Wolken. »Das kann doch nicht sein.«

»Irrtum so gut wie ausgeschlossen«, meinte Jasmin. »Bisher liegen zwar nur die Ergebnisse eines vorläufigen Schnelltests vor, doch die Unterschiede im Genvergleich sind so gravierend, dass sich der Mordverdacht gegen Oswald nicht aufrechterhalten lässt. Wir können ihn bloß noch wegen unerlaubten Waffenbesitzes drankriegen und weil er dich bedroht hat. Ich fürchte, ein guter Anwalt holt ihn noch heute hier raus.«

»Ich war absolut sicher, dass er es getan hat!« Paul hielt sich die Hand an die Stirn und drehte sich einmal um die eigene Achse. »Das Ganze will mir nicht in den Kopf!«

»Mir auch nicht«, gab Jasmin offen zu. »Damit stehen wir wieder am Anfang.«

»Diese Entwicklung wird deinem Boss gar nicht schmecken«, ahnte Paul neuen Ärger.

»Mmm«, nickte Jasmin. »Wahrscheinlich wird er versuchen, mir oder den Kollegen der SoKo Korsika die Schuld in die Schuhe zu schieben. Weil wir uns zu sehr auf diese eine Spur konzentriert haben.« Sie biss sich auf die Lippen und dachte angestrengt nach. »Vielleicht ist das sogar wahr. Wir waren fixiert darauf, Oswald zu erwischen. Was wir jetzt brauchen, ist ein Strategiewechsel, eine andere Herangehensweise.«

»Was stellst du dir darunter vor?«, fragte Paul.

Jasmin sah ihn entschlossen an. »Wir sollten die Ermittlung zunächst losgelöst von der Täterfrage fortsetzen.«

»Wie soll das funktionieren?«

»Indem wir Bilanz ziehen und schauen, was uns fehlt.«

Paul ließ sich auf diese nüchterne Herangehensweise ein und zählte die vorhandenen Fakten auf: »Wir haben zwei Tote – einen Ex-Terroristen und eine Dame mit unklaren Einkommensverhältnissen. Wir haben einen Koffer, dessen Inhalt nicht bekannt ist. Und wir haben jemanden, der hinter dem Koffer her war, als Mörder aber ausscheidet. Was fehlt, ist ...«

»... ist das Motiv!«, führte Jasmin seinen Satz zu Ende. »Das Motiv ist der Aspekt, um den wir uns kümmern müssen. Das ist unsere neue Priorität.«

»Leicht gesagt«, meinte Paul skeptisch und kam dann recht schnell wieder auf die Aktentasche: »Wir müssen endlich wissen, was in diesem Koffer steckte. Ich denke, das ist der springende Punkt.«

Langsam hob Jasmin die Schultern, um sie gleich darauf wieder sinken zu lassen. »Ja, diese Information ist für die weiteren Ermittlungen sehr wichtig. Schnelleisen weiß das auch und hat Oswald dazu befragt, aber gerade bei dem Punkt macht er erst recht dicht. Da ist nichts zu holen. Wir dürfen ihm ja keine Daumenschrauben anlegen.«

»Dann bleibt uns nichts anderes übrig, als zu spekulieren. Worum könnte es sich handeln?« Paul dachte daran zurück, wie er den Koffer aus dem Schließfach genommen und oberflächlich untersucht hatte. Er war nicht besonders schwer gewesen, und der Inhalt hatte weder geklappert noch sonst irgendwelche verräterischen Geräusche von sich gegeben. »Es müssen Unterlagen darin verstaut gewesen sein. Akten, Papiere oder so etwas in der Art«, glaubte er nun.

»Oder eben doch Geld«, brachte Jasmin die ursprüngliche Vermutung, es habe sich um Santinis Sold gehandelt, wieder zur Sprache.

Nun fiel Paul eine Bemerkung von Oswald ein: »*Ware*«, sagte er. »Als Oswald mich bedroht hat, sprach er von der Ware, die in dem Koffer gewesen sein soll. Geld würde man doch nicht als Ware bezeichnen, oder?«

Jasmin stimmte ihm zu. »Dann sind es vielleicht wirklich Unterlagen, die über eine gewisse Brisanz verfügen, einen Wert darstellen und deshalb als Ware gehandelt werden könnten.«

»Erpressungsmaterial«, meinte Paul. »Auch daran hatten wir ja schon früher gedacht, aber nun scheinen sich die Hinweise zu verdichten. Dafür könnten auch die Andeutungen von Vivi sprechen, die sie kurz vor ihrem zweiten Verschwinden gemacht hat. Leider bleibt offen, wer mit was erpresst werden sollte.« Er ging die beteiligten Personen durch und landete wieder bei den beiden Politikern, die in den Fall verstrickt waren – oder eben auch nicht. »Ihr müsst Helwig Scharrer und Martin Rode auf den Zahn fühlen. Möglicherweise hat einer der beiden etwas zu verbergen.«

»Ein dunkler Punkt in der Vergangenheit?« Jasmin rutschte etwas nervös auf ihrem Stuhl herum. »Wenn Politiker Dreck am Stecken haben, ist das für unsereinen immer sehr heikel.«

»Ihr traut euch nicht, einem Mann wie Rode an den Karren zu fahren und ihn anzuklagen, was?«, stichelte Paul, der in diesem Fall endlich weiterkommen wollte. Zu gern hätte er Katinka bei ihrer heutigen Heimkehr ein Ergebnis präsentiert.

»Nicht so hastig«, bremste Jasmin seinen Eifer. »Erstens steht vor jeder Anklage die Vorermittlung und anschließend das Ermittlungsverfahren. Und zweitens genießt Rode als Abgeordneter Immunität. Selbst wenn wir wollten, könnten wir nicht einfach gegen ihn vorgehen.«

Das musste Paul einsehen, war aber um einen Vorschlag nicht verlegen: »Wie wäre es denn mit inoffiziellen Ermittlungen?«

Jasmin ahnte, was er als Nächstes anbieten würde, und winkte ab: »Du hast dich sowieso schon viel zu sehr da reingehängt. Rode macht dich fertig, wenn er herausfindet, dass du Nachforschungen gegen ihn anstellst. Außerdem hast du überhaupt keine Legitimation dafür.«

»Das wäre ja nichts Neues für mich«, tat Paul ihre Einwände ab. »Abgesehen davon würde ich mich so geschickt anstellen, dass er nichts merkt.«

Jasmin stand auf und vergewisserte sich, dass ihre Bürotür geschlossen war. »Von behördlicher Seite bekommst du einen solchen Auftrag ganz bestimmt nicht«, sagte sie mit ernstem Blick. »Und ob es schlau wäre, mit deiner Frau über diese illegale Alternative zu reden, bezweifle ich auch.«

»Ich verstehe«, sagte Paul. Er stand auf, lächelte sie an und gab ihr das obligatorische Abschiedsküsschen auf die Wange.

Mit seinem inoffiziellen Auftrag im Gepäck verließ er das Präsidium.

16

Bis zu Katinkas Landung waren es noch ein paar Stunden, denn sie musste in Paris-Charles-de-Gaulle auf ihren Anschlussflug warten. Paul nutzte die Zeit, um sich seinem Zielobjekt anzunähern. Er hatte auch schon eine Idee, wo er mit seinen Recherchen beginnen würde.

Doch kaum hatte er die Jakobstraße erreicht und stand vor dem schlichten Bürogebäude, das den Bezirksverband der Partei beherbergte, zweifelte er an seinem eigenen Vorhaben. Würde er sich nicht lächerlich machen, wenn er einem unangefochtenen Politstar wie Rode, der noch dazu verflixt einflussreich war, ans Bein pinkelte, indem er ihn in Zusammenhang mit den Mordfällen brachte? Was konnte Paul denn erwarten?

Bei realistischer Betrachtung würde Rode ihn bestenfalls einfach ignorieren, schlimmstenfalls wegen übler Nachrede anzeigen. Vielleicht würde er sich durch seine vielfältigen Beziehungen nach ganz oben sogar an Paul rächen, indem er ihm und womöglich auch Katinka das Leben schwer machte.

Nein, nein, dachte Paul, während er vor dem Bürohaus verharrte und das neben der Tür angebrachte Parteilogo anstarrte. Besser wäre es, einen Rückzieher zu machen und dieses heiße Eisen ganz schnell fallen zu lassen. Mit diesem Entschluss drehte er sich um – und lief Martin Rode direkt in die Arme!

Rode hielt eine Papiertüte vor der Brust, deren Inhalt durch Pauls Anprall mit schmatzendem Geräusch zerquetscht wurde. Rode, den Paul fast um Kopfhöhe überragte, warf einen Blick hinein, zog die Stirn in Falten und sagte: »Schade um die Krapfen. Die wollte ich den Kollegen im Büro spendieren.«

Paul lief rot an und entschuldigte sich mehrmals. Doch Rode schien nicht weiter böse über den kleinen Unfall zu sein, sondern tat die Sache ab, indem er sagte: »Halb so schlimm. Die waren im Angebot. Der Schaden hält sich also in Grenzen.« Dann lachte er, ließ die Tüte in einen Papierkorb an der Hauswand gleiten und fragte: »Kennen wir uns nicht? Sie sind doch der Fotograf, oder?«

»Ja«, bestätigte Paul. »Wir sind uns das eine oder andere Mal über den Weg gelaufen.«

»Wollten Sie etwa zu mir?«, erkundigte sich der Politiker.

Nun gab es kein Zurück mehr, dachte Paul und antwortete: »Ja, ich hätte Sie gern kurz gesprochen.«

»Das Thema?«

»Bund Freies Franken.«

Rode schmunzelte. »Über den BFF möchten Sie mit mir reden. Soso. Sie gehören dieser Truppe doch nicht etwa an?« Rodes Frage kam keine Spur aggressiv herüber. Ohne Presse und Publikum, vor denen sich der Politiker produzieren musste, wirkte er ausgesprochen entspannt und aufgeschlossen.

»Nein«, stellte Paul klar. »Mich interessiert nur Ihre persönliche Meinung zu dem Thema. Da gibt es derzeit ja viel böses Blut. Als Wähler wüsste ich gern, woran ich bei Ihnen bin.«

Rode hob und senkte verständnisvoll den Kopf, dachte kurz nach und meinte: »Um es klipp und klar zu sagen: Schlammschlachten gegen die Filiale einer

Münchner Gastronomiekette werden Sie mit mir nicht erleben. Sollte Ihnen danach der Sinn stehen, sind Sie beim BFF an der richtigen Adresse. Wenn es Ihnen hingegen wichtig ist, das gesamtfränkische Interesse in der Landeshauptstadt zu vertreten und durchzusetzen, bin ich Ihr Mann.«

Paul wollte sich nicht mit Floskeln abspeisen lassen. »Soll heißen?«

»Voller Einsatz für die Heimat! Sowohl für die Metropole wie für den ländlichen Raum.«

»Reichlich vage«, traute sich Paul mehr und mehr aus der Deckung.

»Also gut. Nennen Sie ein bestimmtes Thema, dann werde ich gern konkreter«, schlug Rode vor.

»Finanzen«, kam Paul spontan in den Sinn.

»Wir sorgen dafür, dass Franken nicht zu kurz kommt. Ich kann Ihnen gern vorrechnen, wie viele Millionen im letzten Jahr nach Nordbayern geflossen sind. Und Sie wissen ja: Auch der Finanzminister ist einer von uns.«

Das war für Pauls Geschmack immer noch zu schwammig. Also forderte er den Politiker heraus, indem er ein besonders sensibles Thema ansprach, bei dem die Franken stets im Schatten der Bayern standen: »Fußball – haben Sie den auch auf Ihrer Agenda?«

Rode war um eine Antwort nicht verlegen: »Ich könnte mir gut vorstellen, eine fränkische Nationalelf zu etablieren.«

Paul glaubte zunächst, nicht richtig gehört zu haben. »Nicht Ihr Ernst, oder?«

»Freilich keine Konkurrenz zum Bayerischen Fußballverband, das ginge in die falsche Richtung.«

»Sondern?«

»Das Team wäre Teil einer Vereinigung von Nationalmannschaften, die nicht Mitglied der Fifa sind. Eine solche Vereinigung existiert bereits und trägt regelmäßig Freundschaftsspiele aus. Die Tamilen zum Beispiel, die ja überall über den Globus verstreut sind, haben eine solche Nationalelf gebildet.«

»Die Franken sollen als ethnische Minderheit antreten?«, staunte Paul über diesen sonderbaren, aber ganz sicher medienwirksamen Einfall.

»Nein, als Region. Übrigens gibt es etliche solcher Teams: Rätien hat eines gegründet, der Vatikan und Helgoland. Und man darf nicht vergessen, dass wir ja schon einmal so etwas wie eine fränkische Nationalmannschaft hatten: 1924, als Nürnberger und Fürther Kicker den Großteil der Nationalspieler im Deutschen Reich stellten.«

»Kuriose Idee«, meinte Paul, woraufhin Rode erläuterte:

»Ein solches Team wäre eine Art Aushängeschild für die fränkische Sache. Man könnte Selbstbewusstsein demonstrieren, ohne bei den Bayern anzuecken. Das alles dürfte man natürlich nicht so bierernst sehen.«

Dem Mann haftete der Ruf eines rücksichtslosen Egozockers an, aber Paul konnte nicht umhin, auch seine sympathischen Züge zu sehen. Dennoch blieb er auf der Hut und fand zu seinem vorbereiteten Fragekonzept zurück: »Aber ein eigenes Bundesland Franken ist wohl kein Ziel von Ihnen?«

»Was würden wir dadurch gewinnen?«, antwortete Rode mit einer Gegenfrage. »Hand aufs Herz – das, was wir Franken so gern als Einheit sehen, ist in Wahrheit doch gar kein flächenhafter Zustand, sondern eine

Summe regionaler Binnendifferenzen. Im Zweifelsfall müsste man mit Unter-, Mittel- und Oberfranken dann gleich drei separate Länder bilden – und mit der Oberpfalz ein weiteres Nachbarland dazu.« Er schüttelte den Kopf. »Nein, solche Forderungen gehen an den realen Gegebenheiten vorbei und sind nicht zielführend. Sehen wir lieber zu, dass unsere strukturschwächeren Gebiete im Norden vom prosperierenden Süden profitieren und wir so viel wie möglich von den reichen Bayern für uns abzweigen.«

Bevor Paul weiterfragen konnte, blickte Rode auf seine Armbanduhr, drückte Paul entschuldigend die Hand und verschwand mit dem Hinweis auf einen Termin im Gebäude des Bezirksverbands.

Verflixt, dachte sich Paul, er war Rode gegenüber viel zu zahm geblieben. Eine solche Gelegenheit für ein Vieraugengespräch würde sich so bald bestimmt nicht noch einmal ergeben.

Unzufrieden über seine bescheidene detektivische Leistung beschloss er zu gehen, doch nur, um keine zehn Meter weiter der nächsten Politikerpersönlichkeit in die Arme zu laufen: Bärbel Stumpf, eine etwas fester gebaute Erscheinung, deren graues Haar zum Dutt gebunden war, hatte im Gegensatz zu Rode ihre Laufbahn schon fast hinter sich. Die Bundestagsabgeordnete, so wusste Paul aus der Zeitung, würde bei der nächsten Wahl nicht mehr antreten. Das lag zum einen am fortgeschrittenen Alter der Grande Dame der Partei. Zum anderen wurde gemunkelt, dass die Stumpf eine Rode-kritische Einstellung hätte und daher ihren Hut nehmen müsse.

Paul sah ihre Begegnung als zweite Chance und sprach die Abgeordnete an: »Frau Stumpf, verzeihen Sie bitte!« Er überlegte, wie er sie für ein Gespräch gewinnen könnte, und fragte: »Haben Sie eine Autogrammkarte für mich? Und vielleicht noch eine zweite für einen Bekannten von mir?«

Das verschlossene Gesicht der Politikerin hellte sich auf, zumal Paul bei der Frage seinen ganzen Charme hatte spielen lassen. »Selbstverständlich, gern«, antwortete Bärbel Stumpf, wobei ihr kleiner Mund ein geschmeicheltes Lächeln formte. Sie holte Karten und Filzstift aus ihrer Handtasche. »Auf welchen Namen, bitte?«

»Schreiben Sie: für Paul. Und auf die andere: für Victor.« Paul wusste, dass er den politikverdrossenen Reporter bei späterer Gelegenheit damit necken konnte.

Kaum hatte die Stumpf die Autogrammkarten unterzeichnet, brachte Paul seine Fragen an. Zunächst Unverbindliches über den nahenden Wahlkampf. Als er erkannte, dass er bei der älteren Dame durchaus punkten konnte, ging er ans Eingemachte und erkundigte sich nach Rode.

Nach anfänglichen Standardantworten ganz im Parteikonsens ließ Bärbel Stumpf ihre wahre Einstellung durchklingen: »Der Martin strebt nach vorn. Der Erfolg sei ihm vergönnt. Aber muss es sein, dass so viele Leichen seinen Weg pflastern?«

»Leichen?«, fragte Paul irritiert.

»Nun ja, nicht im Wortsinn.« Sie lächelte listig. »Ich spiele auf die vielen Weggefährten an, die ihm geholfen haben, dorthin zu gelangen, wo er jetzt steht: diejenigen, die sich für ihn aufgeopfert haben und kaum, dass sie sich selbst Hoffnungen auf einen Aufstieg machten, von ihm fallen gelassen worden sind. Unser Martin duldet keine Nebenbuhler«, sagte sie mit einer Melancholie, die erkennen ließ, dass sie sich selbst auf der Seite der Verlierer in diesem internen Machtkampf sah. »Er verfolgt einen populären Ansatz und will bewundert werden. Er nimmt für sich in Anspruch, die beste Übersicht zu haben und das beste Bauchgefühl. Trotzdem gibt es auch neben ihm Leute in der Partei, die etwas von Politik verstehen, was er gern negiert.«

»Wie man hört, geht Rode aber nicht nur innerparteilich über Leichen, um bei Ihrem Bild zu bleiben.«

»Die Opposition hat nichts zu lachen«, bestätigte die Stumpf den harten Kurs ihres Parteikollegen.

»Vor allem auf den BFF hat er es abgesehen. Denn die Frankenbündler setzen Rode zurzeit ja mächtig unter Druck, was?«

Bärbel Stumpf taxierte Paul und dachte wohl darüber nach, wie offen sie sich ihm gegenüber geben konnte. Doch dann fiel ihr Blick wieder auf die Autogrammkarten, womit für sie klar zu sein schien, dass es sich bei Paul um einen ehrlichen Bewunderer handeln musste.

»Helwig Scharrer und sein Frankenverein sind eine ernstzunehmende Konkurrenz«, gab sie ihre Meinung preis. »Der BFF trifft den Nerv der Wähler. Viele hier sehnen sich nach mehr Souveränität und einer sukzessiven Loslösung von Bayern. Das ist ein unterschwelliges, aber permanent vorhandenes Grundbedürfnis von uns Franken. Martin weiß das ganz genau, aber mit seinem Ziel vor Augen, in der Staatskanzlei weiter aufzusteigen, kann er unmöglich für ein freies Franken eintreten.«

»Sie schließen sich also Scharrers Forderungen an?«, wunderte sich Paul.

»So weit würde ich nicht gehen. Aber man muss mehr tun als Martin, der mit einzelnen Maßnahmen zwar Schlagzeilen macht, dem es in Wahrheit aber nicht um unsere Region geht, sondern einzig um sich selbst.« Ihre Blicke verloren sich irgendwo hinter Paul in der Ferne, als sie nachdenklich hinzufügte: »Die Suche nach unserer fränkischen Identität kreist weniger um die Frage, was wir sein wollen, als vielmehr darum, was wir nicht sein wollen, nämlich Bayern. Die Berliner, Hamburger und Kölner wissen ganz genau, wer sie sind. Wir Franken dagegen sind geografisch gesehen Bayern und werden mit dem bajuwarischen Seppelismus in einen Topf geworfen. Das ist ärgerlich, und dagegen gilt es anzugehen.«

»Vielleicht tut das Martin Rode ja auch«, brachte Paul seinen Verdacht an. »Womöglich sogar mit ganz handfesten Mitteln. Haben Sie von dem Mord an dem Mann in Tracht gehört?«

Bärbel Stumpf sah Paul verblüfft und mit offenem Mund an. »Machen Sie keine Witze!« Sie hob die Hand und lachte in ihre Faust. »Der Martin als Bayern-Killer? Was für eine Vorstellung.« Wieder lachte sie. »Da sind Sie auf dem Holzweg. Wie sollte Martin denn Minister werden, wenn er im Gefängnis sitzt? Bei aller Skepsis gegenüber seinen sehr eigenwilligen Moralvorstellungen: So weit würde er nie gehen. Der Martin kämpft mit Worten, nicht mit Messern und Pistolen.« Dann sagte sie mit einem Blick, den man ebenso als anerkennend wie als missbilligend deuten konnte: »Auch wenn es manchmal schwerfällt, es zuzugeben – Martin macht seine Sache gut. Nur eines fehlt ihm noch für seinen Aufstieg bis ganz nach oben: ein Gefühl für Fairplay. Dass er auch mal seine Mitstreiter gewähren lässt. Teamfähigkeit und Einigkeit in einer Partei gehören dazu, und es darf nicht der Eindruck entstehen, dass nur einer die Vorgaben macht.« Mit diesen Worten verabschiedete auch sie sich von Paul und ging ins Parteihaus.

Ein vielversprechender Ansatz, hakte er das Gespräch mit der leutseligen Politikerin ab. Denn nun stand fest, was Paul bereits geahnt hatte: Rode hatte Neider in der Partei, von denen manch einer ihn sicher gern stolpern sehen würde. Es hätte ihn nicht gewundert, wenn einige danach trachteten, Rodes Achillesferse zu finden und sie im geeigneten Moment der politischen Konkurrenz preiszugeben. Paul selbst würde sich mit seinen beschränkten Mitteln jedoch schwertun, Rodes Schwachstelle aufzuspüren. Er würde professionelle Hilfe benötigen – und er wusste auch schon, wen er dafür einspannen könnte.

Während Paul seine nächsten Schritte plante, entfernte er sich von dem Gebäude. Als er die Straße überqueren wollte und dabei zurückschaute, bemerkte er zu seiner Verwunderung, dass Rode die Parteizentrale schon wieder verließ.

Eine ziemlich kurze Visite, fand Paul und beschloss kurzerhand, sich an ihn zu heften. In gebührendem Abstand folgte er dem Politiker, der den Kragen seines Mantels nach oben geschlagen hatte und den Kopf gesenkt hielt. Weil er fror oder weil er verhindern wollte, dass man ihn erkannte und ansprach? Paul wusste es nicht, glaubte aber an Letzteres. Rode verhielt sich in seinen Augen verdächtig, weil er auf seinem Weg durch die Altstadt die großen Straßen und Plätze der Fußgängerzone mied und stattdessen Schleichwege und wenig frequentierte Abkürzungen wählte.

Was mochte sein Ziel sein, fragte sich Paul, während er als Rodes Schatten von der Lorenzer in die Sebalder

Altstadt wechselte. Der Politiker steuerte den Hauptmarkt an, wo ihn Paul zwischen den Marktständen beinahe aus den Augen verlor. Hier schien Rode nach etwas oder jemandem zu suchen. Wiederholt wechselte er die Richtung, schaute sich um und ging langsam an einer Reihe von Obst- und Gemüsewagen vorbei. Vor einem Blumenstand blieb er schließlich stehen, sprach die Verkäuferin an und zeigte auf einen Eimer voll roter Rosen. Er ließ sich ein Dutzend in Papier einschlagen, zahlte und hatte es eilig, seinen Weg fortzusetzen.

Paul, der hinter einer Würstchenbude Deckung gesucht hatte, heftete sich wieder an ihn. Die roten Rosen waren für Paul ein eindeutiges Indiz dafür, dass Rode unterwegs zu einem Rendezvous war. Paul spürte ein Kribbeln in sich aufsteigen, denn mit etwas Glück würde ihn Rode zu einer seiner Affären führen. Heike konnte es nicht mehr sein, aber vielleicht tröstete sich der umtriebige Politiker schon mit einer anderen.

Er ließ Rode nicht mehr aus den Augen, folgte ihm die Steigung bis vors Rathaus, wo dieser an einer Haltestelle stehen blieb. Rode stieg in den Stadtbus 36, und Paul tat es ihm gleich, auch wenn er damit riskierte, von ihm entdeckt zu werden. Doch Rode schien sich nicht verfolgt zu fühlen, setzte sich und schaute aus dem Fenster.

Einige Stationen später stieg er aus, und in Paul machte sich Enttäuschung breit. Denn er wusste, dass der Politiker im Stadtteil Wöhrd wohnte. Zwar ging er ihm weiter nach, doch als er dicht hinter Rode an einem aufwendig renovierten Altbau eintraf, erkannte er die Empfängerin der Blumen. Frau Rode, die ihrem Mann öffnete, freute sich sichtlich über das Mitbringsel und schloss ihren Gatten in die Arme.

Also doch ein liebender Ehemann, folgerte Paul aus diesen Bildern der Harmonie – oder aber einer, der seinen heimlichen Verfolger bemerkt hatte und ihm ganz gezielt etwas vorspielte. Wie auch immer, Paul blieb nichts anderes übrig, als seine Observation erfolglos abzubrechen und auf den Bus für die Rückfahrt zu warten.

17

Auf dem Weg zum Flughafen riskierte Paul ein Strafmandat, weil er im Auto – wie immer – ohne Freisprechanlage telefonierte:

»Hallo, Jan-Patrick. Spricht was dagegen, wenn ich nachher mit Kati vorbeikomme? Wäre nett, wenn du unseren Stammplatz freihältst. Was steht denn heute auf der Karte?«

»Schäufele«, kam die Antwort kurz und bündig.

»Und sonst?«, erkundigte sich Paul, der annahm, dass Katinkas kulinarischer Anspruch nach einer Woche französisch-korsischer Kost gestiegen war.

»Nix sonst. Ich beschränke mich jetzt aufs Wesentliche. Das hast du mir doch selbst geraten. Schon vergessen? Es gibt Schäufele mit Kloß und Soß. Wenn ihr mögt, mache ich euch einen Salat dazu.«

Paul, der die Küche seines Freundes nicht zuletzt deshalb schätzte, weil sie so abwechslungsreich war, fühlte sich falsch verstanden. Eine solche Einschränkung hatte er mit seinem Küchengespräch von neulich gewiss nicht erzielen wollen. »Du willst mir doch nicht weismachen, dass es bei dir nur noch Schwein gibt.«

»Ich erarbeite mir gerade den Ruf, das beste Schäufele der Stadt zu servieren. Deshalb muss ich mich voll und ganz darauf konzentrieren und darf mich durch nichts anderes ablenken lassen.«

Das wollen wir doch mal sehen, dachte Paul und reservierte trotzdem seinen Tisch: »Halt für uns die Erkernische frei und durchstöbere deinen Kühlschrank nach Alternativen.«

»Du wirst bei mir schon nicht verhungern.«

Das zweite Telefonat führte er mit der Zeitung, wo er sich von einer einsilbigen Redaktionsassistentin direkt zum Polizeireporter durchstellen ließ.

»Sie haben mich gelinkt, Blohfeld!«, kam er gleich auf den Punkt. »Jasmin Stahl wusste nichts von einem Anruf Ihrerseits. Dabei hatte ich mich fest auf Sie verlassen, als ich in dem Hotel in der Klemme steckte.«

»Habe ich Sie gerettet? Ja oder nein?«, fragte Blohfeld ohne jede Reue.

»Ja. Aber die Sache hätte genauso gut ins Auge gehen können. Warum haben Sie nicht die Polizei verständigt, wie es vereinbart war? Weil Sie skrupellos wie immer hinter einer fetten Schlagzeile her waren, stimmt's?«

»Für wen halten Sie mich? Für einen verbitterten alten Mann, der mit Buchstaben seine kümmerliche Existenz finanziert und dafür eine langjährige Freundschaft aufs Spiel setzt?«

»Treffende Selbstanalyse.«

»Okay, dann verstehen Sie ja, warum ich es getan habe«, konterte Blohfeld schlagfertig.

Paul aber wollte es nicht dabei bewenden lassen: »Sie sind mir etwas schuldig!«

»Ich wusste gar nicht, dass Sie so nachtragend sind. Wie kann ich es denn wiedergutmachen?«

»Indem Sie das tun, was Sie am besten können: schnüffeln. Diesmal aber nicht für Ihr Käseblatt, sondern für mich. Ich muss endlich in Erfahrung bringen, was in dem Aktenkoffer versteckt war. Vermutlich belastendes Material, mit dem versucht werden sollte, hochstehende Persönlichkeiten aus der lokalen Politik zu erpressen.«

»Reden Sie nicht um den heißen Brei herum, Flemming. Mit diesen hochstehenden Persönlichkeiten meinen Sie den Senkrechtstarter der Konservativen: Martin Rode. Und ich soll für Sie herausfinden, ob er eine Leiche im Keller hat?«

»Es ist denkbar, dass Santini diese Leiche im Keller gefunden und die Info parteiinternen Neidern oder der politischen Konkurrenz zugespielt hat.«

»Zum Beispiel Helwig Scharrer«, folgerte Blohfeld.

»Genau. Der wiederum heuerte einen weiteren Ganoven an, um Rode mit dem Material unter Druck zu setzen.«

»Fred Oswald.«

»Wieder richtig.«

»Wäre es dann nicht der direkte Weg, Scharrer und Oswald auszuquetschen, statt Rode nachzuspionieren?«

Da musste Paul ihm zustimmen. »Ich glaube aber nicht, dass einer der beiden reden würde. Nein, uns wird gar nichts anderes übrig bleiben, als den Grund für die Erpressung herauszufinden. Und den finden wir bei Rode. Helfen Sie mit?«

Der Reporter gab einige undefinierbare Laute von sich, stimmte letztlich aber zu. »Ich will sehen, was sich machen lässt. Es gibt da ein paar alte Quellen, die ich anzapfen könnte, treue Parteisoldaten, die Rode den rasanten Aufstieg neiden. Vielleicht wissen die etwas über seine Jugendsünden oder können belegen, dass Rode etwas mit Heike Bach am Laufen hatte. Ich mache mich mal ran an die alten Füchse.«

Alte Füchse wie Bärbel Stumpf, vermutete Paul und nahm Blohfeld das Versprechen ab, seine Informationen erst mit ihm zu teilen, bevor er sie in eine Story einfließen ließ.

Am Airport fand Paul es schade, dass er keinen Blumenladen fand. So musste er Katinka mit leeren Händen gegenübertreten. Die Begrüßung fiel aber auch ohne bunten Strauß herzlich aus.

»Gut schaust du aus. Richtig Farbe hast du bekommen!«, bewunderte Paul ihren Teint.

»Auf Korsika ist es um diese Jahreszeit ziemlich frisch. Aber wenn die Sonne durchkommt, hat sie Kraft.«

Als sie im *Goldenen Ritter* eintrafen, wunderten sich beide über die untypischen marktschreierischen Werbetafeln, die die Eingangstür flankierten und ganz und gar nicht zu Jan-Patricks gepflegtem Stil passten: Bilder von übergroßen Schweineschultern, kombiniert mit neonrot notierten Kampfpreisen.

»Die Fotos sind überbelichtet«, kritisierte Paul dem Wirt gegenüber das Plakatmotiv. »Davon hätte ich dir bessere machen können.«

»Es musste schnell gehen«, gab Jan-Patrick vor und schob seine Besucher durch das gut besuchte Wirtshaus. Anstelle der üblichen Kundschaft – vorwiegend Geschäftsleute und Stammgäste – war das Altstadtlokal mit Asiaten und einer Gruppe Rentner gefüllt, die eindeutig US-amerikanischer Herkunft waren. Dafür sprachen nicht nur ihre Baseballkappen, sondern auch das breite American English, in dem sie sich unterhielten.

Statt in ihre bevorzugte Erkernische führte Jan-Patrick die beiden geradewegs in die Küche, aus der ihnen ein Bratenduft entgegenschlug, der einem das Wasser im Mund zusammenlaufen ließ. Sie bahnten sich einen Weg an Jan-Patricks Küchengehilfen vorbei, die unter einer ausladenden Abzugshaube mit der Zubereitung der nächsten Schäufele-Portionen beschäftigt waren.

Blauweiße Gasflammen züngelten unter gusseisernen Pfannen und riesigen Töpfen, in denen faustgroße Knödel im sprudelnden Wasser hüpften.

»Heute sitzt ihr bitte hier«, ordnete Jan-Patrick an und wies seinen Freunden zwei Klappstühle ganz am Ende der schmalen Küche zu. »Ich bin restlos ausgebucht.«

»Aber ich habe reserviert!«, beanstandete Paul. »Und zwar nicht den Platz, an dem sonst der Küchenjunge Kartoffeln schält.«

Jan-Patrick, der sichtlich unter Anspannung stand, zwang sich zu einem zuvorkommenden Lächeln. »Wenn ihr beiden ausnahmsweise mit diesen Plätzen vorlieb nehmen würdet, bekommt ihr auch etwas anderes zu essen als die Touris dort draußen.« Der Küchenchef umgarnte sie im Säuselton, um Katinka das Ausweichquartier schmackhaft zu machen: »Für unsere verwöhnte Französin könnte ich einen Hauch mediterranen Flairs durch meine Küche wehen lassen.«

»Indem du uns das Schäufele mit Baguette statt mit Kloß auftischst?«, stichelte Paul, woraufhin Jan-Patrick beleidigt abzog.

»Na toll!«, moserte Katinka. »Dank deiner Sprüche bekommen wir am Ende gar nichts zu beißen.«

So weit kam es zwar nicht, denn Jan-Patrick – bei seiner Ehre gepackt – kredenzte ihnen ein recht passables Kalbsfilet in provenzalischer Kräuterkruste mit in Olivenöl geschwenkten Pastinaken und kündigte als Nachtisch Bratapfel mit warmem Lorbeer-Schokoladensößchen an, doch in der Hektik der Küche blieb die Atmosphäre wenig anheimelnd. Romantik zur Abrundung der Wiedersehensfreude wollte da nicht aufkommen.

Statt über Persönliches zu plaudern, Händchen zu halten und zu schmusen, landeten Katinka und Paul denn auch schnell bei ernüchternden Themen wie dem Fall Santini.

»Glaubst du, Oswald packt doch noch aus?«, fragte Paul seine Frau.

»Das kommt auf das Geschick und die Hartnäckigkeit der Ermittler an«, antwortete sie diplomatisch. Da sie Chefermittler Schnelleisen mindestens genauso gut kannte, wie Paul es tat, hegte sie wohl keine großen Erwartungen. »Das Problem ist, dass wir ihn nicht mehr lange festhalten dürfen. Denn was können wir ihm zur Last legen? Freiheitsberaubung, weil er dich im Hotel bedroht hat, und Beseitigung von Beweismitteln, weil er den Koffer unterschlagen hat. Aber sonst? Mit den Morden ist er nicht unmittelbar in Verbindung zu bringen. Wir können es mit Beugehaft versuchen, um ihn zum Reden zu bewegen. Aber auch dieses Instrument erschöpft sich nach kurzer Zeit. Dass er überhaupt noch einsitzt, ist einzig und allein seiner Messerattacke auf dich zu verdanken. Doch auch dieser Ansatzpunkt ist am Kippen, da es außer dir keinen Zeugen gibt und du ja keinerlei Verletzungen davongetragen hast – außer deinem angestoßenen Kopf.«

»Zum Glück!«, sagte Paul. »Jasmin meint übrigens, dass die Aktentasche Unterlagen enthielt, mit denen jemand erpresst werden sollte. Es gibt keine Beweise dafür, aber Jasmin und ich haben das Gefühl, dass Martin Rode das Opfer sein könnte.«

Katinka, deren Gesichtszüge bis eben glatt und entspannt waren, verfinsterten sich. »Was deine kleine Jasmin meint oder fühlt, ist irrelevant.« Ihr Ton war plötzlich sehr hart. »Eigentlich darf ich dir so etwas gar nicht sagen, aber ehe du noch mehr Zeit an diese Sache verschwendest, solltest du es wissen: Die SoKo Korsika existiert noch genau eine Nacht. Morgen wird das Bundeskriminalamt übernehmen. Denn bei Terrorismus wird die Kompetenz von Schnelleisen und seinem Team eindeutig überschritten.«

»Wieso denn das?«, wunderte sich Paul über die unerwartete Wende. »Dieser Terrorverdacht ist doch genauso wenig handfest wie die anderen Theorien. Ich glaube inzwischen, Santini war schlicht und einfach ein Rentner, der sich mit Spitzeleien und dem Beschaffen von Erpressungsmaterialien etwas dazuverdient hat.«

»Ach ja?«, funkelte Katinka ihn an. »Ist das auch wieder eine Theorie deiner Jasmin?«

»Nenn sie nicht dauernd meine Jasmin. Das ist albern«, beschwerte sich Paul.

»Fakt ist, dass höhere Stellen den Koffer als mögliches Vehikel für einen Bombenanschlag ansehen. Für einen Anschlag, der sogar noch nach Santinis Tod verübt werden kann, denn der Inhalt der Tasche wurde ja immer noch nicht gefunden. Die Gefahr ist also keineswegs gebannt.«

Paul hob die Brauen. »Wow! Das ist stark. Die Bundespolizei geht ernsthaft davon aus, dass sich Sprengstoff darin befunden hat?« Er überlegte, was Plastiksprengstoff wohl wiegen mochte und ob der Koffer in seinen Händen dafür schwer genug gewesen war. Ausschließen konnte er es jedenfalls nicht.

»Bombe hin oder her – solange dieser vermaledeite Koffer nicht auftaucht, muss ich den Wiesbadenern

Einsicht in meine Akten gewähren.« Es war ihr anzumerken, dass ihr diese Vorstellung nicht behagte.

»Dann doch lieber Schnelleisen«, bemerkte Paul, worauf Katinka ihm grimmig zunickte.

18

Bevor Paul das Haus verließ, um in seinem Atelier einige liegen gebliebene Aufträge abzuarbeiten, überprüfte er sich im Spiegel. Stolz blickte er auf seine neue Lederjacke, die er neulich sehr günstig ergattert hatte. Sie war schwarz, was ganz seinem Geschmack entsprach, denn Schwarz passte zu seinem Typ und hob die Wirkung seines markanten Gesichts mit den dunklen Augen hervor. Bis vor einiger Zeit hatte die Lieblingsfarbe auch der seiner Haare entsprochen. Auf seinem Kopf dominierte inzwischen allerdings altersbedingt ein anderer Ton, doch er war bei aller Eitelkeit nicht dazu bereit, das Silbergrau mit einer Tönung zu kaschieren.

Alles in allem gab er sich zufrieden mit seinem Aussehen und der nach wie vor sportlich schlanken Figur, die er ausgedehnten Joggingrunden entlang der Pegnitz und seinem mehr oder weniger regelmäßigen Hanteltraining verdankte. Diese Zufriedenheit übertrug sich leider nicht auf sein Gemüt: Seit letzter Woche, als Katinka ihm aus lauter Respekt vorm Bundeskriminalamt das private Ermitteln untersagt hatte, blieb die schlechte Laune sein ständiger Begleiter. Dass Paul raus sein sollte aus dem Fall Santini, kratzte an seinem Ego.

Natürlich musste er einsehen, dass ein Laie wie er nichts zu melden hatte, wenn die Staatsmacht einen terroristischen Akt verhindern wollte. Dass Katinka ihn wie sonst bei seinen Detektivspielen deckte, konnte er nun nicht mehr verlangen. Trotz dieser Einsicht mochte er sich nicht mit seiner passiven Rolle abfinden. Denn wenn es etwas gab, an das er nicht glaubte, dann war es die angebliche Kofferbombe.

Leider aber liefen seine eigenen Vorstellungen über die wahren Ursachen der Verbrechen ins Leere. Paul büßte seinen letzten Trumpf ein, als Blohfelds Rückmeldung per SMS eintrudelte und seinen Verdacht gegen Martin Rode zunichte machte:

»Hab mich umgehört. Viel Tratsch über R., aber kein Hinweis auf Verfehlungen. Weder Steuerhinterzieher noch Kokser. Liaison mit H. Bach nicht verifiziert. Ergo: R.s einziger Fehler ist sein Erfolg.«

Pauls Zweifel an seiner Befähigung als Hobbyermittler wie auch die daraus resultierende Miesepetrigkeit waren ihm anzusehen. Als Hannes Fink am Weinmarkt seinen Weg kreuzte, erkundigte sich der Geistliche: »Bedeutet dein seltsamer Gesichtsausdruck, dass du nachdenkst oder dass du dir den Magen verdorben hast?«

Paul, der vor lauter Grübelei beinahe mit dem korpulenten Mann zusammengestoßen wäre, musste schmunzeln: »Nein, den Magen habe ich mir nicht verdorben.« Er erzählte Fink, was ihn umtrieb, und brachte ihn auf den letzten Stand der Ermittlungen.

Daraufhin schlug Fink vor, sich ihm anzuschließen, um auf andere Gedanken zu kommen. Spontan verschob Paul die anstehende Arbeit im Atelier und ging mit dem Pfarrer, der heute die Aufgaben des erkrankten Mesners übernehmen musste.

»Begleite mich in die Krypta. Ich muss den Wassertank des Entlüftungsgeräts leeren«, sagte Fink und erläuterte: »Der Raum ist klimatisch sehr speziell. Es herrschen siebzig Prozent Luftfeuchtigkeit, weshalb jeden Tag sieben Liter Wasser anfallen.«

Paul folgte dem hin und her schaukelnden Pferdeschwanz des Pfarrers in das Untergeschoss des Westchors der Sebalduskirche. Von der Krypta hatte Paul gehört, sie aber nie zu Gesicht bekommen, denn für die Öffentlichkeit war der Gewölbekeller seit Langem gesperrt.

Je mehr das Licht nachließ, desto intensiver wurden die Gerüche: abgestandene Luft, feuchter Moder. Fink knipste die Deckenbeleuchtung an und erhellte den niedrigen schmalen Raum, an dessen Stirnseite ein schmuckloser steinerner Altar stand. Auf dem Gemäuer aus Ziegeln und Sandstein glitzerten Salzkristalle.

»Macht nicht viel her, was?«, fragte Fink, während er an dem Luftentfeuchter hantierte.

»Na ja«, meinte Paul, den es in der klammen Luft etwas fröstelte. »Es ist halt ein nackter, kahler Keller.«

Ohne von der Apparatur aufzusehen, sagte Fink: »Oberflächlich betrachtet magst du damit richtig liegen. Aber schau doch mal genauer hin.«

Paul kam der Aufforderung nach, konnte aber nichts Ungewöhnliches entdecken.

»Heb deinen Blick«, forderte der Pfarrer ihn auf. »Siehst du die Gewölbemalereien?«

Paul entdeckte einige verblasste Skizzen zwischen den steinernen Streben. Viel zu erkennen war aber nicht.

»Das sind die vier Evangelisten«, erklärte Fink. »Sie werden von den Kunsthistorikern auf das vierzehnte Jahrhundert datiert. Das ist ein wenig seltsam, stammt der romanische Kirchenbau doch aus dem dreizehnten Jahrhundert. Genauso rätselhaft wie die Knochenfunde, auf die man hier unter den Bodenplatten gestoßen ist.«

Paul staunte, dass dieser schlichte Raum offenbar mit allerlei Überraschungen aufwarten konnte.

Fink lieferte sogleich die passenden Erklärungen zu den genannten Rätseln: »Die Gebeine stammen aus Patriziergräbern, die Mitte des vierzehnten Jahrhunderts der gotischen Kirchenerweiterung weichen mussten. Man bettete sie hierher um und gestaltete bei der Gelegenheit die Wandmalerei neu.«

»Interessante Geschichte«, fand Paul. »Wie der erste Eindruck doch täuscht.«

»Genau«, bestätigte Fink und erhob sich nach getaner Arbeit.

Erst jetzt schwante Paul, dass ihm sein Freund soeben ein Gleichnis untergeschoben hatte. »Willst du damit andeuten, dass man im Fall Santini zweimal hinsehen sollte?«

Fink neigte den Kopf. »Mindestens zweimal. Ich vermute, dass du – genau wie die beruflichen Ermittler – bisher nur an der Oberfläche gekratzt hast. Diesem Koffer nachzujagen ist ja schön und gut. Aber leidet darunter nicht der menschliche Faktor? Ich bin beileibe kein Kriminalist, doch frage ich mich, ob es nicht Priorität haben sollte, die Gründe für den Tod zweier Menschen aufzudecken.«

»Ich verstehe nicht ganz, worauf deine Kritik abzielt. Man versucht doch, den Mord aufzuklären, indem alle Welt nach dem Inhalt des vermaledeiten Koffers sucht! Denn genau darin soll das Tatmotiv liegen«, konterte Paul.

»Und indem man Ex-Terrorist Santini wahlweise als Bombenleger oder Erpresser einstuft und Heike Bach als Kollateralschaden?« Fink schüttelte energisch den Kopf.

»Das klingt in meinen Ohren überaus unausgegoren. Ich sage dir, die Ermittlungen gehen in die völlig falsche Richtung, um nicht zu sagen: Sie stecken seit mehr als einer Woche fest.«

»Lass das bloß nicht Katinka hören«, mahnte Paul. »Die steht derzeit enorm unter Druck, weil ihr jeder reinredet und sie wegen der schleppenden Ermittlungsarbeit nicht argumentieren kann.«

»Keine Sorge, ihr gegenüber werde ich nichts sagen«, versicherte Fink. Nach einem Moment des Abwägens fügte er hinzu: »Ich gebe ihr auch nicht den Tipp, dass das Publikum im *Münchner Stadl* nicht ganz astrein ist.«

Paul sah ihn fragend an. »Was willst du damit andeuten?«

»Nun, es steht mir nicht zu, über andere zu urteilen …«

»Klartext, Hannes!«, forderte Paul seinen Freund auf. »Hier kann uns niemand hören.«

Fink war noch nicht bereit dazu und hatte das Bedürfnis, zuerst seine Beweggründe darzulegen: »Ich habe lange mit mir gerungen, Paul, das kannst du mir glauben. Ich fragte mich, wie ich der Polizei weiterhelfen kann, ohne offiziell aktiv zu werden. Aber nun muss ich es einfach loswerden.«

»Ich bin ganz Ohr.«

Noch immer zögerte der Pfarrer und vergewisserte sich: »Es ist doch richtig, was du mir vor Kurzem erzählt hast, dass in der Wohnung von Fred Oswald Flyer vom *Stadl* herumlagen und auch er bayerische Tracht im Kleiderschrank hängen hatte?«

»Korrekt«, bejahte Paul.

Der Pfarrer neigte sein imposantes Haupt. »Dann wird ein Schuh draus.«

»Lässt du mich jetzt endlich an deinen Vermutungen teilhaben?«, drängte Paul.

»Ja, Paul. Der *Stadl* liegt in Sichtweite des Pfarrhauses. Daher werfe ich zwangsläufig immer mal wieder einen Blick in diese Richtung. Von meinem Küchenfenster aus kann ich die Menschentrauben sehen, die sich mittags und abends vor dem Lokal bilden. Ganz klar Touristen: Amis, Japaner und Chinesen, in bunten Hemden und behängt mit Kameraausrüstungen. Es gibt jedoch noch eine andere Klientel, die die späten Abendstunden bevorzugt, manchmal aber auch in der Früh mit den Lieferanten eintrifft.« Sorge stand in seinem breiten Gesicht geschrieben. »Diese Leute sind mir nur zu gut bekannt. Denn ich habe als Seelsorger auch mit der Stammkundschaft der Stadtmission zu tun, speziell der unserer Suchtberatung. Dorthin habe ich manch einen, der vom rechten Pfad abgekommen ist, vermittelt.«

»Du sprichst von der kirchlichen Alkoholikerfürsorge?«, wunderte sich Paul.

»Nein, ich rede von der Drogenhilfe. Die meisten dieser Menschen waren auf dem richtigen Weg, ihr Leben abseits der Rauschgifte und Opiate wieder in den Griff zu bekommen. Nun mache ich mir Gedanken, was sie im *Stadl* verloren haben.«

»Vielleicht haben sie dort einen Job gefunden?«, suchte Paul nach einer harmlosen Erklärung. Dann dachte auch er an die Wurfblätter in Oswalds Wohnung und ahnte den Zusammenhang: »Du vermutest, dass im *Stadl* gedealt wird? Und dass Oswald ein Kurier ist?« Paul fiel ein, dass Katinka bei einem ihrer Anrufe aus Korsika das Thema Drogen ebenfalls schon einmal erwähnt hatte.

Fink nickte. »Hältst du das für abwegig?«

Darauf konnte Paul nicht aus dem Stegreif antworten. Denn Fink hatte soeben das Tor aufgestoßen, um einer ganz neuen Fährte zu folgen. Dass Drogen im Spiel sein könnten, war bei den bisherigen Ermittlungen nie ein Thema gewesen. Doch nun, da die Möglichkeit angesprochen worden war, ergaben sich für Paul völlig neue Perspektiven. In Gedanken ging er die wichtigsten Fragen des Falls durch – und fand endlich passende Antworten:

Was enthielt die Aktentasche? Hasch, Heroin oder Designerdrogen!

Warum war Oswald so scharf auf den Koffer? Weil die Drogen einen großen Wert darstellten!

Womit finanzierte Heike Bach ihren hohen Lebensstandard? Indem auch sie in das Drogengeschäft verwickelt war!

Worauf wollte Vivi Paul hinweisen und weshalb tauchte sie ständig ab? Weil sie ebenfalls Bescheid wusste und Angst vor den Drogenbossen hatte!

Mit einem Mal ergab vieles einen Sinn, und jede Menge logische Verknüpfungen entstanden. Selbst die Rolle des Korsen Santini erschien in einem neuen Licht: Könnte er dank seiner internationalen Kontakte in Verbrecherkreisen als Beschaffer des Stoffs aufgetreten sein?

Paul wurde unruhig, denn er brannte darauf, seine neuen Erkenntnisse Katinka und Jasmin mitzuteilen.

»Ich merke schon: Du scharrst mit den Hufen«, meinte Fink. Doch bevor er Paul aus der Krypta entließ, legte er eine schwere Hand auf seine Schulter und bat: »Halt mich bitte raus, wenn du den Tipp an die Behörden weitergibst. Wenn meine Leute rückfällig geworden sind, werde ich sie selbst ins Gebet nehmen – aber aussagen werde ich gegen keinen von ihnen.«

»Das wird auch niemand von dir verlangen«, versprach Paul und hatte es eilig, aus dem Keller zu kommen.

Als er die Kirche durch das Brautportal verließ und die Augen, vom Tageslicht geblendet, zukniff, hielt er sein Handy bereits ans Ohr. Während er über den Sebalder Platz strebte, lauschte er dem Rufton und erwartete, jeden Augenblick die Stimme seiner Frau zu hören.

Stattdessen meldete sich mal wieder ihre Sekretärin. Um ohne Umschweife zu Katinka durchgestellt zu werden, wählte er vorbeugend einen besonders freundlichen Tonfall: »Flemming am Apparat. Sind Sie bitte so liebenswürdig, mich mit meiner Frau zu verbinden?«

Jemand tippte ihm von hinten auf die Schulter. Paul wandte sich um und sah in das Gesicht eines Mannes mit dunkelblond gelocktem Haarkranz, der ihn wohl nach dem Weg fragen oder um Feuer bitten wollte. Paul bedeutete ihm, sich zu gedulden, und widmete sich wieder seinem Telefonat.

»Frau Oberstaatsanwältin hat ein Meeting«, teilte ihm die Sekretärin schnippisch mit.

»Seien Sie ein Schatz und holen Sie sie kurz da raus, ja?«, bat Paul, weiter um Freundlichkeit bemüht.

Der Passant machte sich erneut bemerkbar, indem er ihn am Arm fasste. Paul warf dem aufdringlichen Fremden einen verärgerten Blick zu.

»Das ist nicht möglich«, belehrte ihn die Sekretärin. »Frau Blohm ist im Gespräch mit dem Generalstaatsanwalt. Ich habe die Auflage, nicht zu stören.«

»Es ist wirklich sehr, sehr wichtig«, untermauerte Paul sein Anliegen, als ihn der Mann an seiner Seite zum dritten Mal anging.

Ehe Paul überhaupt begriff, was vor sich ging, holte der Blondgelockte aus und schlug ihm das Handy aus der Hand. Es beschrieb einen weiten Bogen und zerlegte sich beim Aufprall auf das Kopfsteinpflaster in seine Bestandteile. Paul, völlig überrumpelt, musste sich von dem rabiaten Kerl gegen eine Hauswand drängen lassen. Ein älteres Ehepaar suchte ängstlich das Weite, als der Mann seinen Unterarm gegen Pauls Hals presste.

»So, Sportsfreund, Schluss mit lustig! Jetzt wird Tacheles geredet«, fauchte der Fremde ihn an.

»Wer ... wer sind Sie?«, röchelte Paul, der den rabiaten Typen nie zuvor gesehen hatte.

»Lothar. Den Namen merkst du dir besser. Denn du wirst ihn öfter hören, wenn du nicht spurst!«

»Was wollen Sie von mir?«, fragte Paul, während er versuchte, sich aus seiner misslichen Lage zu befreien.

Daraufhin erhöhte Lothar den Druck auf Pauls Kehlkopf. »Du hast etwas, das uns gehört. Das wollen wir zurückhaben. Und zwar bis morgen. Kapiert?«

»Geht es um den Koffer? Um Drogen?«, brachte Paul seine neue Vermutung an.

Lothar grinste fies. »Wir haben uns also verstanden.« Er ließ von Paul ab. Doch nur kurz. Denn kaum hatte sich Paul vom ersten Schreck erholt, ließ Lothar seine zur Faust geballte Rechte vorschnellen und platzierte sie in Pauls Magengrube. Dieser knickte ein und stieß prustend die Luft aus.

»Morgen hole ich die Ware ab«, drohte Lothar an. »Und komm ja nicht auf die Idee, dich zu verstecken. Wir finden dich. Überall!«

Als Paul es schaffte, sich wieder aufzurichten, war der Schläger verschwunden. Untergetaucht im Strom der

Passanten, von denen kaum jemand ihrem Disput Beachtung geschenkt hatte.

Ein Überfall am helllichten Tag, und keiner schritt ein – Paul war entsetzt über die Gleichgültigkeit der anderen.

19

Jasmin nahm weit weniger Anteil an seinem harten Los, als er sich das erhofft hatte: Paul, der nach dem gewaltsamen Zusammenstoß auf dem Sebalder Platz auf direktem Weg ins Präsidium gegangen war, hätte zumindest ein paar Worte des Trostes gut vertragen können. Stattdessen bedachte Jasmin ihn mit einem Blick, der so viel sagte wie: Selbst schuld! Was mischst du dich auch immer in unsere Angelegenheiten?

»Das war Körperverletzung! Gefährliche Körperverletzung!«, wies Paul auf das ihm widerfahrene bittere Unrecht hin. »Da müsst ihr etwas unternehmen!«

»Statistisch gesehen sind gefährliche Körperverletzungen bei uns rückläufig«, blieb Jasmin ungerührt. »Sie wären sogar noch seltener, würde man die Anzeichen für eine solche Tat rechtzeitig erkennen und sich nicht provozieren lassen.«

»Ich habe mich nicht provozieren lassen!«, gab Paul empört zurück. »Willst du etwa sagen, dass ich es mir selbst zuzuschreiben habe?«

»Schuldig ist natürlich nur der Täter, aber viele Opfer verhalten sich ungeschickt, indem sie in der sogenannten Kontaktphase auf Provokationen einsteigen. In dieser Phase tut der Täter etwas, damit er einen Grund zum Zuschlagen bekommt. Er eröffnet quasi sein Spielfeld.«

»Ich habe doch bloß telefoniert«, rechtfertigte sich Paul.

»Und ihn dabei ignoriert. Das hat wahrscheinlich schon gereicht. Weil du ihn nicht beachtet hast, schaukelte sich die Aggression hoch. Und zwar auf dem Spielfeld des Täters, auf dem er sich besser auskannte als du.«

Paul sah die Kommissarin schräg an. »Auf wessen Seite stehst du eigentlich? Könntest du jetzt bitte eine Anzeige gegen diesen Schläger aufnehmen?«

Jasmin willigte ein. Nach Pauls Beschreibung des Angreifers legte sie ihm eine Vorauswahl der infrage kommenden schweren Jungs aus ihrer Kartei vor. Tatsächlich wurde Paul sehr schnell fündig:

»Das ist er!«, identifizierte Paul den Mann mit der harten Faust.

»Lothar Schmied, Jahrgang 1969, gelernter Kfz-Mechaniker«, las Jasmin aus seiner Akte. »Mehrfach vorbestraft wegen Körperverletzung und Verstößen gegen das Betäubungsmittelgesetz.«

»Er hat mir seinen echten Namen genannt.« Paul kam aus dem Staunen nicht heraus. »Gibt's denn so was? Wie blöd ist der Kerl denn?«

Jasmin zuckte mit den Schultern. »Er hat wohl nicht damit gerechnet, dass du dich an die Polizei wendest. Lothar vertraut ganz auf die Wirkung seines schlechten Rufs und seiner schlagkräftigen Argumente, um seine Opfer in Schach zu halten.«

»Da hat er sich mit mir den Falschen ausgesucht«, sagte Paul grimmig. »Werdet ihr ihn euch schnappen?«

Jasmin nickte. »Das werden wir.« Mit einem verschwörerischen Lächeln fügte sie hinzu: »Genau wie wir Vivi endlich aufgegabelt haben.«

Paul sprang auf. »Ihr habt sie gefunden?«, rief er freudig überrascht. »Wo war sie und was sagt sie?«

Jasmin gab ihm ein Zeichen, sich wieder auf den Stuhl gegenüber ihrem Schreibtisch zu setzen. »Sie wollte in einem anderen Hotel einchecken und wurde dabei von einer Zivilstreife beobachtet. Schnelleisen hat sie gerade im Verhör. Das, was bisher nach draußen gedrungen ist, spricht für deine neue These: Es ging tatsächlich um Opiate.«

»Hat Vivi das gesagt?«

»Ja, sie hat ihre Furcht überwunden und darüber gesprochen. Laut Vivi steckte Heike Bach mit drin. Und Oswald wird allmählich auch weich und lässt das eine oder andere Detail durchblicken.«

»Also wirklich eine Drogengeschichte«, sinnierte Paul, der ohne Finks Wink nie und nimmer darauf gekommen wäre.

»Es deutet alles darauf hin«, sagte Jasmin und fügte lächelnd hinzu: »Die Kollegen vom Bundeskriminalamt sehen das ähnlich und wollen sich aus den Ermittlungen wieder ausklinken – Gott sei Dank.«

Paul freute sich über diese Entwicklung, was ihn den Überfall gleich viel besser verschmerzen ließ. »Damit ist die Terrorversion endlich vom Tisch. Statt mit gewaltbereiten Frankennationalisten haben wir es mit einem Drogenring zu tun«, resümierte er und brachte – ohne Pfarrer Hannes Fink zu erwähnen – den *Münchner Stadl* als möglichen Umschlagplatz ins Spiel.

Jasmin nahm den Hinweis auf und versprach, sich um alles Weitere zu kümmern.

»Bis wir Lothar dingfest gemacht haben, siehst du dich bitte vor«, gab sie Paul mit auf den Weg. Diesen Ratschlag nahm Paul nicht auf die leichte Schulter, denn mit Gangstertypen wie Lothar wollte er sich nicht anlegen.

Paul kannte seine Grenzen – wenigstens manchmal. Der Abschluss des Falls Santini war reine Polizeiarbeit, und das akzeptierte er.

Gegen Abend kehrte Paul im *Goldenen Ritter* ein, wohin ihm Katinka folgen wollte, sobald sie mit der Arbeit fertig war. Jan-Patricks Lokal war zum Bersten voll. Paul vermutete, dass die Werbebanner am Eingang dafür verantwortlich waren. Aber Marlen, die ihn abfing und in die Küche führte, hatte eine andere Erklärung parat:

»Der *Stadl* ist zu. Wenigstens vorläufig«, sagte sie, wobei sie ihre Schadenfreude nicht verhehlen konnte. »Vorhin ist die Polizei aufgetaucht. Seitdem ist drüben abgesperrt, und die Leute rennen uns die Bude ein.«

Aha, dachte Paul voller Genugtuung, Jasmin hatte ihre Truppen also schon in Bewegung gesetzt.

Der Küchendunst schlug ihm wie warmer Nebel entgegen. Vorbei an drei Kellnern mit servierfertigen Schäufele-Portionen gelangte Paul in den hinteren Bereich, wo sich der Küchenmeister voller Elan der Zubereitung eines weiteren Gerichts widmete.

»Die nächste Schweineschulter?«, erkundigte er sich. »Du arbeitest ja im Akkord.«

Jan-Patrick antwortete ihm, ohne aufzusehen: »Die Standardvariante wird auf die Dauer doch ein bisschen langweilig. Das hier ist eine Exklusivversion.«

Paul musste noch einmal genauer hinsehen: Auf der Arbeitsplatte lag tatsächlich ein besonders großes Stück, ein Prachtexemplar. »Weißt du, Paul, in Großküchen werden aus einer Schweineschulter gern mal drei Portionen Schäufele gemacht. Bei mir sind es bloß zwei zu je siebenhundertfünfzig Gramm, Minimum. Und dazu gibt es eine Scheibe Fleisch von der Unterseite des Knochens: Bürgermeister- oder auch Pfaffenstück genannt. Es ist besonders zart und schmackhaft und wird von den Mitbewerbern meistens unterschlagen.« Mit routinierter Fingerfertigkeit drehte der Küchenchef den Fleischbatzen, den er nun auf der Hautseite rautenförmig einritzte. »Das A und O ist ja die Schwarte, wie du weißt. Sie ist das I-Tüpfelchen und soll rösch, knusprig und würzig sein. Es muss krachen, wenn du hineinbeißt. Ich bin da inzwischen ein ganzes Stück weitergekommen, um meine Technik zu verfeinern«, sagte er zufrieden und verriet sein Patentrezept: »Die perfekte Kruste erhält man, indem man die Haut in einem engen Muster anschneidet. Dadurch kann im Ofen die Hitze besser eindringen. Während des Bratvorgangs treibt es außerdem das Fett besser heraus. Nun das Würzen ...« Er hantierte mit mehreren metallischen Zylindern. »Salz, Pfeffer, Kümmel. Das war's auch schon. Ich gebe allerhöchstens noch ein bisschen Knoblauch hinzu. Und jetzt braucht man vor allem eines: Geduld. Denn nicht nur beim Essen muss man sich Zeit lassen, sondern schon bei der Zubereitung. Ich gönne meinen Schäufele drei Stunden bei hundertachtzig Grad. Das langsame Garen bei relativ niedriger Temperatur macht das Fleisch so zart, dass es sich später federleicht vom Knochen löst. Erst ganz am Schluss, in den letzten zwanzig Minuten, drehe ich die Temperatur auf zweihundertfünfzig Grad rauf, der Schwarte zuliebe, die dann richtig aufpoppt.« Im Verschwörerton ergänzte er: »Ich habe noch etwas herausgefunden. Wenn ich am Ende eine zusätzliche Prise Salz drangebe, zieht sie die Feuchtigkeit und macht die Kruste noch knackiger.«

»Soso. Ist dir das Schäufele nach Hausfrauenart wohl nicht gut genug, dass du jetzt an einem uralten Rezept herumdoktern musst?«, fragte Paul etwas despektierlich.

»Ich brauche das halt als Ausgleich. Ganz ohne Experimente in der Küche drehe ich über kurz oder lang durch«, erklärte Jan-Patrick und legte das Fleisch in eine schwere Kasserolle, in der er bereits ein Gemüsebeet aus Zwiebelringen, Karottenscheiben und Lauch gebildet hatte. Bevor er sie in den Ofen schob, gab er einen ordentlichen Schuss Gemüsebrühe hinzu.

Gleich darauf hob er den Deckel eines Topfes, in dem Paul die Soße vermutete. Doch statt der klassischen erdbraunen Tunke sprudelte da ein ketzerisch heller Sud im Kessel. Die strenge Dunkelsoßenpflicht war offenbar durchbrochen worden.

»Passt das?«, fragte Paul befremdet.

»Das weiß ich selbst noch nicht«, gestand der innovative Küchenmeister ein. »Ich habe den Bratensaft mit Nussbutter, Schalotten und Orangenfruchtfleisch gestreckt. »Schau nicht so skeptisch! Die Nürnberger Rostbratwurst ist auch nur durch den Ideenreichtum meiner beruflichen Vorfahren entstanden. Indem sie nämlich alle möglichen Gewürze und Kräuter wild mit dem Gehäck vermischten.« Er tauchte einen großen Löffel ein und hielt ihn Paul zum Probieren hin.

»Mmmm. Nicht übel«, räumte dieser ein.

»Lieber ist aber auch mir die klassische Variante«, gab Jan-Patrick zu. »Ich werde wohl bei der dunklen Soße bleiben und sie als individuelle Note mit Landbier versetzen.« Er kniff die Augen zusammen und verkündete: »Jedenfalls hat es das Schäufele als mittelfränkisches Nationalgericht verdient, eine Aufwertung zu erfahren. Ich drehe ein wenig an der Rezepturschraube und verstärke damit den Geschmackskick. Und als Nächstes erweitere ich das Angebot um Schäufele-Sülze, Schäufele-Salat und Schäufele-Aufschnitt mit Gurken und Sauerteigbrot«, stellte der Koch euphorisch seine Pläne vor.

»Deine normalen Schäufele zählen sicher bereits zur Krönung der Kochkunst, aber ich freue mich trotzdem, dass du zu alter Form zurückfindest und wieder mehr Abwechslung zulässt«, sagte Paul. Doch dann kamen ihm Bedenken: »Meinst du nicht, du könntest mit allzu viel Akrobatik am Herd deine neu gewonnene Kundschaft vergraulen?«

Jan-Patrick machte eine wegwerfende Handbewegung. »Pffft! Was soll's? Meine alten Stammkunden waren mir eh lieber. Dieser Touristenrummel spült zwar Geld in die Kasse, bedeutet aber einen Megastress für die ganze Mannschaft. Einer meiner Küchenjungen ist schon weggelaufen, und Marlen ist abends dermaßen geschafft, dass sie wie tot ins Bett fällt.«

Als eine Reisegruppe aus Südkorea alkoholbeschwingt den *Goldenen Ritter* verließ, bot sich für Paul die Chance, doch noch einen Platz zu ergattern. Er sicherte sich die gemütliche Erkernische und hielt dort die Stellung, bis endlich Katinka eintraf.

Sie hatte das blonde Haar zu einem hohen straffen Dutt nach hinten gebunden, was sie ziemlich streng aussehen ließ. Ihr etwas steifer schwarzer Blazer unterstrich diese Wirkung. Erschöpft ließ sie sich neben ihm auf einen Stuhl gleiten.

»Der Kreis schließt sich«, teilte sie ihm mit.

»Ihr wart also erfolgreich?«, fragte Paul, der darauf brannte, weiter auf dem Laufenden gehalten zu werden.

»Ja«, antwortete Katinka und schlug die Speisekarte auf. »Auch dieser Lothar sitzt nun hinter Gittern.«

»So schnell?«, wunderte sich Paul über den fixen Fahndungserfolg. »Wo hat die Polizei ihn aufgestöbert?«

»Bei ihm zu Hause. Ich war selbst dabei und habe den Haftbefehl überreicht.« Sie schmunzelte. »Mannomann, so etwas habe ich selten erlebt. Das war schon Hardcore, wie der daherredete. Eine Aneinanderreihung von Schimpfwörtern. Und das in einem Urfränkisch, dass man Untertitel hätte einblenden müssen, um ihn zu verstehen.«

»Lothar hockte tatsächlich bei sich daheim und wartete in aller Seelenruhe auf seine Festnahme?«, staunte Paul.

»Der hat nicht gewartet. Er war total aus dem Häuschen, als wir aufkreuzten. Er hat absolut nicht damit gerechnet, dass du ihn anzeigst.« Beim Gedanken an Lothars Festnahme verzog sie den Mund. »Lothar haust in einer Hütte am Stadtrand wie ein verkommener Einsiedler. Zwar stand ein Mercedes vor der Tür, aber der Rest war trostlos. Eine Klingel gab's nicht, also haben wir geklopft. Als wir reinkamen, wusste ich nicht, ob wir im Wohnzimmer, in der Garage oder im Stall standen. Lothar lebt übrigens mit seiner Mutter zusammen, die er ›alde Hex‹ nennt.«

In den amerikanischen Filmen, die Paul ab und an sah, ließen es sich die Drogenbosse eindeutig besser gehen, dachte er. Lothar, das fränkische Abziehbild der Rauschgiftmafia, fiel gegenüber den glitzernden Vorbildern weit ab. Oder aber – und das erschien ihm wahrscheinlicher – Lothar war auch bloß ein relativ kleines Licht, und die dicke Kohle strich ein anderer ein.

»Ihr habt sie alle eingesammelt«, konstatierte er und zählte auf: »Fred Oswald, Vivi und Lothar. Zusammen mit den beiden Toten dürfte der Drogenring komplett sein.«

Katinka wedelte mit ihrer rechten Hand. »Ganz so einfach ist das nicht. Wir müssen herausfinden, ob es Hintermänner gibt. Ungeklärt ist auch, inwieweit das Management des *Münchner Stadl* involviert war. Da kommt ein langwieriges Ermittlungsverfahren auf uns zu.« Sie winkte Marlen zu, die gerade die Teller am Nachbartisch abräumte.

»Ja, bitte?«, fragte Jan-Patricks überarbeitet wirkende Frau.

»Bringst du mir Sechs auf Kraut?«, bat Katinka.

»Mir darfst du neun Würstchen auf den Teller legen«, fügte Paul hinzu. »Bitte mit viel Meerrettich.« An Katinka gerichtet fuhr er fort: »Selbst wenn ihr noch etliche Akten füllen müsst, die Sache habt ihr im Sack.«

Katinka mochte sich Pauls verfrühtem Optimismus nicht anschließen. »Wir haben alle relevanten Personen in Gewahrsam, kennen das verbindende Motiv und wissen um den Inhalt des Koffers, unseres Casus Knaxus«, sagte sie emotionslos. »Er enthielt Drogen, was Oswald mittlerweile zugegeben hat.«

»Habt ihr sie sicherstellen können?«

»Nein, Oswald weiß nichts über den Verbleib des Kofferinhalts. Er glaubt immer noch, du hättest dir den Stoff unter den Nagel gerissen.« Sie neigte den Kopf und sah ihn an. »Hast du?«

»Noch so eine Frage, und ich reiche die Scheidung ein.« Er knuffte sie am Oberarm. »Oswalds Geständnis ist ein schöner Ermittlungserfolg, und die Drogen tauchen eines Tages bestimmt auch wieder auf. Du darfst also zufrieden sein.«

»Bin ich aber nicht. Denn uns fehlt nach wie vor der Mörder. Die am Tatort sichergestellte DNA passt zu keiner der infrage kommenden Personen. Auch Lothar, dem ich ein Gewaltverbrechen jederzeit zutrauen würde, kann es nicht gewesen sein.«

Paul ließ seine Mundwinkel hängen. »Wäre ja auch zu schön, um wahr zu sein.«

20

Auf der Vorhersagekarte gähnte über Franken ein weißer Fleck: Keine Fronten, kein Hoch, kein Tief, es sah fast so aus, als ob der zuständige Meteorologe vergessen hätte, bei Nürnberg etwas einzuzeichnen, dachte Paul, während er die Tageszeitung studierte. Dieses Fehlen klarer Strukturen hatte seine Tücken: »Stark bewölkt mit etwas Niederschlag« und »vereinzelt Schneeregen« waren ebenso gut möglich wie »Aufheiterungen und milde Temperaturen« – dem heutigen Wetter ließ sich noch kein eindeutiger Charakter zuordnen. Es war kein Winter mehr, aber auch noch kein Frühling.

Genauso unentschieden wie das Wetter fühlte sich Paul. Eigentlich hätte er sich jetzt wieder voll und ganz seinem richtigen Job widmen und dafür sorgen können, dass Katinka nicht die Einzige blieb, die ihre Haushaltskasse bestritt. Doch natürlich war Paul nicht imstande stillzuhalten, solange ein Mörder frei herumlief. Anstatt sich wie vorgesehen aus dem Fall Santini rauszuhalten, mischte er weiter fleißig mit. Zwar ließ ihn Jasmin, was Informationen betraf, neuerdings am ausgestreckten Arm verhungern, und auch Katinka geizte mit Interna. Doch Paul wusste sich zu helfen, indem er Victor Blohfeld anrief und anbot, ihn zu einer kurzfristig anberaumten Pressekonferenz im Präsidium zu begleiten – ganz offiziell als Fotograf für die Zeitung.

»Das Letzte, was ich brauche, ist ein Klotz am Bein«, ließ der Reporter ihn zunächst abblitzen.

»Sie mit Ihrer launischen Art!«, beschwerte sich Paul daraufhin. »Ich will Ihnen doch nur einen Dienst erweisen.«

»Ich bin nicht launisch, sondern chronisch missgestimmt«, erwiderte der andere.

»Geben Sie sich einen Ruck!«

»Meinetwegen«, tat Blohfeld ihm schließlich doch noch den Gefallen. »Aber ein Honorar gibt es nur, wenn mir die Bilder gefallen und ich eins abdrucke.«

In dem im Sechzigerjahrechic ausstaffierten Saal, der für Pressekonferenzen der Polizei genutzt wurde, tummelten sich die Journalisten von Zeitungen, Funk und Fernsehen. Blohfeld strebte die vordere Reihe an, verscheuchte zwei unsicher wirkende Grünschnäbel eines Privatfunksenders und übernahm zusammen mit Paul deren Stühle. So saßen sie vis-à-vis der Soko-Leitung, dominiert vom hochgewachsenen Hauptkommissar Winfried Schnelleisen.

Dieser ignorierte Paul geflissentlich, polterte einige ungelenke Begrüßungsworte ins Mikrofon und trat an eine Schautafel, die mehrere mit roten Linien verbundene Porträtfotos zeigte. Paul erkannte auf Anhieb Santini, ebenso Oswald und Heike Bach.

»Das haben die Bullen aber schön zusammengebastelt«, tuschelte Blohfeld ihm zu. »Dafür musste wahrscheinlich ein Praktikant Überstunden schieben.«

Paul legte demonstrativ seinen Zeigefinger auf die Lippen, denn er wollte Schnelleisen zuhören.

Der redete von »langwieriger Observation«, »aufwendigen Ermittlungsverfahren« und »dezernatsübergreifenden Maßnahmen«, die in eine »konzertierte Polizeiaktion« gemündet seien und schließlich zur Sprengung eines Drogenrings geführt hätten.

»Mehrere dringend Tatverdächtige befinden sich derzeit in Untersuchungshaft«, führte Schnelleisen aus und ging auf die Rollen von Jean-François Santini als Kurier sowie von Lothar Schmied, Fred Oswald und auch Heike Bach als Dealer ein. »Wir gehen davon aus, dass es weitere Angehörige des Rings gibt, und setzen unsere Ermittlungen daher fort. Denn nach den Ergebnissen der bisher geführten Verhöre müssen wir feststellen, dass der Kopf der verbrecherischen Vereinigung sich noch auf freiem Fuß befinden könnte.«

»Ein Kopf geht zu Fuß – was für ein schräges Bild«, mokierte sich Blohfeld über Schnelleisens Ausdrucksweise. »Außerdem ist Schnelleisen ein Depp. Wenn er mit der Geschichte jetzt rausgeht, ist der Drogenboss gewarnt und kann türmen.«

»Pssst!«, zischte Paul. »Der wird schon wissen, was er tut.«

»Von wegen!« Blohfeld zog sein rechtes Augenlid mit dem Finger nach unten. »Holzauge, sei wachsam: Schnelleisen will seinen bisherigen Fahndungserfolg an die große Glocke hängen, um kurzfristig eine gute Presse verbuchen zu können. Das ist alles, worauf der abzielt.«

Der Hauptkommissar trat an das Schaubild und deutete mit einem Laserpointer auf eine freie Fläche, die mit einem Fragezeichen gekennzeichnet war. Dort liefen sämtliche rote Fäden zusammen. »Diese Person zu finden hat oberste Priorität. Es steht zu vermuten, dass der Bandenchef die Tötungen von Heike Bach und Jean-François Santini angeordnet oder sogar selbst ausgeführt hat.« Schnelleisen hinterlegte diesen Verdacht mit reichlich dünnen Argumenten, die bei seinem Sitznachbarn, dem Präsidiumssprecher, ein nervöses Augenzucken auslösten.

»Er tritt also mal wieder mit einer unausgegorenen Geschichte an die Öffentlichkeit«, durchschaute ihn Blohfeld und wunderte sich, an Paul gewandt: »Lässt Ihre Frau ihm das durchgehen?«

Noch bevor die obligatorische Fragerunde eingeläutet wurde, meldete sich Blohfeld zu Wort, indem er seinen Arm in die Höhe riss: »Worin sehen Sie das Motiv für die Morde?«

Schnelleisen, merklich aus dem Konzept gebracht, griff zu seinen bereitliegenden Sprechkarten. »Das Motiv ...«, setzte er an, suchte in seiner Jacketttasche nach einer Lesebrille, fand aber keine.

Der Pressesprecher sprang für ihn ein: »Nach uns vorliegenden Zeugenaussagen schwelte in dem Drogenring eine sich steigernde Rivalität zwischen dem Anführer und Herrn Santini. Es ist anzunehmen, dass sich Herr Santini nicht mit der Rolle des Kuriers begnügen und seinen Anteil vergrößern wollte. Vermutlich fand er in Frau Bach eine Komplizin.«

»Die beiden wollten das Geschäft ohne den Big Boss abwickeln?«, fragte Blohfeld geradeheraus.

Mittlerweile hatte Schnelleisen wieder aufgeschlossen und antwortete anstelle des Kollegen: »So stellt es sich dar, ja. Konkret ging es zunächst um eine Drogenlieferung von vermutlich beträchtlichem Wert, die in einem handelsüblichen Aktenkoffer transportiert wurde. Herr Santini und Frau Bach verstauten besagten Koffer in einem Schließfach, um den Inhalt später selbst zu Geld zu machen. Nach dem Tod Santinis kam Frau Bach kurzzeitig erneut in den Besitz des Koffers, war aber bestrebt, ihn sehr schnell wieder loszuwerden. Dies resultierte daraus, dass sie nach dem Mord an ihrem Komplizen offenbar mit ernsten Konsequenzen rechnete und sich um Leib und Leben sorgte.«

Zu Recht, dachte Paul und ließ seinen Blick über das Schaubild wandern. Er betrachtete nach und nach die Fotos der Beteiligten, ließ sich die ihnen zugedachten Rollen durch den Kopf gehen und endete schließlich ganz oben bei dem Fragezeichen. Wer mochte sich dahinter verbergen? Ob Paul diesen Mister X schon kennengelernt hatte, ohne seine wahre Identität zu ahnen? Bei diesem Gedanken fuhr ihm ein kalter Schauer über den Rücken.

»Was ist mit Helwig Scharrer und Martin Rode?«, stellte Blohfeld die nächste Frage und schnitt einer Kollegin damit skrupellos das Wort ab. »Sind die raus aus dem Spiel?«

Der Pressesprecher hüstelte in seine Faust, um gleich darauf zu erklären: »Gegen diese Herren ist nie – ich wiederhole: niemals ermittelt worden. Es gab und gibt keinerlei Zusammenhang ...«

»Die Politik ist wieder mal fein raus, was?«, provozierte Blohfeld.

Darauf gingen weder der Sprecher noch Schnelleisen ein.

Als die Rundfunkkollegen ihre O-Töne aufgenommen hatten und die Fotografen zum Zug gekommen waren, leerte sich der Saal schnell. Paul wartete, bis auch Blohfeld gegangen war, bevor er Jasmin ansprach, die sich die ganze Zeit im Hintergrund gehalten hatte. Noch immer stand sie etwas abseits – außer Hörweite ihres Chefs Schnelleisen.

»Ihr habt wirklich keinen blassen Schimmer, wer sich hinter dem Fragezeichen verbirgt?«

Jasmin antwortete nicht direkt, sondern deutete nur ein Kopfschütteln an.

»Liegt das daran, dass Oswald und Lothar Schmied nicht reden, oder kennen sie den Strippenzieher etwa selbst nicht?«, bohrte Paul.

»Ich bin an den Befragungen nicht beteiligt, Paul«, wich Jasmin aus.

»Das solltest du aber! Denn Schnelleisen glänzt ja nicht gerade als Verhörprofi.« Er sah noch einmal zum Schaubild hinüber, auf dem eine Person fehlte. »Was ist denn mit Vivi? Kann sie euch nicht helfen?«

»Nein. Sie wusste lediglich, dass ihre Freundin Heike kokste und mit dem Zeug hin und wieder auch gehandelt hat. Über die anderen Beteiligten konnte sie leider gar nichts sagen.«

»Konnte oder wollte?«, hakte Paul nach. »Vielleicht hat sie noch immer Angst davor, dass man ihr etwas antut, wenn sie zu viel ausplaudert.«

»Ich halte sie für authentisch. Aber natürlich kann niemand in einen Menschen hineingucken.« Nun bemerkte sie den strengen Blick ihres Chefs und raunte Paul zu: »Du verschwindest besser. Und halt dich ab jetzt raus. Bei einer Drogensache mit zwei Toten hört der Spaß auf.«

Diesmal versprach Paul nichts, denn er kannte sich selbst gut genug und wollte Jasmin gegenüber nicht als Lügner auftreten.

Als er das Präsidium verließ, stellte er fest, dass sich das Wetter für Variante zwei der Vorhersage entschieden hatte: Die Sonne schien vom fast wolkenlosen Himmel, in der Luft hing ein Hauch Frühling. Paul stand der Sinn nach einem Kaffee to-go, den er auf einer Bank am Weißen Turm zu trinken gedachte, mit Blick auf das Ehekarussell, den skulpturenreichen Brunnen, der ihn jedes Mal aufs Neue faszinierte.

Während er noch überlegte, ob er einen gewöhnlichen Cappuccino nehmen oder eine der zahlreichen Varianten in diversen Aromarichtungen probieren sollte, spürte er den Vibrationsalarm seines neuen Handys, das er sich als Ersatz für das von Lothar zerstörte Exemplar besorgt hatte. PIN-Karte und Rufnummer waren gleich geblieben.

»Flemming«, meldete er sich förmlich, da auf dem Display keine Nummer angezeigt wurde.

»Hören Sie, Flemming, ich möchte, dass Sie mir mein Eigentum zurückgeben«, meldete sich eine dumpf klingende Stimme.

Jetzt geht das schon wieder los, dachte Paul. Er war versucht, auf dem Absatz kehrtzumachen und den Anruf bei der Polizei zu melden. »Wer sind Sie? Und woher haben Sie meine Nummer?«, fragte er abweisend.

»Wer ich bin, spielt keine Rolle. Ihre Nummer steht auf Ihrer Website. Machen wir es kurz: Sie haben etwas, das mir gehört.«

Ein unangenehmes Déjà-vu, durchfuhr es Paul, und er machte deutlich: »Damit das ein für allemal klar ist: Ich habe überhaupt nichts, was Ihnen gehört. Lassen Sie mich in Frieden, oder ich schalte die Polizei ein! Das habe ich schon einmal getan.«

»Das werden Sie nicht tun«, antwortete die Stimme und klang nicht mehr ganz so dumpf. Offenbar war ein Tuch, das der Anrufer vor den Hörer gehalten hatte, verrutscht. Paul meinte nun, eine vage Erinnerung an diese Stimme zu haben.

»Doch, das mache ich!«, bekräftigte er resolut.

»Überlegen Sie sich das gut, Flemming. Sie können den Stoff nicht allein zu Geld machen. Sie haben weder die Verbindungen noch die Erfahrungen. Geben Sie die Ware zurück, und Sie bekommen – sagen wir – zehn Prozent des Marktwerts.«

Paul konnte nicht anders, als in den Hörer zu lachen. »Sie sprechen mit dem Falschen«, sagte er. »Ich habe nichts zu schaffen mit so etwas.«

Der Anrufer klang knallhart, als er sagte: »Ich kann mich nur wiederholen – überlegen Sie es sich gut. Ich werde wieder anrufen. Vielleicht komme ich auch bei Ihnen vorbei ... oder bei Ihrer attraktiven Frau oder Ihrer hübschen Stieftochter.« Mit diesen Worten unterbrach der Mann das Gespräch.

Obwohl die unverhohlene Drohung Paul hätte einschüchtern und beängstigen müssen, blieb er ganz ruhig stehen. Er lauschte dem Plätschern des Brunnens, beobachtete das Wasserspiel und die einzelnen Spritzer, in denen sich das Sonnenlicht glitzernd fing, und stellte mit aufsteigender Zuversicht fest:

»Ich habe ihn erkannt. Ich habe seine Stimme erkannt!«

21

Im Saal stand noch die verbrauchte Luft der vor einer halben Stunde beendeten Pressekonferenz, als Paul hereinstürmte. Jasmin, die zusammen mit einem jungen Kollegen gerade dabei war, das große Schaubild abzuhängen, sah ihn fragend an.

»Was vergessen?«, erkundigte sie sich.

Paul, der den Weg hierher im Sprint zurückgelegt hatte, musste erst wieder zu Atem kommen, bevor er seine Sensation verkünden konnte: »Mir hat schon wieder jemand gedroht. Diesmal am Handy. Der Anrufer forderte den Kofferinhalt von mir, ganz wie zuvor schon Fred Oswald und Lothar Schmied. Aber diesmal war es subtiler: Er brachte Katinka und Hannah ins Spiel und machte damit klar, dass er über mich und meine Lebensverhältnisse Bescheid weiß.«

»Du glaubst, du hattest den wahren Chef der Organisation in der Leitung?«, fragte Jasmin und sah ihn aus großen Augen an.

»Ja«, war Paul überzeugt. »Und ich weiß, wer es ist.« Er ließ seine Worte wirken, bevor er weitersprach: »Er hat versucht, den Klang seiner Stimme durch ein Taschentuch oder etwas Ähnliches zu verändern. Aber im Laufe des Gesprächs wurde er nachlässig und achtete nicht mehr auf diese Tarnung.«

»Du hast seine Stimme erkannt?«, fragte Jasmin aufgekratzt. »Bist du sicher?«

Paul nickte. »Zu neunzig Prozent.«

»Und – um wen handelt es sich?« Jasmin sah ihn mit

einem Blick an, als wäre sie auf alles gefasst. Doch als Paul den Namen nannte, konnte sie ihre totale Überraschung nicht verbergen.

Eine knappe Stunde später durfte Paul Gast der sogenannten Großen Lage sein, einer Besprechungsrunde mit allen verfügbaren Mitgliedern der Sonderkommission Korsika, Abgesandten des Drogendezernats sowie Vertretern der Staatsanwaltschaft, darunter auch die eilig herbeigeeilte Katinka.

Ihr fiel die Leitung des Meetings zu, die sie damit dem sichtlich irritierten Hauptkommissar Schnelleisen wegschnappte.

»Meine Damen, meine Herren. Ich freue mich, dass Sie alle so schnell zur Stelle sein konnten.« Ihre höflich vorgebrachte Begrüßungsfloskel überdeckte kaum die brennende Ungeduld, die sie trieb. »Neue Erkenntnisse liegen uns vor, die uns zum raschen Handeln zwingen.« Ohne Paul beim Namen zu nennen oder ihn auch nur anzusehen, berichtete sie kurzgefasst von dem Anruf und der Vermutung, dass der gesuchte Kopf der Bande mit hoher Wahrscheinlichkeit identifiziert worden sei. Sie zog die Stirn in Falten und sah mit ernster Miene in die Runde, als sie fortfuhr: »Die Schwierigkeit, mit der wir bei den weiteren Schritten konfrontiert sein werden, ist folgende: Unsere Zielperson hat einen tadellosen Leumund. Das polizeiliche Führungszeugnis ist makellos. Außerdem gibt es – mit Ausnahme der Stimmidentifikation von Herrn Flemming – keinerlei Hinweise in seine Richtung. Formaljuristisch bewegen wir uns daher auf sehr dünnem Eis, sollten wir aktiv gegen ihn vorgehen.«

Hatte Katinka ihn eben »Herr Flemming« genannt? Paul konnte ja verstehen, dass sie in dienstlichen Angelegenheiten eine gewisse Distanz zu ihm halten musste, aber ihn zu siezen, hielt er dann doch für übertrieben. Selbst wenn sie später behaupten sollte, dass es sich in diesem Kontext um einen angemessenen Vorgang gehandelt hätte, mochte er dies nicht akzeptieren und fühlte sich zurückgesetzt.

Schnelleisen trat als zweiter Redner auf und schlug ein Observierungsprogramm vor. »Wir behalten den Verdächtigen im Auge. Vierundzwanzig Stunden am Tag. Das ist so viel wie rund um die Uhr.« Dafür erntete er mehrere Lacher, auf die er wohl gern verzichtet hätte. »Mit Unterstützung der Frau Staatsanwältin werden wir auch sein Telefon abhören. Für den Fall, dass er abermals Kontakt mit Herrn Flemming aufzunehmen versucht.«

Das wird er kaum von seinem Festnetzapparat aus tun, dachte sich Paul. Und auch sein eigenes Handy würde er, der Profi, nicht benutzen, sondern eines stehlen oder von einer Telefonzelle aus sprechen.

Eine etwas verschroben wirkende Frau unbestimmten Alters trug die aktuelle Sachlage der am Tatort gesicherten Spuren vor. Da von der neuen Zielperson keinerlei Vergleichsmuster vorlagen, brachte ihr Beitrag die Runde jedoch nicht weiter. Ebenso verhielt es sich mit der Meldung der Drogenfahnder, die Mister X bisher genauso wenig auf dem Schirm gehabt hatten.

»Überaus geschickt: Unser Mann hält sich völlig im Hintergrund und bietet dadurch keinerlei Angriffsfläche«, folgerte Schnelleisen nach weiteren wenig hilfreichen Wortmeldungen.

Derweil reimte sich Paul zusammen, dass Polizei und Staatsanwaltschaft schlichtweg zu wenig in der Hand hatten, um gegen den mutmaßlichen Anführer und potenziellen Mörder vorzugehen. Also schluckte er seine eigenen Skrupel herunter, sammelte all seinen Mut, stand auf und meldete sich zu Wort. »Wenn ich einen Vorschlag machen darf: Ich könnte mich beim nächsten Anruf auf ihn einlassen und einem Treffen zustimmen. Tappt er in die Falle, ist er überführt, und Sie können zuschlagen.«

Bass erstaunte Gesichter. Wütend blitzende Augen von Katinka.

»Was halten Sie davon?«, fragte Paul in die schweigende Runde. »Wenn alles gut geht, serviere ich Ihnen den vielseitigen Künstler Reinhardt Schramm als Bandenkopf auf dem Silbertablett.«

Der Haussegen hing bedenklich schief. Katinka schäumte und ließ Paul ihren Unmut deutlich spüren. Kein Wort hatte sie mit ihm geredet, seit sie die Große Lage überstürzt verlassen hatten. Erst jetzt, da sie bei einer schnell zubereiteten Mahlzeit aus Wurstsalat und Steinofenbrot am großen Esstisch in ihrem Wohnzimmer beieinandersaßen, brach sie das Schweigen:

»Du bist verrückt.«

»Verrückt im Sinne von ...«

»Bekloppt! Völlig durchgedreht! Man sollte dich für unzurechnungsfähig erklären und wegsperren«, fauchte sie zornig.

»Ist das wohl die übliche Vorgehensweise der Justiz, wenn es darum geht, kritische Geister mundtot zu machen?«, fragte Paul gekränkt.

»Ich rede mit dir als deine Ehefrau und nicht als Juristin.«

»Von meiner Ehefrau erwarte ich mir ein wenig mehr Verständnis.«

»Davon habe ich dir in den letzten Jahren mehr als genug entgegengebracht. Aber irgendwann ist eine Grenze überschritten.«

Paul wollte das nicht gelten lassen und argumentierte: »Ich bin eine Schlüsselfigur in diesem Fall. Ob es dir nun gefällt oder nicht, ohne mein Zutun könnt ihr die Sache nicht abschließen.«

Katinka schlug mit der flachen Hand auf die Tischplatte. So heftig, dass ihre Gabel vom Teller sprang und klirrend auf dem Fußboden landete. »Für wen hältst du dich eigentlich?«, rief sie aufgebracht. »Oder anders gefragt: Was glaubst du, worin die Aufgabe von Justiz und Polizei besteht? Etwa darin, den spinnerten Ideen eines Paul Flemming nachzujagen? Indem sie dich verkabeln und mit versteckten Mikrofonen in die Höhle des Löwen schicken? Und dabei riskieren, dass Schramm den Braten riecht und dich zu Opfer Nummer drei macht?« Sie schüttelte energisch den Kopf. »Meinetwegen magst du hier eine Art Schlüsselfigur abgeben, was schlimm genug ist. Denn hättest du dich gleich am Anfang rausgehalten, wäre es gar nicht erst so weit gekommen. Aber auch als Schlüsselfigur kannst du dir nicht anmaßen, polizeiliche Ermittlungsarbeit an dich zu reißen. Das ist in höchstem Maße unprofessionell.« Mit einem scheltenden, aber auch enttäuschten Blick fügte sie hinzu: »Außerdem gibst du auch mich der Lächerlichkeit preis, wenn du dich vor versammelter Mannschaft derart in den Vordergrund spielst.«

Paul wollte widersprechen, dann jedoch kam die Bedeutung von Katinkas Worten bei ihm an, und er musste sich selbst eingestehen, dass sie recht hatte. Paul war wieder einmal drauf und dran, sich die Aufgaben von gut ausgebildeten Fahndern anzueignen. Er allein wollte leisten, wofür ein ganzes Team von Spezialisten vorgesehen war. Indem er sich selbst als Lockvogel ins Spiel brachte, stieß er die Experten vor den Kopf – inklusive Katinka, aber sicher auch Jasmin. Es hätte ihm klar sein müssen, dass sie die Klärung des Verbrechens nicht dem Zufall überlassen und Paul wissentlich einer Gefahr aussetzen würden. Es war ein lächerlicher, vom Kino abgeschauter Vorschlag gewesen, den er unterbreitet hatte, das sah Paul nun ein.

Kleinlaut erkundigte er sich: »Wenn ihr mein Handy abhört, wäre das nicht eine Option, Schramm auf die Schliche zu kommen?«

Katinka hob ihre Gabel auf, wischte sie mit der Serviette ab und legte sie neben den Teller. Wie beiläufig sagte sie: »Ist bereits veranlasst, Paul. Aber danke für den Vorschlag.«

Vor dem Fernseher schlossen sie Frieden, indem sie es sich bei einer englischen Krimiserie gemütlich machten und sich darüber amüsierten, dass Inspector Barnaby noch länger dafür brauchte, seinen Fall zu lösen, als Schnelleisen: Erst nach der fünften Leiche schwante dem TV-Ermittler, wer der Mörder sein könnte.

Bevor dieser jedoch gefasst war, bemerkte Paul, wie Katinkas Atmen gleichmäßiger und tiefer wurde. Eingekuschelt unter ihrer flauschigen Lieblingsdecke, war sie noch vor dem Abspann eingeschlafen. Paul strich ihr sanft über die Wange, bevor er sich abwenden musste, weil das Telefon klingelte.

Blohfeld war dran.

Paul verschwand mit dem Hörer in die Küche, um seine Frau nicht zu wecken – und weil er es im Gespür hatte, dass sie besser keine Zeugin dieses Gesprächs sein sollte.

»Was gibt's?«, fragte Paul in gedämpftem Ton.

»Ich möchte mich nach Ihrem Wohlbefinden erkundigen, lieber Freund.«

»Nachtigall, ick hör dir trapsen«, entgegnete Paul. »Aus Ihrem Mund kann das nur eine Finte sein.«

»Nein, nein, es ist mir ein echtes Anliegen. Schließlich ist es ja nicht schön, von der eigenen Frau einfach ausgeschlossen zu werden. Kurz vorm großen Finale nimmt sie Sie aus dem Spiel. Kein netter Zug. – Es stimmt doch, dass Sie beim Fall Santini außen vor sind, oder? Deshalb mussten Sie sich bei der Pressekonferenz an mich ranhängen, weil Sie niemand eingeladen hatte und Sie sonst draußen geblieben wären.«

Paul überlegte, ob er Blohfeld darauf antworten sollte, und entschied sich für eine Gegenfrage: »Warum interessiert Sie das? Es kann Ihnen doch egal sein.«

»Hat sie Ihnen wenigstens verraten, wie es nun weitergeht?«

»Aha! Sie wollen mir vertrauliche Informationen entlocken«, roch Paul den Braten.

»Keineswegs. Denn ich gehe davon aus, dass Sie über kaum welche verfügen. Im Gegenteil: Ich möchte Sie über die aktuelle Entwicklung in Kenntnis setzen, damit Sie auf dem Laufenden bleiben. Ich denke, das bin ich Ihnen schuldig.«

Paul blieb auf der Hut. »Also?«, fragte er skeptisch.

»Unser Plan hat sich geändert«, raunte Blohfeld in den Hörer.

»Ich wusste gar nicht, dass wir einen Plan haben.«

»Umso besser, denn er hat sich ja geändert.«

»Hören Sie auf mit dem Quatsch und reden Sie vernünftig mit mir!«, schimpfte Paul.

»Sie wissen ja, dass ich Verbindungen habe. Neulich erst haben Sie mich dafür eingespannt, in der schmutzigen Wäsche der Schwarzen zu wühlen. Da die Spur in Richtung Politik ja inzwischen so kalt ist wie der Wöhrder See im Winter, hat sich das erledigt. Aber ...« Er legte eine rhetorische Pause ein. »Aber meine Connections reichen nicht nur in die Reihen der Politik, sondern natürlich auch bis tief hinein ins Präsidium. Deswegen sind mir die nächsten Schritte der Polizei wohlbekannt. Ich möchte fair sein und Ihnen die Möglichkeit geben, weiter teilzuhaben«, erklärte der Reporter mit seiner rauchigen Stimme. »Ich gebe Ihnen sogar eine aktive Rolle in meinem Plan.«

»Wovon sprechen Sie bloß?«, rätselte Paul, für den die Worte des Reporters keinen Sinn ergaben.

Endlich wurde Blohfeld konkreter: Einer seiner zahllosen Spezis aus Ermittlerkreisen habe ihm einen Tipp gegeben. »Einen besonders heißen sogar. Wie man hört, ist die Kripo dem großen Unbekannten nun doch auf den Fersen.«

Paul konnte seine Enttäuschung nicht verhehlen. »Das weiß ich«, sagte er. »Ich selbst habe die Polizei darauf gebracht.«

»Aber Sie wissen nicht, dass das SEK morgen früh bei Schramm auf der Matte stehen wird. Man wartet nur noch auf den richterlichen Beschluss. Sobald der vorliegt, stellen Schnelleisens Jungs Schramms Wohnung auf den Kopf.«

Nun war Paul tatsächlich überrascht. »Aber ich dachte, die wollen erst einmal abwarten, bis er noch einmal anruft. Um auf Nummer sicher zu gehen.«

»Das glauben Sie, weil Ihre Kati es Ihnen weisgemacht hat. Damit will sie verhindern, dass Sie wieder dazwischenfunken. Aber ich weiß es besser: Die Soko setzt alles auf eine Karte, denn sie geht davon aus, in der Wohnung hinreichend Beweise für den Drogenhandel zu finden. Und es gilt als sicher, dass der Erkennungsdienst Schramm auch als Mörder identifizieren kann.«

Paul, hin- und hergerissen zwischen seiner gerade erst versprochenen Loyalität zu Katinka und seinem wieder erwachenden Jagdinstinkt, erkundigte sich nach der ihm zugedachten Rolle in Blohfelds Plan.

»Sie sollen einfach nur Ihren Job machen und Fotos schießen. Exklusivfotos!«, offenbarte der Reporter ihm. »Wir fahren hin und sichern uns die Story! Die Konkurrenz wird sich die Augen reiben, wenn sie Wind davon bekommt, aber dann ist es für sie längst zu spät.«

»Moment, Moment!«, trat Paul auf die Bremse. »Bitte etwas langsamer und vor allem verständlicher: Wohin fahren wir, und was für Fotos soll ich machen?«

Einige Wimpernschläge lang blieb es still, bevor der Anrufer erklärte: »Sie fotografieren Reinhardt Schramm von vorn, von der Seite, von hinten, von oben und von unten. Wir werden live dabei sein, wenn die Polizei ihn sich in seinem Künstleratelier greift und in Ketten legt!«

»Aber wir können doch nicht vor seiner Wohnung herumlungern. Das wird ihm auffallen und warnen. Damit würden wir alles vermasseln«, gab Paul zu bedenken.

»Sie kennen sich doch aus in dem Haus. Quartieren Sie sich unter irgendeinem Vorwand bei einem

Nachbarn ein. Dort warten Sie dann auf mein Zeichen, das ich Ihnen von außen geben werde, sobald die Einsatzkräfte anrücken.«

»Sie geben mir das Zeichen *von außen?*«

»Ja, unser Plan sieht vor, dass ich im Auto warte, während Sie sich vorpirschen und auf die Lauer legen. Ich klingle Sie auf dem Handy an, sobald sich etwas rührt.«

Der schwierigere Part sollte also wieder mal bei Paul liegen. Typisch Blohfeld, dachte er und war geneigt, ihm abzusagen. Zumal Katinka an die Decke gehen würde, sollte sie von dieser Aktion Wind bekommen. Sie würde mit vollem Recht fragen, welcher Teufel Paul geritten hätte, sich an einem solchen Irrwitz zu beteiligen.

Blohfeld ahnte wohl seine Gedanken. »Sie zögern? Wollen Sie etwa das Beste verpassen, ausgerechnet jetzt, da der Abschluss des Falls zum Greifen nahe ist?«

»Ich habe Skrupel«, antwortete Paul verhalten.

»Etwa Ihrer Frau gegenüber? Das sollten Sie nicht. Sie hat vor Ihnen mindestens genauso viele Geheimnisse wie Sie vor ihr.«

Da hatte er nicht ganz unrecht, dachte Paul. Sein schlechtes Gewissen Katinka gegenüber wurde zumindest teilweise dadurch aufgewogen, dass sie ihn im Unklaren über die bevorstehende Polizeiaktion gelassen hatte.

Blohfeld wurde ungeduldig. »Also? Mann oder Memme, Flemming? Kommen Sie mit oder kneifen Sie? Kein Problem, dann heuere ich einen anderen Knipser an. Ich bin nicht auf Sie angewiesen.«

Paul sah zur friedlich schlummernden Katinka hinüber, schickte seine letzten Skrupel ebenfalls schlafen und sagte kurz entschlossen: »Ich bin dabei! Wann geht es los?«

»Jetzt gleich. Wir legen uns die Nacht über auf die Lauer, sodass wir den Einsatz nicht verpassen.«

22

Blohfeld ließ seinen Mercedes-Geländewagen in sicherer Entfernung zum »Zielobjekt«, wie er es anmaßend im Fahnderjargon nannte, an den Fahrbahnrand rollen und stellte den Motor ab. Er wies Paul an, sich wie verabredet in einer der Wohnungen über dem Künstlerpaar Schramm einzunisten und bis auf Weiteres abzuwarten. Kaum dass Paul ausgestiegen war, zog Blohfeld seinen Hut tief ins Gesicht und machte sich auf dem Fahrersitz so klein wie möglich. Nur das Glimmen seines Zigarillos hätte Passanten verraten können, das sich jemand in dem abgedunkelten Fahrzeug aufhielt.

Paul kam sich vor wie ein Indianer auf dem Kriegspfad, als er an den friedlich verschlafenen Grundstücken der Parkstraße vorbeischlich. Es ging auf Mitternacht zu, und so wunderte er sich nicht, dass er keiner Menschenseele begegnete. Auch die meisten Fenster lagen im Dunkeln, kaum jemand war noch wach und hatte Licht brennen.

In Heike Bachs Wohnhaus waren die Lampen ebenfalls längst erloschen. Zumindest zur Straßenseite hin blieb es finster.

Paul wagte sich auf den schmalen Weg, der durch den Vorgarten zur Haustür führte. Vor der Klingeltafel verharrte er und überlegte, wen er wecken sollte. Die alte Frau Mayer, die gewiss nicht begeistert über seinen späten Besuch sein würde, falls sie sein Läuten überhaupt hörte? Dann wohl besser Herrn Prechtl, obwohl auch der ihn nicht überschwänglich empfangen würde. Paul hatte sich soeben für das vermeintlich kleinere Übel entschieden und wollte den Klingelknopf von Bernhard Prechtl drücken, als er bemerkte, dass die Haustür nicht im Schloss arretiert war. Jemand war nachlässig gewesen und hatte versäumt, sie zuzuziehen, sodass Paul sie nur aufzustoßen und einzutreten brauchte.

Umso besser, dachte er und durchquerte tastend den stockschwarzen Flur. Die Treppenhausbeleuchtung wollte er nicht einschalten, um nicht Schramms Aufmerksamkeit zu erregen.

Auf leisen Sohlen schlich er sich im Dunkeln unbehelligt an der Wohnungstür des Künstlers und potenziellen Drogenbosses vorbei und nahm die Stufen nach oben. Dabei achtete er peinlichst genau darauf, möglichst keinen Laut von sich zu geben.

Doch als er vor Prechtls Tür angelangt war, drohte seine Tarnung aufzufliegen: Aus der Wohnung schallte das Bellen eines Hundes!

Verflixt, dachte Paul und drückte sofort die Klingel. Je schneller er in der Wohnung wäre, desto eher würde der Hund wieder ruhig sein.

Kurz darauf wurde ihm von Bernhard Prechtl geöffnet. Er trug Pantoffeln, hatte aber noch seine Straßenkleidung an. Paul hatte ihn also nicht aus dem Schlaf gerissen, stellte er erleichtert fest.

»Ja?«, fragte Prechtl und sah den späten Besucher fragend an. Hinter ihm kläffte unablässig der Hund. Das Bellen klang sehr aufgeregt und ging mehr und mehr in ein Winseln über.

»Darf ich vielleicht reinkommen?«, fragte Paul und drängte sich an Prechtl vorbei in die Wohnung. »Ich erkläre Ihnen alles drin.«

Prechtl ließ es geschehen, wirkte aber besorgt und abweisend. Man sah ihm an, dass Pauls Besuch ihm keineswegs gelegen kam. Paul zog die Wohnungstür hinter sich zu. Der Hund veranstaltete jedoch weiter einen Heidenlärm.

»Würden Sie bitte Ihren Hund beruhigen?«, bat Paul, denn durch den Krach, den das Tier verursachte, sah er den ganzen Plan gefährdet. »Nicht dass die komplette Nachbarschaft wach wird.«

Prechtl machte zunächst keine Anstalten, etwas zu unternehmen, sodass Paul seine Bitte eindringlich wiederholte. Seine Worte wurden vom anklagenden Kläffen des Hundes beinahe übertönt.

Der nervös wirkende Mann blieb noch immer wie angewurzelt stehen, fühlte sich aber zu einer Erklärung bemüßigt: »Das Jaulen, das Sie hören, bedeutet nichts Schlimmes. Mein kleiner Liebling hat sich einen Glassplitter in die Pfote getreten, und ich war gerade dabei, ihn herauszuziehen.«

Paul verstand, nickte und befürchtete gleichzeitig, dass der Lärm jeden Augenblick die Schramms auf den Plan rufen würde. »Können Sie trotzdem dafür sorgen, dass er leise ist, bitte?«, schlug er vor und machte einige Schritte auf den Raum zu, in dem er den Hund vermutete.

Prechtl folgte Paul auf dem Fuß, versuchte an ihm vorbeizukommen und sich in den Weg zu stellen. Doch da hatte Paul schon die Klinke gedrückt.

Sie betraten fast gleichzeitig eine geräumige Küche. Die Wände waren weiß gekachelt. In der Mitte stand ein Metalltisch mit Hartgummirollen an den Füßen. Die Platte war ebenfalls aus Metall und an den Seiten und

Kopfenden mit großen Schrauben versehen. Doch Paul interessierte sich weniger für den Tisch als für das Tier, das hilflos auf dem Rücken liegend darauf geschnallt war. Sein Körper wurde durch zwei Federn festgehalten, von denen sich eine über den Hals und die andere über die Hüfte spannte. Die vier Pfoten waren mit dünnen Stricken zusammengebunden. Hilfesuchend richtete der Dackel seine dunklen Augen auf ihn.

»Ist das Ihr Hund?«, fragte Paul, schockiert über den Anblick.

»Ja ja, das ist meiner«, beeilte sich Prechtl zu versichern. Seine Stimme zitterte.

»Was tun Sie dem armen Kerl an? Das ist Tierquälerei.« Paul war erschüttert und irritiert. Wie weggeblasen waren seine Gedanken daran, weswegen er sich eigentlich hier aufhielt. Das am Tisch fixierte Tier nahm all seine Aufmerksamkeit in Anspruch, und Paul versuchte sich zusammenzureimen, was hier vorging. Die Tiersuchmeldungen, die überall in der Gegend aushingen, fielen ihm wieder ein.

Prechtl plusterte sich vor ihm auf und gab den Empörten: »Was wollen Sie damit andeuten? Ich habe doch gesagt, dass ich ihn behandeln muss. Wegen der Scherbe.«

Pauls Irritation wich blankem Entsetzen, als er eine tiefrote Lache bemerkte, die sich unterhalb des Tischchens gebildet hatte. Ein weiterer Blick auf den Hund verriet ihm die Quelle des Blutes: Die Tatzen beider Hinterläufe wiesen tiefe Schnitte auf, außerdem sah es so aus, als wären mehrere Krallen aus den Ballen gerissen worden.

Diese Entdeckung ließ für Paul nur einen Schluss zu. Prechtl ging es keineswegs darum, dem Hund zu helfen, sondern ihn ganz bewusst Qualen auszusetzen. Hatte Paul es mit einem Tierschänder zu tun, einem Sadisten? Sollte er etwa auch die anderen vermissten Tiere auf dem Gewissen haben, mitsamt Heikes Katze?

Paul sah Prechtl scharf an, als er ihn mit seinem Verdacht konfrontierte: »Ich habe den Eindruck, dass es gar nicht Ihr Hund ist, sondern der entlaufene Rauhaardackel, dessen Bild an jeder Laterne im Umkreis hängt. Er sieht genauso aus!«

Das brachte Prechtl keineswegs in Verlegenheit. Er verschränkte die Arme vor der Brust, schaltete auf stur und fragte bloß: »Und wenn es so wäre?«

Pauls Augen forschten im Gesicht des anderen, aber kein Zucken verriet dessen wahre Gedanken. Dann erinnerte sich Paul an den Namen, der auf einem der Zettel geschrieben stand, und rief dem Hund zu: »Anton!«

Das geschundene Tier begann prompt zu winseln und trotz seiner Zwangslage mit dem Schwanz zu wedeln.

Paul, in dem die schiere Wut aufstieg wie siedendes Wasser, fixierte Prechtl aus zusammengekniffenen Augen. »Machen wir es kurz: Binden Sie den Hund los!«

»Das geht nicht. Nicht, bevor ich meine Operation durchgeführt habe.«

»Das können Sie vergessen! Schon gar nicht ohne Betäubungsmittel.«

»Betäubungsmittel?« Prechtl kicherte kindisch. »Meine Güte, Sie werden doch nicht glauben, dass ich mein Geld verschwende, um einen Hund zu narkotisieren! Sie sind etwas weichherzig, Herr Flemming.«

»Jeder richtige Tierarzt betäubt seine kleinen Patienten, bevor er zum Messer greift. Und so wie ich es sehe, geht es hier auch gar nicht um eine Operation, sondern um Ihr abartiges Vergnügen. Es bereitet Ihnen wohl Freude, Tieren Qualen zuzufügen, ja?« Pauls Gesicht verfinsterte sich. »Ich fordere Sie nochmals auf, den Hund zu befreien.«

»Und wenn ich es nicht tue?«, fragte Prechtl. Dabei kicherte er wieder, als würde er sich über Pauls Zorn amüsieren.

Paul, der seinen eigentlichen Auftrag nun völlig verdrängt hatte, platzte der Kragen: »Wenn Sie ihn nicht losbinden – dann mache ich mit Ihnen das Gleiche, was Sie dem armen Hund antun!«

Einen Moment herrschte Schweigen. Ihre Blicke maßen sich. Paul spürte, dass er zu weit gegangen war und den anderen damit getroffen hatte. Doch nun gab es kein Zurück. Prechtl gefror das Lächeln auf den Lippen. Hass glühte jetzt in seinen Augen. »Sie hätten nicht hierherkommen dürfen«, sagte er leise, doch der drohende Unterton war nicht zu überhören.

»Aber ich bin da und werde nicht eher gehen, bis Sie das Tier losgemacht haben.« Paul wich keinen Deut von seiner Position ab.

Prechtl glotzte ihn unverwandt an. »Wer nicht hören will ...«, sagte er mit zusammengepressten Lippen. Und dann, ehe Paul reagieren konnte, geschah es: In einer blitzschnellen Bewegung schleuderte Prechtl seinen gedrungenen Körper herum und bekam im selben Schwung ein Skalpell zu fassen, das auf dem Metalltisch gelegen hatte.

Paul trat erschrocken zurück, kam ins Stolpern und musste sich an der Wand abstützen. Prechtl nutzte das Überraschungsmoment, um mit zwei großen Schritten auf Paul zuzustürzen und die Klinge gegen ihn zu richten. Dieser riss reflexartig die Hände nach oben. Zu spät! Schon spürte er einen brennenden Schmerz. Prechtl hatte ihm in die linke Handfläche geschnitten.

»Mein Gott, was tun Sie da?«, rief Paul flüchtend und fragte sich: War dieser Mann übergeschnappt?

Prechtl setzte ihm nach. Es lag etwas Gemeines, Unmenschliches, Wildes in seinen vom Wahnsinn lodernden Augen. »Sie haben angefangen! Sind hier eingedrungen gegen meinen Willen!«

»Legen Sie das Skalpell weg!«, forderte Paul ihn auf. »Sie machen alles nur schlimmer!«

»Nein, ich werde es nicht weglegen. Denn dann würden Sie den Hund losbinden. Das lasse ich nicht zu!« Die silberne Schneide blitzte in seiner Faust.

»Warum tun Sie das?«, fragte Paul und wich dem zweiten Angriff aus. Doch mit der Kraft und dem Mut eines Geisteskranken stieß Prechtl gleich darauf wieder zu.

Paul musste sich klarmachen, dass dieser Mann nicht lange fackeln würde. In seinem rasenden Zorn würde Prechtl solange zustechen, bis Paul am Boden läge. Offenbar hatte er den Verstand verloren – war völlig durchgedreht! Paul sah nur eine einzige Chance, diesen Wahnsinnigen aufzuhalten: Wenn er ihn ablenkte, könnte er ihn vielleicht von der nächsten Attacke abhalten. Doch wie sollte er es anstellen?

Dann kam ihm die rettende Idee. Er verfügte über einen Trumpf, den er jetzt ausspielen konnte: »Wissen Sie, dass das Haus von Polizei umstellt ist?«, rief Paul dem anderen zu. Tatsächlich erreichte er damit, dass Prechtl kurz innehielt. »Werfen Sie das Skalpell weg und kommen Sie zur Vernunft!«

Doch Prechtl überwand sein Zögern schnell. »Es ist zu spät!« Mit diesen Worten stürmte er erneut auf Paul zu, der sich zur anderen Seite des Raums flüchtete.

»Es ist nie zu spät!«, appellierte Paul.

Prechtl setzte seine Attacken gegen ihn mit unverminderter Wucht fort. Dabei ging er behände vor, agierte mit dem Skalpell wie mit einem Kampfmesser. Der untersetzte Mann erwies sich als äußerst agil. Immer wieder startete er neue Attacken, jagte Paul durch den Raum, erwischte ihn am linken Arm, dann am Rücken, und ließ nie zu, dass Paul die Tür erreichte. Derweil kläffte und jaulte unentwegt der Hund.

Paul wusste, dass er das nicht lange durchstehen konnte. Noch einmal versuchte er, auf Prechtl einzureden: »Man wird Sie zur Rechenschaft ziehen wegen der Tiere. Aber etwas ganz anderes ist es, wenn Sie auf einen Menschen losgehen!«

Prechtl lachte hohl. »Zu spät, mein Herr, zu spät.«

Nun stutzte Paul. Was wollte Prechtl damit sagen? Zu spät ...? Hieß das, dass Paul nicht der Erste war, den Prechtl angriff? Bedeutete das etwa, dass ... nein! Paul wollte diesen Gedanken nicht zu Ende denken.

Während sie, sich gegenseitig belauernd, den Tisch umkreisten, ahnte Paul ganz neue Zusammenhänge. Gehetzt von dem Tierquäler Prechtl, wuchs in ihm der Verdacht, dass der Sadist ein Mann ohne jede Hemmung und bar jeder mitmenschlichen Gefühlsregung war.

Und Paul dämmerte es, Heikes Mörder gefunden zu haben!

Die Erkenntnis traf ihn mit voller Wucht, lenkte ihn für Bruchteile einer Sekunde ab, ließ ihn nachlässig werden. Paul kam über der Blutlache des Hundes ins

Rutschen. Er verlor Zeit, als er sich wieder aufrichten musste. Sein Vorsprung schmolz dahin.

Prechtl streckte seine linke Hand aus, bekam Paul an der Schulter zu fassen. Sein Fuß traf Paul gleichzeitig in der Kniekehle. Paul knickte ein, fühlte einen Stoß in die Rippen. Er stöhnte, schloss schmerzerfüllt die Augen. Als er sie erneut öffnete, fand er sich an die Wand gelehnt wieder.

Prechtl hielt ihm die Klinge an die Kehle. »Ich soll also der Böse sein? Bitte sehr: Dann werde ich jetzt mal böse sein.«

Paul spürte seinen glutheißen Atem, als Prechtl ihm sein grausiges Geheimnis verriet:

»Ich liebe es, Lebewesen zu quälen. Bis zum Tod zu quälen«, offenbarte der Wahnsinnige mit ruhiger, überlegen klingender Stimme.

Paul wagte sich nicht zu rühren, sondern hörte still zu.

»Schon als Bub habe ich erkannt, wie ausfüllend und ungemein befriedigend es ist, anderen Schmerz zuzufügen. Es ist für mich ein tiefes inneres Bedürfnis. Anfangs war es nur ein vages Verlangen, meine Versuche bescheiden und klein: Ich habe Ameisen mit der Lupe verbrannt, Schnecken mit Essig übergossen, Frösche mit einem Strohhalm aufgepustet, bis sie platzten. Später habe ich mir größere Exemplare vorgenommen: Vögel, Igel, auch Eichhörnchen, wenn ich welche erwischte. Aber noch viel größer wurde der Spaß bei Haustieren. Nichts ist so erfüllend, wie in die unendlich traurigen Augen eines langsam verendenden Hundes zu sehen.«

»Sie sind krank«, keuchte Paul und versuchte, Abstand zu dem Skalpell an seinem Hals zu gewinnen.

»Krank? Nein. Es ist eher wie eine Sucht: Wenn man einmal damit angefangen hat, kann man nicht mehr aufhören – und will immer mehr.«

Damit bestätigte sich für Paul, dass Prechtl seine krankhafte Neigung längst nicht mehr auf Tiere beschränkte. »Sie haben sie getötet!«, stieß er aus. »Sie haben Heike Bach umgebracht!«

Prechtl drückte die flache Schneide auf Pauls Kehlkopf. »Ja, das habe ich«, gab er zu und wirkte dabei sogar stolz. »Auch dieser Korse in seiner albernen Bayerntracht geht auf mein Konto. Das war aber bloß eine kurze Freude: Ein Schlag auf den Kopf hat gereicht.«

»Warum?«, suchte Paul nach einer Erklärung. Es musste doch – jenseits von Prechtls sadistischer Veranlagung – einen Anlass für die Tat gegeben haben.

»Dieser Kerl ging bei der Bach in letzter Zeit ja ein und aus. Ich war ihm suspekt, das hat man seinem Blick deutlich angesehen. Ziemlich schnell ist er dahintergekommen, dass ich etwas mit den verschwundenen Tieren aus der Nachbarschaft zu tun habe. Es war abzusehen, dass das nicht lange gut gehen würde. Und dann passierte es: Im Treppenhaus fing er mich ab und drängte mich in Frau Bachs Wohnung. Dort stellte er mich zur Rede. Er wollte mich davon abbringen, die Tiere anderer Leute hierherzuholen. Denn er wollte keine Polizei im Haus.« Er stieß ein kurzes verächtliches Lachen aus. »Er dachte wohl, ich hätte Angst vor ihm, diesem ungehobelten Klotz.«

»Und da haben Sie zugeschlagen«, reimte Paul sich zusammen.

»Ja. Das war so eine Art ... Notwehr. Ich wusste mir nicht anders zu helfen.«

»Notwehr? Von wegen. Sie haben es genossen.«

»Nein. Er hat überhaupt nicht damit gerechnet und sich nicht ein bisschen gewehrt. Enttäuschend.« Sein Druck auf Pauls Hals wurde stärker. »Den Mann zu töten, war keine Offenbarung, das können Sie mir glauben. Ich habe ja im Affekt gehandelt. Es war nicht geplant.« Er ging einen Moment in sich. »Doch im Nachhinein erkannte ich, dass es mich einen Schritt weitergebracht hat. Ich war verblüfft, dass ich dazu fähig war, so etwas zu tun. Ein Tier zu töten, ist die eine Sache. Aber einen Menschen ...« Wieder schwieg er, dachte nach. »Es hat mich auf den Geschmack gebracht, es noch einmal bei Zweibeinern zu versuchen. Bei meinem nächsten menschlichen Opfer habe ich mir wesentlich mehr Zeit gelassen.«

»Bei Heike Bach«, wusste Paul und fürchtete Prechtls nächste Beichte.

»Ich habe sie dabei überrascht, als sie das Siegel an ihrer Wohnungstür brach. Sie war sehr nervös und bat mich, sie nicht bei der Polizei zu verraten. Sie wirkte überaus unsicher und verletzlich – ein perfektes Opfer.«

»Wie haben Sie das gemacht?«, fragte Paul mit stockendem Atem, wobei ihm die Bilder der geschundenen Heike durch den Kopf gingen. »Wie haben Sie sie da hochgekriegt – an den Deckenbalken, splitternackt?«

»Ausgezogen hat sie sich selbst«, antwortete Prechtl lapidar. »Denn ich habe sie erpresst und behauptet, dass ich sofort die Polizei holen würde, wenn sie mir nicht gehorchte. Ich redete ihr ein, dass man sie als Mörderin von Santini festnehmen werde und sie lebenslang ins Gefängnis müsse. Sie reagierte eingeschüchtert und völlig verängstigt. Sie war wie Wachs in meinen Händen. Sogar den Strick hat sie ganz brav an ihre Fesseln gebunden. Gefügig hat sie jede meiner Anweisungen befolgt. In der Hoffnung, doch noch davonzukommen. Sie blendete die Realität einfach aus. Bis zuletzt. Erbärmlich!«

»Heikes Furcht vor der Polizei kann nicht ausgereicht haben, sich die Schlinge umzulegen«, zweifelte Paul. »Womit haben Sie sie noch bedroht, um ihr eine solche Angst einzujagen?«

»Mit derselben Klinge, mit der ich Sie in Schach halte. Der Trick bestand darin, dass ich ihr an ihrer eigenen Katze demonstriert habe, zu was ich fähig bin.« Prechtl lachte abfällig. »Heike Bach starb langsam und unter Qualen. Bis zuletzt hat sie um ihr Leben gebettelt und gefleht. Ich bekomme jetzt noch eine Gänsehaut vor Erregung, wenn ich daran denke.«

»Sie Monster!« Paul spürte die nackte Wut in sich aufsteigen. Sie wuchs rasch an, verdichtete sich zu geballtem Hass – und war schließlich stärker als seine Angst.

Er ignorierte die Klinge an seiner Kehle. Ebenso die pochenden Schmerzen seiner zahlreichen Schnittwunden. Mit klarer, fester Stimme sagte er: »Sie halten sich für unbesiegbar, für den Herrn über Leben und Tod. Aber Sie vergessen dabei etwas.«

Tatsächlich brachte Paul Prechtl dazu, das Skalpell einige Millimeter von seiner Haut zu entfernen. »Was meinen Sie? Was vergesse ich?«, fragte er ebenso interessiert wie misstrauisch. Er blieb auf der Hut und in Lauerstellung.

»Sie vergessen, dass ich sie gesehen habe. Ich habe Heike Bach gesehen.« Paul starrte Prechtl an. »Verstehen Sie, was ich meine? Ich habe Heike an dem Balken hängen sehen. Ich habe gesehen, was Sie mit ihr angestellt haben.«

Prechtl stutzte. »Und? Was soll das ändern?«

»Es ändert einfach alles. Denn ich habe mir geschworen, denjenigen zur Rechenschaft zu ziehen, der das getan hat.« Der Hass schlug in hellen Flammen auf. Paul, vollgepumpt mit Adrenalin, spielte rasch seine Möglichkeiten durch. Bis Blohfeld oder gar die Polizei nach ihm suchten, könnte es noch Stunden dauern. Darauf konnte und wollte er nicht warten. Er musste selbst handeln, und zwar jetzt sofort!

Paul spannte jeden Muskel seines Körpers an, sagte gepresst: »Mit den Tieren hatten Sie leichtes Spiel. Auch mit Santini, weil sie ihn hinterrücks überfallen haben. Heike konnte sich gegen Sie nicht wehren. Ich aber kann es!«

Den Sekundenbruchteil, den Prechtl stutzte und den Klammergriff um das Skalpell lockerte, nutzte Paul aus. Blitzschnell trat er zu, ließ sein rechtes Knie vorschnellen, rammte es in Prechtls Unterleib. Seine Faust traf zeitgleich und mit voller Wucht Prechtls Handgelenk. Die Waffe flog in hohem Bogen fort und blieb in einer Ecke liegen.

Prechtl reagierte augenblicklich, fuhr herum, wollte sich die Klinge zurückholen. Doch Paul kam ihm zuvor, packte ihn bei der Schulter, bremste ihn mitten in der Bewegung. Er schleuderte seinen Körper zurück und warf den Gegner zu Boden.

Und dann kannte seine Wut keine Grenzen mehr. Paul spürte, wie sämtliche Dämme brachen und er jegliche Kontrolle über seine Fäuste verlor.

23

Auf der Pritsche eines Krankenwagens kauernd, verfolgte Paul das Geschehen benommen wie durch Nebel. Während ein Notarzt seine Wunden versorgte, wurden die anderen Akteure dieses Falls an ihm vorbeigeführt und auf die Rücksitze von Streifenwagen gedrängt: zunächst Reinhardt Schramm, der überführte Drogendealer, mit trotzigem Gesicht. Gleich darauf Iris Schramm, die ihrem Mann mit schwankendem Gang folgte. Als Nächstes wurde Bernhard Prechtl auf einer Tragbahre aus dem Haus gebracht. Neben ihm lief ein Sanitäter, der eine Infusionsflasche hochhielt. Aus dem Fenster verfolgte die alte Frau Mayer das Geschehen mit unbewegter Miene.

Auch Katinka tauchte auf, stellte sich neben Paul und fragte in die Runde: »Kommt er durch?«

Paul fand ihre Sorge um ihn doch etwas übertrieben. »So schlimm ist es nicht. Es sind ja nur ein paar oberflächliche Schnitte.«

»Ich meinte nicht dich, sondern den Hund.«

Sie beugte sich zu Anton hinunter, den Paul befreit hatte und der seitdem nicht mehr von seiner Seite wich. Katinka kraulte ihn am Hals.

»Keine Sorge, Anton scheint ein zähes Kerlchen zu sein. Der erholt sich bald.«

»Ganz im Gegenteil zu Bernhard Prechtl«, sagte Katinka streng, nachdem sie sich wieder aufgerichtet hatte. »Du hast ihn übel zugerichtet. Aber wie die Dinge stehen, hast du in Notwehr gehandelt. – Oder?«

»Ja, es war reine Notwehr«, antwortete Paul, ohne auch nur mit der Wimper zu zucken. Er bereute nichts. Dann erkundigte er sich: »Habt ihr genug gegen die Schramms in der Hand?«

»Ja«, bestätigte Katinka. »Ihr Kellerabteil diente ihnen als Lager. Mit der Ware, die dort unten verstaut ist, könnte man die ganze Stadt versorgen. Schramms Malerdasein diente bloß als Fassade. Es bot ihm eine Tarnung und verschaffte ihm Zugang zu einer Szene, in der das Koksen zum guten Ton gehört, wobei er wohl auch den einen oder anderen Kunden für härtere Drogen gewann.«

»Und Santini war tatsächlich ...«, setzte Paul an.

»... war tatsächlich ein Kurier. Er war für die internationalen Versorgungswege zuständig und füllte Schramms Bestände auf, während Kleindealer wie Heike Bach die Ware unter die Leute brachten. Schramm hat das alles zugegeben. Er glaubt wohl, dass seine Strafe geringer ausfällt, wenn er möglichst viele Komplizen an den Pranger stellt.«

»Also steckte Heike wirklich mit drin«, sagte Paul bedauernd.

»Es sieht ganz danach aus.«

Paul schüttelte langsam den Kopf. »Bei den Morden lagen wir trotzdem alle total daneben«, überlegte er selbstkritisch. »Wer hätte gedacht, dass der Täter weder mit Frankentümelei noch mit Terrorismus, Politik oder dem Drogengeschäft zu tun hatte, sondern aus völlig anderen Motiven handelte?« Er ließ seine Blicke über das Haus wandern. »Kaum zu glauben, was für schräge Gestalten dort unter einem Dach zusammengelebt haben.« Seine Augen ruhten nun auf der Greisin, die sich mit ihren Armen auf den Fenstersims stützte. »Wer weiß, welche dunklen Geheimnisse Frau Mayer noch hütet ...«

»Der Liebhaber trennt die Schwarte sauber ab, löst die Fettschicht und legt sie beiseite. Es folgt die Probe aufs Exempel«, verkündete Jan-Patrick mit gespitzten Lippen, spießte ein rautenförmiges, goldbraunes Krustenstück auf seine Gabel und führte sie mit betonter Gemächlichkeit zum Mund. »Die Haut muss krachen wie Kartoffelchips, dann ist sie richtig.«

Katinka und Paul, die sich zwei Tage nach den spektakulären Ereignissen in der Parkstraße in ihrer Stammwirtschaft verwöhnen lassen wollten, beobachteten das Schauspiel gebannt und wagten sich auf ihrer Sitzbank kaum zu rühren.

Während der Küchenchef ihnen etwas voraß, erkundigte er sich schmatzend: »Eines ist in dem ganzen Trubel völlig untergegangen: Was ist aus dem Inhalt des Koffers geworden, der Paul so viele Probleme bereitet hat? Und was steckte überhaupt drin?«

»Nein, nein, das ist keineswegs in Vergessenheit geraten«, antwortete Katinka. »Drogenfahndung und Zoll haben sich dahintergeklemmt. Und ich muss sagen: Es wundert mich nicht, dass so viele Leute hinter der Tasche her waren.«

»Heroin?«, riet Jan-Patrick.

»Korrekt. Vier Beutel zu je zweihundert Gramm. Spitzenqualität aus Afghanistan, wie ich mir habe sagen lassen.«

»Konntet ihr auch herausfinden, wer es sich unter den Nagel gerissen hat?«

»Ja, aber die Antwort hat Paul gar nicht gefallen.«

Paul winkte ab. »Mich haut inzwischen nichts mehr um – außer ein leerer Magen«, spielte er auf die Tatsache an, dass sie im Gegensatz zum Küchenchef immer noch nichts zu essen bekommen hatten.

»Heike selbst war es, die sich aus der Aktenmappe bedient hat«, sagte Katinka. »Zollhunde haben das Heroin in einem Versteck in ihrer Wohnung aufgespürt. Wir nehmen an, dass sie das große Geschäft witterte – und Paul als Sündenbock vorgesehen hatte, sollte die Sache schiefgehen.«

»Das erklärt auch ihren seltsamen Einfall, den Koffer vor die Tür meines Ateliers zu stellen«, führte Paul aus. »Damit lenkte sie nach dem Tod ihres Partners Santini die Aufmerksamkeit auf mich ...«

»... und machte dich an ihrer Stelle zur Zielscheibe. Kein feiner Zug von der Dame.«

Ja, dachte Paul und ärgerte sich über seine schlechte Menschenkenntnis. Denn selbst wenn Heike keine enge Freundin gewesen war, eine solche Hinterhältigkeit hätte er ihr niemals zugetraut.

Jan-Patrick schien keine weiteren Fragen zu haben, denn schon wandte er sich wieder seinem Essen zu. Nun dem Fleisch selbst, das er zufrieden als »richtig durchgebraten, aber trotzdem saftig und sehr weich« bezeichnete. Wieder kostete er wie in Zeitlupe und begründete: »Schäufele ist Slow Food. Ich werde nicht müde zu sagen: Die Zubereitung braucht ihre Zeit, aber auch beim Genuss sollte man es nicht eilig haben.« Während er kaute, schloss er genießerisch die Augen. Anschließend zerteilte er einen beinahe dottergelben Kloß von der Größe eines Tennisballs in vier ebenmäßige Stücke und tunkte eines davon in dunkle Soße. »Für den Bratensaft habe ich sogar ein ganzes

Schäufele geopfert: Die Fleischstücke wurden verkocht, dazu dunkles Bier, Knoblauch und etwas Kümmel. Alles in allem kann ich guten Gewissens behaupten, nun auch bei der Soße die absolute Perfektion erreicht zu haben.«

Katinka konnte sich ein Kichern nicht verkneifen. »An Selbstbewusstsein mangelt es dir jedenfalls nicht! Nachdem du uns so ausgiebig etwas vorgegessen hast – wie wäre es mit einer eigenen Portion für deine besten Kunden?«

Paul pflichtete seiner Frau bei: »Es kann ja nicht angehen, dass wir im *Goldenen Ritter* sitzen und verhungern müssen.«

Jan-Patrick zog eine Schnute. »Wer nicht will, der hat schon. Euch ist das Schäufele ja zu profan.«

Paul, dem beim Blick auf Jan-Patricks Teller das Wasser im Mund zusammenlief, protestierte: »Das habe ich nie behauptet! Ich fand bloß, dass du es zwischenzeitlich etwas übertrieben hast mit dem Kult um die Schweineschulter.« Er streckte sich, um sich besser in dem Gastraum umsehen zu können. »Wenn du uns nicht bedienen magst, wenden wir uns eben an Marlen.«

Statt der zierlichen kleinen Frau mit dem seidig schwarzen Haar entdeckte Paul jedoch jemand ganz anderen, weit hinten, auf einem Barhocker am Tresen. Er musste zweimal hinsehen, um sicherzugehen, dass er sich nicht täusche.

»Du, Kati!« Er stieß seine Frau mit dem Ellenbogen an. »Dort drüben an der Bar – ist das nicht …?«

Katinka machte ebenfalls einen langen Hals, dann große Augen. »Ja, eindeutig! Das ist er.« An den Wirt gerichtet erkundigte sie sich: »Kommt er öfter vorbei – gehört er zu deinen Stammgästen?«

Jan-Patrick musste sich nicht umschauen, um zu wissen, von wem die Rede war. »Gewiss nicht. Seine Besuche bei mir haben Seltenheitswert.«

»Warum ist er dann heute hier?«, wollte Paul wissen. »Um dein weltbestes Schäufele zu verkosten?«

Jan-Patrick ging auf diese Spitze nicht ein. »Er hat nichts zu essen bestellt. Nur etwas zu trinken. Fränkischen Whisky, wenn du es genau wissen willst.«

»So was gibt's?«, fragte Katinka.

»Na sicher! Der einzige deutsche Single Malt Whisky kommt aus Franken. Die beiden Sorten, die ich führe, heißen Glen Blue und Glen Mouse und schmecken wie die Vorbilder aus Schottland, rund und kräftig nach Eiche. Ich beziehe sie direkt von der Destillerie in Neuses.«

»Der hat sicher ganz schön viele Umdrehungen«, schätzte Paul, der als Bier- und Weinfreund wenig Ahnung von Whisky hatte.

»Hat er, ja«, bestätigte Jan-Patrick. »Ich frage mich, wie viele Gläser er noch ordern will.«

»Du meinst, er betrinkt sich?«, fragte Katinka neugierig und versuchte, mehr von dem prominenten Whiskyverkoster zu sehen. Doch der saß in sich gekehrt vis-à-vis der Schankhähne und schien von dem Trubel um sich herum nichts mitzubekommen.

»Marlen meint, er hat Kummer«, verriet Jan-Patrick. »Sie vermutet, er ist in Trauer.«

»Trauer um wen?«, rätselte Katinka.

Auch Paul stellte sich diese Frage und kam selbst auf eine mögliche Antwort. Er fragte sich, ob Martin Rode am kommenden Freitag auf der Beerdigung von Heike Bach erscheinen würde.

Danksagung

Auch in seinem neunten Fall ermittelte Paul Flemming nicht allein. Hinter den Kulissen halfen bei der Mördersuche meine langjährige Lektorin Dr. Hanna Stegbauer sowie Dr. Uwe Meier, Astrid Seichter, Ralf Lang, Kerstin Hasewinkel, Sabine Gräwe, meine Frau Susanna Gräwe, meine Tochter Annika, meine Eltern Dietlind und Peter Beinßen und viele mehr. Nicht zuletzt möchte ich Don Schäufele alias Holger Meesmann, dem Vorsitzenden der Freunde des Fränkischen Schäufele, danken, der mich in die Geheimnisse seiner Küche in der *Nürnberger Schäufelewärtschaft* eingeweiht hat. Der größte Dank gebührt den Leserinnen und Lesern, die Paul Flemming seit mittlerweile zehn Jahren die Treue halten!

Geheimnisvolle Spuren

Jan Beinßen
Görings Plan
Hardcover mit Schutzumschlag
304 Seiten
ISBN 978-3-86913-420-8

1946. Im Dienste der Alliierten trifft Margarete Galster auf die inhaftierte Führungsriege der Nazis. Keine leichte Aufgabe, denn »Gefangener Nummer 1«, der selbstherrliche Hermann Göring, versucht die junge Krankenschwester gewieft für seine Belange einzuspannen. Welchen Plan heckt der Todgeweihte aus?
2014. Der Reporter Julian Heldt bekommt zufällig Wind von der Geschichte und deckt brisante, hochexplosive Details über die Nürnberger Prozesse auf. Und seine Recherchen rufen gefährliche Kräfte auf den Plan ...

»Für alle, die eintauchen wollen in das Kolorit der unmittelbaren Nachkriegszeit in Nürnberg und erst recht für die, die schon immer etwas mehr wissen wollten von diesem Göring.« *BR*

»Das bisher stärkste Buch Beinßens« *Nürnberger Zeitung*